KB000434

우리가 정말 알아야 할 동양고전

삼국지 5

펴낸곳 / (주)현암사
펴낸이 / 조근태
지은이 / 나관중
옮긴이 / 정원기
그린이 / 왕굉희 외 60명

주간 · 기획 / 형난옥
교정 · 교열 / 김성재
편집 진행 / 김영화 · 최일규
표지 디자인 / ph413
본문 디자인 / 정해욱
제작 / 조은미

초판 발행 / 2008년 10월 25일
등록일 / 1951년 12월 24일 · 10-126

주소 / 서울시 마포구 아현 2동 627-5 · 우편번호 121-862
전화 / 365-5051 · 팩스 / 313-2729
홈페이지 / www.hyeonamsa.com
E-mail / editor@hyeonamsa.com

ISBN 978-89-323-1508-9 03820
ISBN 978-89-323-1515-7 (전10권)

정역삼국지 5

나관중 지음

정원기 옮김

왕굉희 외 60명 그림

ᄒ 현암사

천년 고전 『삼국지』를 옮기며

국내 번역 상황

천년이 넘는 조성 과정을 거쳐 14세기 후반에 완성된 『삼국지』는 6백 년이란 장구한 세월을 넘겼는데도 갈수록 독자들의 사랑을 더욱 끌어들이는 마력을 발휘하고 있다. 우리나라에는 조선 중기에 처음 소개된 이래로 필사본에서 구활자본에 이르기까지 현대어 번역 이전 판본이 이미 1백 종을 넘었다. 번역도 조선시대부터 완역과 부분 번역, 번안飜案(개작), 재창작 등 다양한 방식으로 진행되었으며 번역의 저본이 된 대상은 가정본·이탁오본·모종강본 등이었다. 그런데 현대어 번역이 시작되고부터는 모종강본 일색으로 통일되었다.

최근 인하대학교 한국학연구소에서 발표한 연구 결과에 의하면, 1920~2004년에 한국어로 출간된 완역본 『삼국지』가 모종강본毛宗崗本 계열의 중국본(즉 정역류正譯類)이 58종, 요시카와 에이지吉川英治 계열을 위주로 한 일본본(즉 번안된 일본판 중역류重譯類)이 59종, 국내 작가에 의한 독자적 재창작 및 평역(즉 번안류)이 27종으로 모두 144종이고, 거기다 축약본 86종까지 합치면 230종이나 된다고 한다. 뿐만 아니라 만화 극 장르(애니메이션·영화·드라마·대본·연극), 참고서 등으로 발전한 응용서까지 포함하면 무려 342종이 넘고, 그 가운데는 발행 부수가 수십 쇄를 넘기는 종류도 상당수 된다고 하니, 근·현대기 한국에서 간행된 그 어떤 소설도 경쟁을 불허한다고 하지 않을 수 없다.

그런데 여기서 한 가지 놀라운 사실은 이렇게 144종이 넘는 정역류, 번안류, 번안된 일본판 중역류 가운데 단 한 종도 중국문학 전공자가 체계적인 『삼국지』 학습을 통하여 성실하고 책임 있는 완역을 시도한 경우를 찾아볼 수 없다는 것이다.

지금까지 국내에 번역 출간된 기존 『삼국지』에 나타난 문제점을 살펴보면, 무엇보다 중대한 것은 '『삼국지』 자체에 대한 무지'이다. 요약하면 『삼국지』 판본에 대한 무지, 저본 선택에 대한 무지, 원작자에 대한 무지로 나눌 수 있다. 이러한 무지는 어느 누구의 『삼국지』를 막론하고 종합적인 것으로, 그야말로 국내 기존 번역은 '『삼국지』의 근본에 대한 무지'에서 출발했다고 해도 과언이 아니다.

그 다음으로 중요한 문제는 '번역상의 오류'이다. 대별하면 저질 저본의 선택에서 비롯한 2차 오류, 원문을 한글로 옮기는 과정에서 발생한 3차 오류로 나눌 수가 있다. 이러한 오류도 거의 전반적인 현상으로 번역서의 대부분을 차지한다.

셋째 문제는 역자 자신이 원본을 마주하고 진지한 번역 작업을 수행한 것이 아니라 초창기의 부실한 번역을 토대로 기술적 변형 및 교묘한 가필과 윤색을 가한 경우나 아예 번안된 일어판을 재번역한 역본이 많다는 사실이다. 그러면서도 저마다 이구동성으로 '시중에 나도는 판본에 오류가 많아 자신이 원전을 방증할 만한 여러 책을 참고해서 완역했다'는 식이다. 이 때문에 수십 년 동안 동일 오류가 개선될 줄 모르고 답습되어 온 상황이다.

이러한 현상은 저명 문학가의 번역일수록 두드러지는 경향이 있는데, 그 자체가 내포한 엄청난 양의 오역으로 말미암아 재중 동포 작가가 단행본을 출간하여 신랄하게 비판하는 국제적 망신까지 당하는 일도 벌어졌다.

그러면 이와 같은 현상은 왜 일어나는 것일까? 이런 현상이 우리 풍토에서 고질적으로 반복되는 이유를 중문학자인 홍상훈 선생은 "기존 『삼국지』 번역이 중국 고전소설에 대해 문외한에 가까운 이들에 의해 주도되었을 뿐만 아니라 상업성 높은 필자를 내세운 사이비 번역본이 국내 출판 시장을 주도하고 있기 때문"이라고 지적했다. 그렇다면 이렇게 사이비 번역이 판치는 우리 풍토에서 『삼국지연의』의 실체를 올바로 소개해 줄 정역은 진정 나오기 어려운 것일까?

진정한 정역

이 책은 나관중羅貫中이 엮고 모종강毛宗崗이 개편한 작품을 선뻬쿤沈伯俊의 교리 과정을 거쳐 중국 고전문학을 전공한 역자가 책임 의식을 가지고 번역한 『삼국지』다. 국내 『삼국지』 전래 사상 최초로 가장 확실한 저본을 통한 정역이라고 할 수 있다. 앞에서 살펴본 바와 같이 지금까지는 문명文名이나 광고에 현혹된 『삼국지』 시대로, 과장·변형·왜곡되거나 어딘가 결함을 가진 『삼국지』가 독자를 오도해 왔다. 우리는 이제 중국의 실체를 있는 그대로 파악하기 위해서라도 '과장되거나 왜곡된 『삼국지』' 읽기에서 과감히 벗어나야 한다. 다행히 지금은 『삼국지연의』를 다시 연의한 작품에 대한 비평과 반성으로부터 시작된 정역 붐이 한창이다. 그러나 『삼국지』 정역이란 한문을 좀 안다고 되는 것이 아니며, 글재주만으로 되는 것도 아니다. 더욱이 명성이나 의욕만 앞세운다면 더욱 곤란하다. 널린 게 『삼국지』, 손에 잡히는 게 『삼국지』지만 『삼국지』의 실체를 있는 그대로 보여 준 『삼국지』는 없었다. 그야말로 『삼국지』를 전공한 전문가가 없었기 때문이다. 그러면 『삼국지』의 정체는 무엇인가?

나관중 원본의 변화 발전

전형적 세대 누적형 역사소설인 『삼국지』는 크게 보아 세 차례의 집대성을 거친 작품이다. 첫 번째는 나관중 원본이다. 14세기 후반인 원말 명초元末明初에 나관중은 천 년이 넘는 세월을 거치며 다양한 형태의 민간 예술로 변화 발전해 오던 『삼국지』 이야기를 중국 최초의 완성된 장편 연의소설演義小說로 집대성하기에 이른다. 그런데 육필 원고로 된 이 나관중 원본은 종적이 사라지고 수많은 필사본으로 전해지며 변화 발전해 오다가 150년 정도의 세월이 흐른 명대明代 가정嘉靖 임오년壬午年(1522년)에 최초의 목각 인쇄본으로 출간되기에 이른다. 이것이 이른바 가정본嘉靖本(일명 홍치본弘治本)으로, 두 번째의 집대성이다. 그 후 다시 1백 수십 년의 세월 동안 유례없는 출판 호황기를 거치며 '가정본' 및 '지전본志傳本' 계열로 분화되어 발전을 거듭해 오다가 17세기 후반 청대淸代 초기에 모종강에 의해 다시 한 번 집대성되기에 이른다. 이것이 바로 모종강본으로, 세 번째의 집대성이다.

가정본과 모종강본 사이인 명대 만력萬曆·천계天啓 연간에는 출판 경쟁이 치열하게 벌어져 여러 출판사에서 각기 총력을 다 해 다양한 종류의 『삼국지』를 시장에 내놓았다. 당시 유행한 판본이 지금도 30여 종이나 남아 있다. 그러나 모종강본이 한 번 세상에 나오자 가정본은 물론 그 이후에 나타난 수많은 종류의 판본은 모두 경쟁력을 상실하고 말았다. 모종강본이 독서 시장을 장악하게 된 것이다. 모종강본은 그 이후로 『삼국지』의 대명사가 되어 3백 년이 흐른 오늘날까지도 베스트셀러의 자리를 유지하고 있다. 따라서 지금 우리가 읽고 있는 144종이 넘는 국내 『삼국지』는 예외 없이 모두 모종강본을 모태로 한 것이다. 그런데 대부분의 번역자는 나관중 이름만 내세우고 모종강 이름은 언급조차 하지 않고 있다. 게다가 일부 번역가는 가정본을 나관중의 원작으로 오인하고 있을 뿐만 아니라 가정본을 모종강본보다 우수한 작품이라 억단하는 경우도 있다. 그러나 사실상 나관중의 손으로 편집된 원본은 찾을 길이 없고, 찾는다고 해보아야 형편없이 얇고 볼품없는 육필 원고에 불과할 따름이다. 왜냐하면 나관중『삼국지』는 원본 형태를 유지하며 정체하고 있었던 게 아니라 모종강본 출현 이전 3백 년이란 세월 동안 부단히 진화되어 왔기 때문이다.

모종강본의 특징과 가치

모종강은 자字가 서시序始이고 호號는 혈암孑庵으로, 명나라 숭정崇禎 5년(1632년)에 출생하여 80세 가까이 살았다. 그는 눈 먼 부친(모륜毛綸)의『삼국지』평점評點 작업을 도우며『삼국지』공부를 시작하여 마침내『삼국지』를 개작하기에 이르렀다. 첫 작업은 부친이 생존한 청나라 강희康熙 5년(1666년) 이전에 이루어졌다. 그러나 경제적인 이유로 출판하지 못하자 부친이 세상을 떠난 후에도 쉼 없는 원고 수정 작업을 계속하다 마침내 강희 18년(1679년)에 정식 출판을 하게 되었다. 이것이 바로 '취경당본醉耕堂本'인데, 모종강의 육필 원고를 출간한 최초의 목판본으로 간주된다. 취경당본이 나온 이후로 모종강본은 다시 필사본·목각본·석인본石印本·연鉛 활자본 형태로 널리 전파되면서 각기 조금씩 다른 판본이 수십 종 이상으로 늘어났다. 학계에서 표현하는 청대 판본 70여 종 대다수는 바로 모종강본인 셈이다.

모종강본은 장기간에 걸쳐 여러 차례 출판되면서 책 이름도 몇 차례나 바뀌었다. 명칭의 변화를 시간 순서로 나열하면 사대기서제일종四大奇書第一種 → 제일재자서第一才子書 → 관화당제일재자서貫華堂第一才子書 → 수상김비제일재자서綉像金批第一才子書 → 삼국지연의三國志演義 → 삼국연의三國演義가 된다. 여기서 사대기서제일종(일명 고본삼국지사대기서제일종古本三國志四大奇書第一種)이 바로 모종강본『삼국지』의 본래 명칭이다. 이것은 강희 18년에 간행된 취경당본의 명칭인데, 여기에는 김성탄의 서문序文이 아닌 이어李漁(이립옹李笠翁)의 서문이 실려 있다. 조선 숙종肅宗 연간에 유입되어 1700년을 전후로 국내에 널리 간행된 판본은 바로 모종강의 제3세대 판본에 속하는 관화당제일재자서 종류이다.

모종강본의 특징은 '어떻게『삼국지』를 읽어야 하는가'(별책 부록에 수록)에서 잘 나타난다. 모종강은 '어떻게『삼국지』를 읽어야 하는가'를 통해 작가로서의 역사관과 가치관을 드러냄은 물론『삼국지』의 문체와 서사 기법까지 상세히 분석했다. 즉

『삼국지』가 사대 기서 중에서도 첫 자리에 위치해야 할 당위성이나, 가정본에서는 피상적 서술에 불과하던 '정통론'과 '존유폄조尊劉貶曹'도 확실한 작가적 의도로 논리 정연한 사상적 체계를 이루었다. 그의 개편 작업은 앞서 나온 '이탁오본李卓吾本'에 대한 불만에서 출발했다. 협비夾批와 총평을 가하는 데서부터 시작하여 문체를 다듬고, 줄거리마다 적절한 첨삭을 가하며, 각 회목을 정돈하고, 논찬論贊이나 비문碑文 등을 삭제하며, 저질 시가를 유명 시인의 시가로 대체함으로써 문장의 합리성, 인물 성격의 통일성, 등장인물의 생동감, 스토리의 흥미도를 대폭 증가시켰다. 이에 과거 3백 년 간 내려오던 『삼국지』의 면모를 일신하고 종합적인 예술적 가치를 한 차원 제고시킴으로써 마침내 최종 집대성을 이루기에 이른다. 따라서 모종강본은 실질적인 면에서 과거 유통된 모든 『삼국지연의』의 최종 결정판이며, 개편자인 모종강 역시 『삼국지연의』 창작에 직접 참여한 작가임을 부정할 수 없다.

왜 교리본인가?

그런데 『삼국지연의』 원문 중에는 역사소설로서 갖추어야 할 기본적 사실에 위배되는 결함이 적지 않았다. 이 결함은 기술적인 면에서 발생한 문제이므로 '기술적 착오'라고 할 수 있다. '기술적 착오'는 작가의 창작 의도는 물론 작품상의 허구나 서사 기법과는 전혀 상관없이 발생한 것들로, 그 원인은 작가의 능력 한계나 집필상의 오류, 필사나 간행 과정에서 생긴 오류 등으로 나눌 수 있다. 이러한 오류들은 최종 결정판인 모종강본에 이르러 일정 부분 삭제되거나 수정되었다. 하지만 그 중 대부분은 그대로 답습되며 사안에 따라 모종강본 자체에서 새로 발생시킨 오류도 적지 않다.

선쩌췬의 '교리본'은 바로 이러한 '기술적 착오'를 교정 정리한 판본이다. 여기서 '교리校理'란 '교감 및 교정 정리'를 줄인 말인데, 이 교리본은 26년 간 『삼국지연의』 연구에만 몰두해 온 선쩌췬 선생의 노작勞作이다. 선 선생은 『교리본 삼국연의』 작업을 진행하면서 취경당본『사대기서제일종』을 저본으로, 선성당본善成堂本과 대도당본大道堂本『제일재자서』를 보조본으로 삼고, 가정본과 지전본류는 물론 관련 사서史書나 전적을 광범위하게 참고했다. 장기간에 걸친 교리 작업이 완성되자 중국 저명 학자인 츠언랴오陳遼, 주이쉔앤朱一玄, 치우전성丘振聲 선생들로부터 '심본沈本 삼국지연의', '삼국지연의 판본사상 새로운 이정표', '모종강 이후 최고의 판본'이란 격찬을 받았다. 따라서 본 번역의 범위는 기술적 착오 부분까지 포함하였다. 이는 타쓰마시 요우스케立間祥介 교수의 일어판 및 모스 로버츠Moss Roberts 교수의 영문판에서도 손대지 못한 작업이다.

　　모종강본을 교정 정리한 것으로 선뿨쿤의 '교리본' 이전에도 인민문학출판사人民文學出版社의 '정리본整理本'과 사천문예출판사四川文藝出版社의 '신교주본新校注本'이 있다. 하지만 이들의 작업은 전면적이고 지속적이지 못했고, 여러 이유로 일정 한계를 넘어서지 못한 채 중단되고 말았다. 따라서 이들의 '기술적인 착오' 정리는 선뿨쿤의 교리본에서 완성한 숫자에 비하면 그 10분의 1 정도에 불과하다.

준비 작업까지 치면 8년이란 세월이 지났고, 본격적으로 투자한 시간만 해도 5년이나 된다. 더욱이 최종 3년은 거의 모두 이 작업에 몰두한 시간이라 해도 과언이 아니다. 뿐만 아니라 지금까지 출간된『최근 삼국지연의 연구 동향』→『삼국지평화』→『설창사화 화관색전』→『여인 삼국지』→『삼국지 사전』→『다르게 읽는 삼국지 이야기』→『삼국지 상식 백가지』→『삼국지 시가 감상』등의 작업이 이번 정역을 귀결점으로 모두 하나의 고리로 연결되어 있다. 한마디로 말해 지난 10여 년 동안의『삼국지』관련 연구와 번역 작업은 모두 이번 정역을 탄생시키기 위한 기초 작업이었던 셈이다. 동시에 그동안 나름대로 계획하고 실행해 온 일련의『삼국지』관련 프로젝트 역시 일단락을 보게 되었다.

　　완벽한 번역이란 하나의 이상일지 모른다. 그러나 역자는 자신이 수행한 작업에 나름대로 자부심을 가진다. 왜냐하면 단순한 의욕이나 열정만으로 손을 댄 것이 아니라 충분한 사전 학습과 면밀한 기초 작업을 거치면서 이루어 낸 번역이기 때문이다. 따라서 근 1세기 동안이나 답습되어 온 왜곡과 과장과 오류로 점철된 사이비 번역의 공해를 걸어 내고 일반 독자에게는 원전 본래의 진미를, 연구나 재창작을 계획하는 전문가에게는 신뢰할 수 있는 한국어 텍스트를 제공할 수 있게 되기를 기대한다. 특히 원전의 1차적 오류까지 해소한 선뿨쿤의 '교리 일람표'를 별책 부록으로 발행하니, 기간된『삼국지 시가 감상』과 곧 개정증보판이 나올『삼국지 사전』등과 연계한다면『삼국지』에 관한 이해를 한 차원 높이리라 생각한다.

2008년 10월
옮긴이 정원기

차례

주요 등장인물

유비 현덕

관우 운장

장비 익덕

강유 백약

제갈량 공명

황충 한승

조운 자룡

유선 공사

조조 맹덕

사마염 안세

손견 문대

여포 봉선

등애 사재

손책 백부

조비 자환

원소 본초

주유 공근

손권 중모

허저 중강

49

적벽대전

칠성단에서 제갈량은 바람을 빌고
삼강구에서 주공근은 불을 지르다
七星壇諸葛祭風 三江口周瑜縱火

주유는 산꼭대기에서 한동안 조조의 수군을 살펴보다가 갑자기 뒤로 나자빠지며 입으로 선혈을 토하고 정신을 잃었다. 측근들이 급히 구하여 군막으로 돌아갔다. 장수들이 달려와 안부를 물었고 다들 놀라 서로 얼굴을 돌아보며 말했다.

"강북의 백만 대군이 호랑이처럼 웅크리고 앉아 고래처럼 삼킬 태세인데, 싸우기도 전에 도독께서 쓰러지시다니! 이럴 때 조조의 군사가 들이닥치면 어찌한단 말이오?"

황급히 사람을 보내 오후에게 알리는 한편 의원을 청해 병을 치료했다.

한편 노숙은 주유가 병으로 자리에 눕자 울적하고 답답했다.

공명을 찾아간 그는 주유가 갑작스레 병에 걸린 일을 이야기했다. 공명이 물었다.

"공은 어떻게 생각하시오?"

노숙이 대답했다.

"이는 조조에게는 복이지만 강동에는 재앙이 되지요."

공명이 웃으면서 말했다.

"공근의 병은 이 제갈량이 고칠 수 있소이다."

노숙이 반색을 했다.

"정말 그렇게만 된다면 국가에 큰 다행이겠습니다."

노숙은 즉시 공명과 함께 주유를 보러 갔다. 노숙이 먼저 들어가 보니, 주유는 머리 위까지 이불을 뒤집어쓰고 누워 있었다. 노숙이 물었다.

"도독, 병세는 좀 어떠십니까?"

주유가 대답했다.

"가슴과 배가 무엇이 휘젓는 것처럼 아프고 수시로 의식이 혼미해지는구려."

"약을 써 보셨습니까?"

"구역질이 나서 도무지 약을 삼킬 수가 없구려."

노숙이 말했다.

"조금 전 공명에게 갔더니 그가 도독의 병환을 고칠 수 있다고 하더이다. 지금 막사 밖에 와 있으니 번거롭지만 불러들여 치료하게 하면 어떨까요?"

주유는 공명을 모셔 들이라고 명하고 측근의 부축을 받아 침상 위에 일어나 앉았다. 공명이 들어와서 문안 인사를 했다.

"며칠 간 뵙지 못했는데 귀하신 몸이 이처럼 불편하실 줄은 몰랐소이다."

주유가 대답했다.

"'사람에게는 언제 닥칠지 모르는 화와 복이 있다'고 했으니, 어찌 스스로 건강을 장담할 수 있겠소이까?"

공명이 웃으며 말했다.

"'하늘에는 예측할 수 없는 풍운조화가 있다'는 말도 있지요. 그러

주위펑 그림

니 사람이 또 어떻게 앞날을 헤아릴 수 있겠소이까?"

그 말을 들은 주유는 얼굴빛이 변하며 신음 소리를 냈다. 공명이 물었다.

"도독께서는 가슴속에 번뇌와 답답함이 뭉쳐 있는 듯한 느낌이 드십니까?"

"그렇소."

"그러면 반드시 시원한 약을 써서 풀어야 하오이다."

"이미 시원한 약을 써 보았지만 전혀 효험이 없소이다."

공명이 말했다.

"그러면 반드시 먼저 기氣를 다스려야지요. 기만 바로잡게 되면 눈 깜짝할 사이에 저절로 나을 것입니다."

공명이 필시 자기 뜻을 알고 있으리라 짐작한 주유는 한마디 퉁겨 보았다.

"기를 바로잡으려면 무슨 약을 써야 할까요?"

공명이 빙그레 웃으며 대답했다.

"내게 도독의 기를 대번에 바로잡을 처방이 있소이다."

주유가 부탁했다.

"선생께서 가르침을 주시구려."

공명은 종이와 붓을 달라고 하고는 주위 사람을 물리쳤다. 그러고는 열여섯 글자를 썼다.

'욕파조공, 의용화공. 만사구비, 지흠동풍.

欲破曹公, 宜用火攻. 萬事俱備, 只欠東風.

조공을 깨뜨리려면 화공을 써야 하리. 모든 것을 갖추었으나 오직 동풍이 빠졌구나.'

　　글을 다 쓴 공명이 종이를 주유에게 건네주며 말했다.
　　"이것이 도독께서 병이 난 원인이외다."
　　글을 본 주유는 소스라치게 놀랐다.
　　'공명은 참으로 귀신같은 사람이구나. 일찌감치 내 마음을 꿰뚫

장배성 그림

어 보고 있었다니! 이렇게 된 바에는 사실대로 말할 수밖에 없지 않은가?'

그러고는 웃으면서 부탁했다.

"선생께서 이미 내 병의 근원을 알았으니 무슨 약을 써서 고치시려오? 일이 위급하니 어서 가르쳐 주시기 바라오."

공명이 대답했다.

"양이 재주는 없으나 일찍이 이인異人을 만나 기문둔갑奇門遁甲하는 천서天書를 받아 바람을 부르고 비를 내리게 할 수 있소이다. 도독께서 만약 동남풍을 쓰시겠다면 남병산南屏山에 칠성단七星壇을 쌓아 주시오. 높이는 9척에 3층으로 짓고, 1백 20명이 깃발을 들고 에워싸게 해주시오. 그러면 이 양이 단에 올라가 술법을 쓰겠소이다. 사흘 낮 사흘 밤 동안 세찬 동남풍이 불도록 빌어서 도독이 군사를 부리도록 도와드리겠소. 어떻소이까?"

주유가 말했다.

"사흘 낮 사흘 밤은 고사하고 바람이 하룻밤만 불어도 대사를 이룰 수 있겠소이다. 다만 일이 눈앞에 닥쳤으니 늦추어서는 아니 되오."

공명이 말했다.

"제사를 올려 동짓달 20일 임신일에 바람이 일어 22일 갑술일에 그치게 하면 어떻겠소이까?"

주유는 뛸 듯이 기뻐하며 자리에서 벌떡 일어났다. 즉시 건장한 군사 5백 명을 남병산으로 파견하여 단을 쌓게 하고, 1백 20명의 군사를 배치하여 깃발을 들고 단을 지키며 명령을 기다리게 했다.

공명이 하직하고 군막을 나와서 노숙과 함께 말을 타고 남병산으로 가서 지세를 살펴보았다. 그러고는 군사들에게 동남쪽의 붉은 흙을 파다가 단을 쌓게 했다. 단은 둘레가 24장丈에 높이는 한 층에 3척으로 도합 9척이었다. 맨 아래층에는 이십팔수二十八宿의 별자리를 상징하는 깃발을 꽂았다. 동쪽에는 일곱 장의 푸른 깃발을 각角·항亢·저氐·방房·심心·미尾·기箕 의 별자리에 따라 창룡蒼龍의 형상으로 벌여 세우고, 북쪽에는 일곱 장의 검은 깃발을 두斗·우牛·여女·허虛·위危·실室·벽壁의 별자리에 따라 세워 현무玄武의 형세를 만들고, 서쪽에는 일곱 장 흰 깃발을 규奎·루婁·위胃·묘昴·필畢·자觜·삼參의 별자리에 맞추어 세워 백호白虎의 위엄스런 형태를 조성하고, 남쪽에는 일곱 장의 붉은 깃발을 정井·귀鬼·유柳·성星·장張·익翼·진軫의 별자리에 따라 세워 주작朱雀의 형상을 이루었다.* 이층에는 둘레에 황색 기 64장을 64괘卦의 순서에 따라 여덟 방위로 나누어 세웠다. 맨 위층에는 네 사람을 배치했는데, 각각 머리에 속발관束髮冠을 쓰고 검은 비단 도포 위에 도사들이 입는 것과 같은 봉의鳳衣를 덧입고 넓은 띠를 둘렀으며, 붉은 신을 신고 네모진 후수後綬*를 늘어뜨렸다. 왼쪽 앞에 선 사람은 긴 장대를 들었는데 장대 끝에는 닭의 깃털을 달아 바람의 움직임을 잡게 하고, 오른쪽 앞에 선 사람도 긴 장대를 들었는데, 장대 끝에는 별 일곱 개가 그려진 칠성호대七星號

---

*동쪽에는……이루었다|고대 중국인들은 28개의 별자리(이십팔수)를 일곱 개씩 묶어 창룡(동), 백호(서), 주작(남), 현무(북)의 네 방위로 나누고 그것을 지상의 각 지역에 배정했다.
*후수後綬|지난날, 예복이나 재복을 입을 때 뒤에서 띠 아래로 늘어뜨리던 수놓은 천.

帶를 매달아 풍향과 풍속을 알 수 있게 했다. 왼쪽 뒤에 선 사람은 두 손으로 보검을 받쳐 들고, 오른쪽 뒤에 선 사람은 향로를 받쳐 들었다. 단 아래에는 24명이 각기 정기旌旗, 보개寶蓋(일산의 일종), 대극大戟(큰 갈래 창), 장과長戈(긴 창), 황월黃鉞(금빛 도끼), 백모白旄(흰 깃발), 주번朱旛(붉은 깃발), 조독皂纛(길게 드리우는 검은 깃발)을 들고 사방에 빙 둘러섰다. 공명은 동짓달 20일 임신일 좋은 시각을 잡아 목욕재계하고 도의道衣를 입고 맨발에 머리를 풀어헤치고 칠성단 앞에 이르렀다. 그러고는 노숙에게 분부했다.

"자경께선 군중으로 돌아가 공근을 도와 군사를 정비하시오. 내 기도에 응답이 없더라도 괴이쩍게 여기지는 마시오."

갑무삼 그림

노숙은 작별하고 돌아갔다. 공명은 단을 지키는 장병들에게 당부했다.

"함부로 자기 방위를 떠나지 말고, 머리를 맞대고 수군거리지도 말고, 함부로 입을 놀리거나 떠들지 말고, 놀라거나 괴이하게 생각지도 말라. 영을 어기는 자는 목을 벨 것이다."

군사들은 모두가 명령을 받들었다. 천천히 걸어서 단 위로 올라간 공명은 방위를 살펴보고 자리를 정하더니 향로에 향을 피우고 물그릇에 물을 붓고는 하늘을 우러러 묵묵히 축원했다. 그런 뒤 단을 내려와 막사로 들어가 잠시 쉬더니 군사들에게 교대로 밥을 먹게 했다. 공명은 하루 세 번 단에 올랐다가 세 번 단을 내려왔다. 그러나 동남풍이 일어날 낌새는 도무지 보이지 않았다.

한편 주유는 정보, 노숙을 비롯한 한 무리의 군관들과 함께 군막에서 기다리며 동남풍이 일기만 하면 즉시 군사를 출동시킬 준비를 갖추는 한편, 손권에게 뒤를 받쳐 달라고 공문을 보내 요청했다. 황개는 불붙일 화선火船 20척을 준비했다. 뱃머리에는 적선에 박힐 대못을 촘촘히 박고, 배 안에는 갈대와 마른 장작을 가득 싣고 거기에 생선 기름을 들이붓고 그 위에 다시 유황과 염초 따위 인화 물질들을 덮은 다음 푸른 천에 기름을 먹인 방습포를 덮어 씌웠다. 뱃머리에는 청룡 아기를 꽂고, 이물에는 각각 작은 쾌속선들을 매어 놓았다. 이렇게 준비를 갖추고 군막에서 주유의 명령이 떨어지기만을 기다리고 있었다.

이때 감녕과 감택은 채화와 채중을 수채에 붙들어 두고 날마다 함께 술을 마시며 그들이 데리고 온 병졸은 단 한 명도 육지에 오르지 못하게 했다. 주위에 온통 동오의 군사들뿐 물 한 방울 새 나갈 틈이 없게 해 놓고 역시 자신들의 막사에서 명령이 떨어지기만을 기다리고 있었다. 주유가 막사에 앉아서 일을 의논하고 있는데, 척후병이 들어와서 보고했다.

"오후께서 선박을 영채에서 85리 떨어진 곳에 정박시키고 도독께서 좋은 소식을 전하기만을 기다리고 계십니다."

주유는 노숙을 보내 각 부대의 장수와 군사들에게 두루 알렸다.

"선박과 군기軍器, 돛과 노를 점검하여 명령이 떨어지면 출동 시각을 어기지 않도록 하라. 명령을 어기거나 그르치는 자는 군법에 따라 처단하겠다."

명령을 받은 장병들은 저마다 주먹을 어루만지고 손바닥을 썩썩 비비며 싸울 채비를 했다. 날은 차츰 저무는데 하늘은 여전히 맑고 미풍조차 일어날 기미가 없었다. 주유가 노숙에게 말했다.

"공명이 허튼소리를 한 것 같소. 이 한겨울에 어떻게 동남풍을 얻을 수 있단 말이오?"

노숙은 공명을 믿고 있었다.

"내 생각으로는 공명이 결코 허튼소리를 하지는 않았을 것 같습니다."

3경이 가까울 무렵이었다. 갑자기 바람 소리가 들리며 깃발이 움직이기 시작했다. 주유가 군막을 나가 보니 깃발 자락이 서북쪽을 향해 나부끼더니 눈 깜짝할 사이에 동남풍이 세차게 불기 시작했다. 주유는 덜컥 겁이 났다.

"이 사람은 천지의 조화를 탈취하는 방법과 귀신도 헤아리지 못할 술법을 지녔구나! 그대로 두면 동오의 화근이 될 것이다. 한시바삐 죽여 훗날의 근심을 없애야 한다.”

급히 군막 앞에 있던 호군교위護軍校慰 정봉과 서성을 불러 분부했다.

“각각 군사 1백 명씩을 거느리고, 서성은 강으로 가고 정봉은 육로로 해서 남병산 칠성단으로 가시오. 불문곡직하고 제갈량을 잡아 현장에서 목을 베고 수급을 갖고 와서 공을 청하시오.”

두 장수는 명을 받들고 떠났다. 서성이 배에 오르자 1백 명의 도부수들이 물결을 가르며 노를 저어 나아가고, 정봉이 말에 오르자 1백 명의 궁노수들이 각기 말을 타고 남병산을 향하여 달려갔다. 그들은 정면으로 동남풍을 맞으며 달렸다. 후세 사람이 지은 시가 있다.

칠성단 위로 와룡 선생 올라가자 / 온밤 내 동풍이 강물을 일으키네. //
공명이 묘계를 베풀지 않았다면 / 주랑이 어떻게 재능을 뽐냈을꼬?
七星壇上臥龍登, 一夜東風江水騰. 不是孔明施妙計, 周郎安得逞才能?

정봉의 기병이 먼저 남병산에 당도했다. 단 위에는 깃발을 든 장병들이 바람 속에 서 있었다. 정봉은 말에서 내려 검을 뽑아 들고 단 위로 올라갔다. 그러나 아무리 살펴보아도 공명이 보이지 않았다. 황급히 단을 지키는 장병들에게 묻자, 그들이 대답했다.

“방금 단에서 내려가셨습니다.”

정봉이 서둘러 단을 내려와 찾고 있을 때 서성의 배가 도착했다. 두 사람이 강변에서 만나는데, 군졸이 보고했다.

"간밤에 쾌속선 한 척이 앞쪽 여울목에 와서 정박했습니다. 그런데 방금 공명이 머리를 풀어헤친 채 배로 내려가자 그 배는 하류를 향해 떠났습니다."

정봉과 서성은 즉시 수륙 양로로 길을 나누어서 뒤를 쫓았다. 서성은 돛을 끌어올려 활짝 펴게 했다. 배는 바람을 한껏 받으며 빠르게

장배성 그림

나아갔다. 멀리 앞을 보니 공명이 탄 배가 그다지 멀지 않은 곳에 있었다. 서성은 뱃머리에 서서 목청을 높여 큰소리로 외쳤다.

"군사께선 가지 마십시오! 도독께서 청하십니다!"

그러자 공명이 고물에 나와 서서 껄껄 웃으며 말했다.

"돌아가서 도독께 용병이나 잘하라고 전하시오. 이 제갈량은 잠시 하구로 돌아가니 후일 다시 만나 뵐 것이오."

서성이 다시 소리쳤다.

"잠깐만 멈추어 주십시오! 긴히 드릴 말씀이 있소이다!"

공명이 대꾸했다.

"내 이미 도독이 나를 용납하지 못하고 반드시 해치려 할 것을 짐작하고 있었소. 그래서 조자룡에게 미리 마중을 나오게 했소이다. 장군은 뒤쫓으려고 애쓸 필요가 없소."

서성은 앞배에 돛이 없는 것을 보고 한사코 쫓아갔다. 두 배의 거리는 어느새 바짝 가까워졌다. 그때 조운이 시위에 살을 메긴 채 고물로 나서서 큰소리로 외쳤다.

"나는 상산의 조자룡이다! 명령을 받들고 특별히 군사를 모시러 왔는데 네가 어찌하여 쫓는 게냐? 단살에 너를 쏘아 죽일 것이로되, 그리되면 두 집안의 좋은 사이만 상할 것이니 너에게 내 솜씨만 보여 주겠다!"

말이 끝남과 동시에 화살이 날아오더니 서성이 탄 배의 돛끈을 탁 끊어 버렸다. 돛이 물 위로 좌르르 떨어지면서 서성의 배는 물살에 밀려 옆으로 빙그르르 돌아섰다. 그 사이에 조운은 자기 배의 돛을 활짝 펼치고 순풍을 타고 미끄러져 갔다. 배는 나는 듯이 사라져 도저히 따라잡을 수가 없었다. 이때 강기슭에서 보고 있던 정봉이 서성을 불렀다. 서성의 배가 가까이 다가오자 정봉이 말했다.

"제갈량의 신기 묘산은 도저히 따를 수 없네. 더욱이 조운은 만 명이 덤벼도 당하지 못할 용맹을 지니지 않았는가? 그 사람이 당양 장판파에서 싸운 일은 자네도 들어서 알고 있겠지? 우리는 이대로 돌아가 사실대로 보고하는 수밖에 없네."

두 사람은 주유에게 돌아가 공명이 미리 약속을 정했는지 조운이 와서 맞아 갔다고 보고했다. 주유는 깜짝 놀랐다.

"이 사람이 이토록 꾀가 많으니, 내가 자나 깨나 편치 못하겠구나!"

노숙이 권했다.

"우선 조조를 깨뜨린 다음 다시 손을 쓰도록 하시지요."

주유는 그 말을 따르기로 하고 장수들을 불러 명령을 내렸다. 먼저 감녕에게 지시했다.

"채중과 항복한 군사들을 데리고 강의 남쪽 기슭을 따라서 이동하되 북군의 깃발을 들고 곧장 오림烏林 지역으로 가라. 그곳이 바로 조조가 군량을 쌓아 놓는 곳이니 군중으로 깊이 들어가 불을 질러 신호를 하라. 단 채화는 내가 쓸 데가 있으니 군막에 남겨 두고 가라."

두 번째로 태사자를 불러 분부했다.

"그대는 군사 3천 명을 거느리고 곧바로 황주黃州 경계로 달려가 합비에서 오는 조조의 후원군을 차단하고, 바싹 달려들어 불을 놓아 신호를 하라. 붉은 깃발이 보이면 오후께서 이끄는 후원군이 도착한 줄 알라."

두 대의 군사가 갈 길이 가장 멀어 먼저 떠나게 하고, 세 번째로 여몽을 불러 군사 3천 명을 거느리고 오림으로 가서 감녕을 후원하여 조조의 영채에 불을 지르라고 했다. 네 번째로는 능통을 불러 군사 3천 명을 거느리고 곧바로 이릉彝陵의 경계를 차단하고 오림에 불길이 일어나면 군사를 몰아 호응하라 일렀다. 다섯 번째로는 동습을 불러 군사 3천 명을 거느리고 곧바로 한양漢陽을 치고 한천漢川으로 해

조지전 그림

서 조조의 영채로 쳐들어가되 흰 깃발이 보이면 힘을 합쳐 싸우라고 했다. 여섯 번째로는 반장을 불러 군사 3천 명을 거느리되 모두 백기를 들고 한양으로 가서 동습을 지원하라 일렀다. 여섯 부대의 선박들은 각자 길을 나누어서 떠났다.

주유는 황개에게 불지를 배들을 정돈하고 조조에게 편지를 보내 오늘밤에 항복하러 가겠다고 약속하라고 했다. 그러는 한편 전투선 네 부대를 배치하여 황개의 뒤를 따라 후원하게 하니, 제1대의 장수는 한당, 제2대의 장수는 주태, 제3대의 장수는 장흠, 제4대의 장수는 진무였다. 네 부대는 각기 전투선 3백 척을 거느렸는데, 전면에는 각각 불지를 배 20척씩을 배치했다. 주유 자신은 정보와 함께 대몽동大艨艟(대형 전함) 위에서 싸움을 독려하기로 하고, 서성과 정봉에게 좌우 호위를 맡겼다. 노숙은 감택을 비롯한 여러 모사들과 함께 영채를 지키게 했다. 정보는 주유가 병력을 이동시키고 배치하는 데 법도가 있는 것을 보고 매우 존경하고 탄복했다.

한편 손권은 병부兵符를 주고 사자를 파견하여 육손을 선봉으로 삼아 곧장 기蘄·황黃 지방으로 진군시키고 자신은 뒤따르며 후원한다고 알렸다. 주유는 또 사람을 보내 서산에서는 화포를 터뜨리고 남병산에서는 신호기를 들게 했다. 이렇게 각각 준비를 마치고 오직 황혼이 되어 출동하기만을 기다렸다.

여기서 이야기는 두 갈래로 나뉜다. 유현덕은 하구에서 공명이 돌아오기만을 학수고대하고 있는데, 별안간 한 무리의 배가 도착했다. 공자 유기가 몸소 소식을 알아보려고 온 것이었다. 현덕이 유기를 적루로 청해 올라가 앉아서 입을 열었다.

"동남풍이 분 지 오래인데 공명을 모시러 간 자룡이 지금까지 돌아오지 않으니 내 마음이 몹시 불안하네."

바로 그때 하급 장교 하나가 멀리 번구樊口 나루 쪽을 가리키며 말했다.

"순풍을 타고 돛을 단 조각배가 들어오는 걸 보니 군사임이 틀림없습니다!"

현덕은 공명을 영접하러 유기와 함께 적루를 내려갔다. 잠시 후 배가 도착하고 공명과 자룡이 기슭에 오르자 현덕이 크게 기뻐했다. 인사를 나누고 공명이 현덕에게 물었다.

"지금은 다른 일을 말씀드릴 겨를이 없습니다. 지난번에 말씀드린 군마와 전투선들은 모두 준비되었습니까?"

현덕이 대답했다.

"마련해 둔 지가 오래요. 군사가 쓰기만을 기다리고 있소."

공명은 바로 현덕·유기와 함께 원수의 자리에 좌정하고, 조운을 불러 분부했다.

"자룡은 군사 3천 명을 거느리고 강을 건너 곧장 오림의 샛길로 가서 나무와 갈대가 빽빽하게 들어찬 곳에 군사를 매복하시오. 오늘밤 4경이 지나면 틀림없이 조조가 그 길로 달아날 것이오. 그의 군사가 반쯤 지나갈 때까지 기다렸다가 불을 지르시오. 그들을 모두 죽이지는 못하겠지만 절반은 무찌를 수 있을 것이오."

조운이 물었다.

"오림에는 길이 둘인데 하나는 남군으로 통하는 길이요, 다른 하나는 형주로 가는 길입니다. 그가 어느 길로 올지 모르겠습니다."

공명이 대답했다.

"남군 쪽은 형세가 급박하니 조조가 감히 가지 못할 것이오. 그는 반드시 형주 쪽으로 왔다가 대군을 거느리고 허창으로 갈 것이오."

조운이 명령을 받고 나가자 다시 장비를 불러 분부했다.

"익덕은 군사 3천 명을 거느리고 강을 건너가서 이릉으로 가는 길을 차단하고 호로곡葫蘆谷 어귀에 매복하시오. 조조는 감히 남이릉으로 가지 못하고 반드시 북이릉을 바라고 갈 것이오. 내일 비가 한 차례 내리고 나면 틀림없이 그곳으로 와서 솥을 걸고 밥을 지

주위평 그림

을 것이니, 연기가 피어오르는 것이 보이면 즉시 산 옆에 불을 지르시오. 조조를 잡지는 못하더라도 익덕의 이번 공로는 작지 않을 것이오."

장비가 계책을 받고 나가자 이번에는 미축, 미방, 유봉 세 사람을 불렀다. 이들에게는 각기 배를 타고 강을 돌아다니면서 패잔병을 사로잡고 병장기를 빼앗도록 하라고 명했다. 세 사람도 계책을 받고 떠났다. 공명은 자리에서 일어나 공자 유기에게 말했다.

"무창武昌은 사방을 한 눈에 살필 수 있는 가장 요긴한 곳입니다. 공자께선 즉시 돌아가서 수하의 군사들을 이끌고 기슭 입구에 진을 치십시오. 조조가 패하면 반드시 도망쳐 오는 자들이 있을 것이니 그 자리에서 사로잡되 경솔하게 성을 떠나서는 안 됩니다."

유기는 즉시 현덕과 공명에게 인사를 하고 떠났다. 공명이 현덕을 보고 말했다.

"주공께서는 번구에 군사를 주둔하시고 높은 곳에 앉아서 오늘밤 주랑이 큰 공을 이루는 광경이나 구경하시지요."

이때 운장이 곁에 있었으나 공명은 아예 거들떠보지도 않았다. 운장은 참다못해 마침내 언성을 높였다.

"관 아무개는 형님을 따라 싸움터에 나선 지 여러 해가 되었지만 공을 세우는 일이라면 아직 한번도 남의 뒤에 선 적이 없었소. 오늘 모처럼 큰 적을 만났는데 군사께서 나를 쓰지 않으시니 대체 무슨 마음이오?"

공명이 웃으면서 말했다.

"운장은 나를 책망하지 마시구려! 내 본래 운장에게 가장 요긴한 길목을 지키는 수고를 끼치려 했으나 한 가지 걸리는 게 있어 감히 보내지 못하는 것이오."

운장으로선 뜻밖의 말이었다.

"뭐가 걸린단 말이오? 지금 당장 말씀해 주시오!"

공명이 말했다.

"예전에 조조가 공을 매우 후하게 대접했으니 공도 당연히 보답해야 할 것이오. 오늘 조조가 싸움에 패하면 반드시 화용도華容道로 달아날 텐데, 공을 그곳에 보내면 틀림없이 조조를 놓아 보낼 것이오. 그래서 때문에 감히 보내지 못하는 것이오."

운장이 말했다.

"군사께선 참 걱정도 많으시구려! 그 당시 조조가 관 아무개를 후하게 대해 준 것은 사실이지만 내 이미 안량의 목을 베고 문추를 죽이며 백마 땅의 포위를 풀어 그에게 보답했소이다. 오늘 맞닥뜨린다면 어찌 선선히 놓아 보내겠소?"

공명이 물었다.

"만약 놓아 보내면 어찌하겠소?"

"군법에 따라 처벌을 받겠소."

공명이 얼른 못을 박았다.

"그러면 문서를 쓰시오."

운장은 즉각 군령장을 건네주고 물었다.

"만약 조조가 그 길로 오지 않으면 어떻게 하겠소?"

"나도 공에게 군령장을 주리다."

운장이 크게 기뻐하자 공명이 다시 계교를 일러 주었다.

"운장은 화용으로 가는 샛길의 높은 산에 땔나무와 풀을 쌓고 불을 질러 그 연기로 조조를 유인하시오."

운장이 물었다.

"조조가 연기를 보면 매복이 있는 줄 알 터인데 어찌 그쪽으로 오려고 하겠소?"

공명이 웃었다.

"병법에 '허허실실虛虛實實'이란 말이 있소이다. 조조가 아무리 병법에 뛰어나다고 해도 이 계교에는 속아 넘어갈 것이오. 연기가 일어나는 것을 보면 허장성세라 여기고 반드시 그 길로 올 것이오. 장군은 사정을 봐주어서는 아니 되오."

운장은 명령을 받자 관평, 주창과 큰칼 든 군사 5백 명을 이끌고 화용으로 가는 길로 매복하러 떠났다. 현덕이 걱정했다.

"내 아우는 의리를 매우 중히 여기는 사람이라 조조가 화용도로 오면 놓아 보낼 것 같아 정말 걱정이구려."

공명이 말했다.

"제가 간밤에 천문을 보니 조조 도적놈은 아직 죽을 때가 되지 않았습니다. 그래서 운장에게 인정이나 베풀게 한 것인데, 이 역시 아름다운 일이 아니겠습니까?"

현덕은 감탄했다.

"선생의 신묘한 혜아림은 세상에 따를 자가 없을 것이오."

공명은 마침내 현덕과 함께 번구로 가서 주유가 군사 부리는 광경을 구경하기로 하고 손건과 간옹을 남겨 성을 지키게 했다.

한편 조조는 본부 영채 안에서 장수들과 대책을 상의하면서 황개의 소식만 기다리고 있었다. 이날 동남풍이 일더니 세차게 불기 시작했다. 정욱이 들어와서 조조를 일깨웠다.

"오늘 동남풍이 불기 시작했습니다. 미리 방비해야겠습니다."

조조가 웃으면서 말했다.

"동지는 음기가 극에 달하고 양기가 회복되어 처음 생겨나는 때이니 어찌 동남풍이 없겠소? 무엇이 이상하단 말이오?"

이때 군사가 들어와서 강동에서 작은 배 한 척이 황개의 밀서를 가지고 왔다고 보고했다. 조조가 급히 불러들이니 그 사람이 황개의 편지를 올렸다. 편지에는 이렇게 적혀 있었다.

주유의 방비가 워낙 빈틈이 없어 몸을 뺄 방도가 없었습니다. 그런데 이번에 파양호에서 군량을 운반해 오게 되어 주유가 저에게 순찰을 맡긴 덕분에 방편이 생겼습니다. 어떻게 해서든 강동의 이름난 장수를 죽여 그 수급을 가지고 항복하러 가겠습니다. 오늘 밤 2경에 청룡 아기를 꽂고 가는 배가 군량을 실은 배입니다.

조조는 크게 기뻐했다. 즉시 장수들과 함께 수채 안의 큰 전선에 올라 오직 황개의 배가 이르기만을 기다렸다.

한편 강동에서는 날이 저물자 주유가 채화를 불러내더니 군사에게 명하여 묶어 넘어뜨리게 했다. 채화가 고함을 질렀다.

"나에겐 아무 죄도 없소!"

주유가 내뱉었다.

"네 어떤 놈이기에 감히 거짓 투항을 한단 말이냐? 내 지금 깃발에 제사지낼 제물이 부족하니 네 머리를 좀 빌려야겠다."

채화는 더 이상 잡아뗄 수 없게 되자 소리를 버럭 질렀다.

"너희 편의 감택과 감녕도 나와 함께 모반하기로 했다!"

주유는 냉소를 흘렸다.

"그것은 내가 시킨 일이다."

채화는 아무리 후회해도 어쩔 수가 없게 되었다. 주유는 강변에
세워 둔 검은 깃발 아래로 채화를 끌어내게 했다. 땅에 술을 치고 종
이를 사른 다음 단칼에 채화의 목을 잘라 그 피로 깃발에 제를 지냈

장배성 그림

다. 그러고는 곧장 배를 띄웠다. 황개는 세 번째 화선(불지를 배)에 탔다. 몸에는 엄심갑 하나만 걸치고 날카로운 칼을 들었는데, 깃발에는 '선봉 황개'라는 네 글자가 큼직하게 적혀 있었다. 황개는 하늘 가득한 순풍을 타고 적벽을 향해 출발했다. 이때 동풍이 세차게 일며 물결이 거세게 치솟았다.

조조는 중군에서 멀리 강 너머 저쪽을 바라보고 있었다. 이윽고 달이 떠올라서 강물을 환히 비추니 마치 수만 마리의 황금 뱀이 물결 속에 뒤섞여서 노니는 듯했다. 조조는 바람을 받고 앉아 껄껄 웃으며 뜻을 이루게 되었다고 생각했다. 이때 군사 하나가 손가락질을 하면서 말했다.

"강남 쪽에서 어슴푸레하게 한 무리 돛단배들이 바람을 타고 오고 있습니다."

조조가 높은 곳에서 바라보노라니 다시 보고가 들어왔다.

"모두들 청룡 아기를 꽂았는데 가운데 큰 깃발에는 선봉 황개라는 이름이 적혀 있습니다."

조조가 웃으면서 말했다.

"공복이 항복하러 오다니 이는 하늘이 나를 도우시는 것이로다!"

강남의 배들은 점점 가까워졌다. 이때 한참 동안 배들을 관찰하고 있던 정욱이 조조를 향해 말했다.

"저 배들은 틀림없이 속임수를 쓰고 있는 것 같습니다. 잠시 영채에 다가오지 못하게 하십시오."

조조가 물었다.

"무엇으로 거짓임을 안단 말이오?"

정욱이 말했다.

대굉해 그림

"군량을 실은 배라면 반드시 무거울 텐데 저기 오는 배들은 가뿐하게 수면 위에 떠서 오고 있습니다. 더욱이 오늘밤에는 동남풍까지 세차게 불고 있으니 저들이 속임수를 부려 계책을 쓴다면 무엇으로 막겠습니까?"

불현듯 깨달은 조조는 즉시 물었다.

"누가 가서 저들을 정지시키겠는가?"

문빙이 나섰다.

"제가 물에 자못 익숙한 편입니다. 제가 가겠습니다."

말을 마친 문빙은 작은 배로 뛰어내렸다. 손을 들어 한번 가리키자 10여 척의 순시선이 문빙의 배를 따라 나섰다. 뱃머리에 우뚝 선 문빙이 큰소리로 외쳤다.

"승상의 명령이시다! 남쪽의 배들은 영채로 가까이 오지 말고 잠시 강 복판에 머물도록 하라!"

군사들도 일제히 소리쳤다.

"속히 돛을 내려라!"

그 말이 미처 끝나기도 전이었다. 시위 소리가 나고 곧이어 문빙이 왼팔에 화살을 맞고 배 가운데 푹 고꾸라졌다. 배 안이 크게 혼란스러워지며 배들은 제각기 방향을 돌려 달아났다. 남쪽 배들은 조조의 수채에서 겨우 2리쯤 떨어진 곳까지 다가왔다. 황개가 칼을 한번 휘두르자 선두의 배들이 일제히 불을 질렀다. 불은 바람의 위세를 타고 바람은 불의 기세를 도왔다. 배는 쏜살처럼 내닫고 연기와 불꽃은 하늘로 솟구쳤다. 온통 불덩이로 변한 20척의 배들이 수채 안으로 들어와 박히자 조조의 영채 안에 있던 선박들은 일시에 모조리 불길에 휩싸였다. 배들은 쇠고리로 연결되어 있어서 피하려야 피할 길이 없었다. 그때 강 건너에서 포 소리가 울리고 그 소리와 함께 사방에서 불붙은 배들이 일제히 몰려들었다. 삼강三江의 수면 위에는 불길과 바람이 한데 뒤엉켜 하늘과 땅을 온통 시뻘겋게 물들였다.

조조가 언덕 위의 영채를 돌아보니 그곳에도 몇 군데 불이 붙어 연기가 치솟았다. 이때 황개는 작은 배로 뛰어내렸다. 등 뒤의 몇 사람에게 노를 젓게 하고선 연기를 무릅쓰고 불길 속을 돌파하며 조조를 찾았다. 사태가 위급해진 것을 본 조조가 막 강기슭으로 뛰어 오르려는데, 마침 장료가 작은 거룻배 한 척을 몰고 왔다. 장료가 조조를 부축하여 거룻배로 내려왔을 때는 조조가 탔던 큰 배도 이미 불길에 휩싸였다. 장료는 10여 명의 부하들과 함께 조조를 보호하여 나는 듯이 기슭으로 배를 몰았다. 검붉은 전포를 입은 자가 작은 배로 옮겨 타는 광경을 목격한 황개는 그가 바로 조조임을 짐작했다. 황개는 즉시 배를 재촉하여 쏜살같이 나아가며 날카로운 칼을 들고 목청을 돋우어 소리쳤다.

"조조 역적은 달아나지 말라! 황개가 여기 있다!"

조조는 겁이 나서 연신 비명을 질렀다. 장료가 시위에 살을 메기더니 황개가 좀 더 가까이 오기를 기다려 화살을 날렸다. 요란하게 울부짖는 바람 소리와 눈을 찌르는 불빛 속에 있는 황개의 귀에 어찌 시위 소리가 들릴 수 있었겠는가? 어깻죽지에 정통으로 화살을 맞은 황개는 몸을 뒤집으며 물속으로 떨어지고 말았다. 이야말로 다음 대구와 같다.

불 재앙이 왕성할 때 물의 재앙을 또 만나고 /
몽둥이 상처 아물고 나자 화살 상처 또 입네
火厄盛時遭水厄　棒瘡愈後患金瘡

황개의 목숨은 어찌될 것인가, 다음 회를 보라.

50

화용도

제갈량은 지혜롭게 화용도 일 헤아리고
관운장은 의리로 조조를 놓아 보내다
諸葛亮智算華容 關雲長義釋曹操

그날 밤 장료는 한 살에 황개를 쏘아 강물에 떨어뜨리고 조조를 구하여 기슭으로 올라갔다. 말을 찾아서 달아날 때쯤 군사들은 이미 큰 혼란에 빠져 있었다. 한당이 연기를 무릅쓴 채 불길을 뚫고 조조의 수채를 공격하는데 갑자기 군졸이 보고하는 소리가 들렸다.

"고물 쪽 키 있는 곳에서 누군가 큰소리로 장군의 자字를 부르고 있습니다."

한당이 귀를 기울여 자세히 들어 보니 누군가 소리를 치고 있었다.

"의공義公(한당의 자), 나를 구해 주오!"

한당은 목소리의 주인이 누군지 알아차렸다.

"저 사람은 황공복이야!"

급히 부하들에게 일러

구하고 보니 황개는 화살에 맞아 상처를 입고 있었다. 한당이 화살을 이빨로 물어 뽑아내자 살대만 나오고 촉은 살 속에 박혀 나오지 않았다. 한당은 급히 물에 젖은 옷을 벗기고 칼끝으로 살촉을 파낸 다음 깃발을 찢어 상처를 동여맸다. 그러고는 자신의 전포를 벗어 황개에게 입힌 다음 다른 배에 태워 본부 영채로 보내 치료를 받게 했다. 황개는 물의 성질을 잘 알고 있었던 까닭에 그토록 추운 시기에 갑옷을 입은 채 강물에 빠지고도 목숨을 건질 수 있었던 것이다.

한편 이날 장강에는 온통 불덩이가 굴러다니고 함성은 천지를 뒤흔들었다. 왼편에서는 한당과 장흠의 두 부대 군사가 적벽의 서쪽으로부터 쳐들어오고, 오른편에서는 주태와 진무의 두 부대 군사가 적벽의 동쪽으로부터 쇄도했다. 중앙에서는 주유, 정보, 서성, 정봉이 거느린 대부대의 선박들이 모두 밀고 들어왔다. 불은 군사에 맞추어 호응하고 군사는 불의 위엄에 의지하여 움직이니, 이것이 바로 삼강의 수전三江水戰이요, 적벽의 격전赤壁鏖兵이다. 조조의 군사들은 창에 찔리고 화살에 맞으며 불에 타고 물에 빠져, 죽은 자가 이루 헤아릴 수 없을 정도였다. 후세 사람이 지은 시가 있다.

위와 오가 한판 붙어 자웅을 가르는데 /
적벽에 가득하던 전선 일시에 소탕되네. //
불길이 순식간에 하늘과 강에 가득하니 /
주랑이 옛적 이곳에서 조조를 무찔렀네.
魏吳爭鬪決雌雄, 赤壁樓船一掃空. 烈火初張照雲海, 周郎曾此破曹公.

또 칠언절구 한 수가 있다.

산은 높고 달은 작고 강은 넓어 아득한데 /

옛 왕조 군웅의 다툼 생각하며 탄식하누나. //

강남 사람들 조조를 받아들일 마음이 없자 /

동풍도 그걸 알았는지 주랑 편을 들었다네.

山高月小水茫茫, 追嘆前朝割據忙. 南士無心迎魏武, 東風有意便周郎.

강에서 벌어진 격전에 대한 이야기는 그만 여기서 접는다. 한편

구도봉 그림

감녕은 채중을 길잡이로 세워 조조의 영채 깊숙이 들어가서는 채중을 단칼에 베어 말 아래 거꾸러뜨리고 즉시 마초馬草 더미에 불을 질렀다. 멀리서 중군에 불이 일어나는 것을 본 여몽 역시 10여 군데에다 불을 놓아 감녕을 지원했다. 반장과 동습도 각기 나뉘어 불을 지르고 고함을 쳤고 사방에서 북소리가 진동했다. 조조는 장료와 함께 1백여 명의 기병을 이끌고 불바다 속으로 달아났다. 앞을 보니 불이 붙지 않은 곳이라곤 없었다. 한창 달아나다 보니 모개가 문빙을 구하여 10여 기를 이끌고 당도했다. 조조가 군사들에게 길을 찾으라고 명했다. 장료가 한 군데를 가리키며 말했다.

"오림烏林 쪽만이 트여 있습니다. 그쪽으로 가야 합니다."

조조는 곧장 오림 쪽으로 달아났다. 한창 달아나고 있는데 등 뒤에서 한 떼의 군사가 쫓아오며 큰소리로 고함을 쳤다.

"역적 조조는 달아나지 말라!"

불빛 속에서 여몽의 깃발이 나타났다. 조조는 군사를 재촉하여 앞으로 나아가며 장료를 남겨 뒤를 차단하고 여몽을 막게 했다. 그런데 전면에서 또다시 횃불들이 일어나더니 산골짜기에서 한 떼의 군사가 쏟아져 나오며 크게 소리쳤다.

"능통이 여기 있다!"

조조는 간과 쓸개가 다 파열되는 것 같았다. 이때 문득 옆쪽에서 한 떼의 군사가 달려오며 소리를 쳤다.

"승상! 당황하지 마십시오! 서황이 여기 있습니다!"

양편 군사가 어우러져 한바탕 혼전을 벌이고는 길을 앗아 북쪽을 향하여 달아났다. 문득 한 부대의 군사가 산비탈 앞에 주둔한 것이 보였다. 서황이 앞으로 나가서 물어보니 원소 수하에 있다가 항복한 장수 마연과 장의였다. 그들은 북방의 군사 3천 명을 거느리고 그곳에 영채를 벌여 세우고 있었다. 그들은 이날 밤 하늘 가득 불길이 시뻘겋게 일어나는 것을 보고 감히 움직이지 못하고 있다가 마침 조조를 맞게 된 것이었다. 조조는 두 장수에게 1천 명의 군사를 이끌고 길을 열게 하고 나머지 군사들은 남겨 자신의 신변을 호위토록 했다. 조조는 힘이 빠지지 않은 군사를 얻고 보니 마음이 조금 안정되었다. 마연과 장의는 기병들을 거느리고 나는 듯이 말을 달려 나갔다. 그러나 10리도 못 가서 함성이 일어나더니 한 떼의 군사가 나타났다. 선두에 선 장수가 크게 소리를 질렀다.

"나는 바로 동오의 감흥패興霸(감녕의 자)다!"

마연이 바로 싸우려고 달려들었지만 어느 결에 감녕이 휘두른 칼날에 목이 잘려 말 아래 떨어지고 말았다. 장의가 창을 꼬나들고 나가서 그를 맞았다. 그러나 감녕이 벽력같은 고함을 내지르자 장의는 손을 놀려 보지도 못한 채 허둥거렸다. 그 순간 감녕이 내리찍는 칼을 맞고 몸을 뒤집으며 말에서 떨어지고 말았다. 후군이 나는 듯이 달려가 조조에게 보고했다.

조조는 이때 합비에서 구원병이 오기만을 은근히 바라고 있었다. 그러나 손권이 합비의 길목에 있을 줄은 생각지도 못했다. 손권은 멀리 장강에서 불빛이 일어나는 것을 보고 아군이 이긴 것을 알았다. 그래서 즉시 육손에게 불을 질러 신호를 올리게 했다. 태사자가 그 신호를 보고 육손과 군사를 합쳐 돌격했다. 조조는 이릉을 향하여 달아날 수밖에 없었다. 길에서 장합을 만난 조조는 그에게 뒤를 차단하라고 명했다.

닫는 말에 채찍을 가하며 5경이 될 때까지 달리다 머리를 돌려 바라보니 불빛은 점점 멀어졌다. 그제야 비로소 마음이 진정된 조조가 물었다.

"이곳이 어디냐?"

곁에서 따르는 자들이 대답했다.

"여기는 오림의 서쪽이고 의도宜都의 북쪽입니다."

살펴보니 수목이 우거지고 산천이 험준했다. 조조는 말 위에서 얼

초성근 그림

굴을 쳐들고 한동안 깔깔 웃어댔다. 장수들이 물었다.

"승상께서는 무슨 까닭으로 그리 크게 웃으십니까?"

조조가 대답했다.

"주유가 꾀 없고 제갈량이 지혜 모자란 것이 우스워서 웃는 것이오. 내가 용병을 했더라면 미리 이곳에 한 떼의 군사를 매복시켰을 것이오. 그랬다면 우리가 어떻게 하겠소?"

그 말이 미처 끝나기도 전에 양편에서 북소리가 요란하게 울리면서 불빛이 하늘 높이 솟구쳤다. 조조는 어찌나 놀랐던지 하마터면 말에서 떨어질 뻔했다. 한 떼의 군사가 옆길에서 쏟아져 나오며 큰 소리로 외쳤다.

"나 조자룡이 군사의 장령을 받들고 여기서 기다린 지 오래다!"

조조는 서황과 장합에게 조운을 대적하라고 하고 자신은 연기를 무릅쓰고 불길을 뚫으며 달아났다. 자룡은 뒤쫓지 않고 기치를 빼앗는 데만 열중했다. 덕분에 조조는 그곳을 벗어날 수 있었다.

날은 희미하게 밝아 오는데 검은 구름은 땅을 덮고 동남풍도 아직 그치지 않았다. 갑자기 동이로 들이 붓듯 소나기가 쏟아졌다. 그 바람에 갑옷이 흠뻑 젖고 말았다. 조조는 군사들과 함께 퍼붓는 비를 무릅쓰고 행군했다. 군사들의 얼굴에는 주린 빛이 완연했다. 조조는 군사들을 시켜 마을로 들어가 식량을 겁탈하고 불씨를 찾아오게 했다. 막 밥을 지으려 하는데 뒤쪽에서 한 떼의 군마가 들이닥쳤다. 조조는 몹시 당황했다. 그러나 다행히 이전과 허저가 모사들을 보호하여 오는 길이었다. 조조는 크게 기뻐하며 군사들에게 다시 행군을 명했다. 그러고는 물었다.

"저 앞은 어디이냐?"

한 군졸이 대답했다.

"한쪽은 남이릉으로 가는 큰길이고, 또 한쪽은 북이릉으로 통하는 산길입니다."

"어느 쪽이 남군 강릉과 가까우냐?"

"북이릉 길로 해서 호로구葫蘆口를 지나는 게 가장 가깝습니다."

조조는 북이릉 길로 가게 했다. 호로구에 이르니 군사들은 허기에 지쳐 제대로 걷지 못하고 말도 피곤에 지쳐 길바닥에 쓰러지곤 했다. 조조는 선두의 군사들에게 잠시 쉬라고 일렀다. 말에 나과羅鍋를 실은 자들이 있는가 하면 촌락에서 빼앗아 온 쌀도 있는지라, 산 옆의 마른자리를 골라 냄비를 걸고 밥을 지으면서 말고기를 베어 구워 먹으려 했다. 군사들은 젖은 옷을 벗어 바람에 말리고 말들은 안장을 벗기고 들판에 풀어놓아 풀뿌리나마 뜯어먹게 했다. 이때 나무가 듬성듬성한 숲 아래 앉아 있던 조조가 얼굴을 젖히더니 까르르 웃음을 터뜨렸다. 관원들이 물었다.

"조금 전에도 승상께서 주유와 제갈량을 비웃으시다가 조자룡을 불러들이는 바람에 허다한 인마를 죽였습니다. 그런데 지금 어찌하여 또 웃으십니까?"

조조가 대답했다.

"제갈량과 주유가 아무래도 지혜와 꾀가 모자란 게 우습구려. 내가 군사를 배치했더라면 바로 이곳에다 한 떼의 군사를 매복시켜서 편안히 앉아서 지친 적을 기다리게 했을 것이오. 그렇게 했더라면 설령 우리가 목숨은 건질지 몰라도 중상은 면하지 못할 것이오. 그들의

*나과 | 낮에는 밥을 짓는 냄비로 쓰고 밤에는 시간을 알리는 징으로 쓰는 군용 용기容器.

식견이 여기까지 미치지 못했으므로 내가 웃는 것이오."

　한창 이런 말을 하고 있는데 전군과 후군이 일제히 고함을 질렀다. 깜짝 놀란 조조는 갑옷도 입지 못한 채 말에 올랐다. 군사들도 미처 말을 거두어들이지 못한 자가 많았다. 어느새 사면으로부터 불길과

조지전 그림

연기가 치솟으며 가득 퍼졌다. 그와 동시에 한 떼의 군마가 산 입구에 늘어섰다. 앞장 선 장수는 연인 장익덕이었다. 그는 장팔사모를 가로 든 채 말을 세우고 호통 쳤다.

"역적 조조는 어디로 도망치느냐?"

장비를 본 장졸들은 모두 간담이 서늘했다. 허저가 안장도 없는 말을 타고 나와 장비에게 덤벼들었다. 장료와 서황도 말을 달려 협공했다. 양편 군사는 혼전을 벌이며 한 덩어리가 되었다. 이 틈에 조조는 먼저 말머리를 돌려 달아났다. 장수들도 각자 몸을 뽑아 달아났다. 장비가 뒤에서 추격했다. 조조가 목숨을 걸고 구불구불 내달리다 보니 추격병들도 차츰 멀어졌다. 뒤를 돌아보니 따르는 장수들은 거의가 다 상처를 입고 있었다.

한창 길을 가고 있는데 군사가 여쭈었다.

"앞에 두 갈래 길이 나왔습니다. 승상께서는 어느 길로 가시렵니까?"

조조가 물었다.

"어느 길이 가까우냐?"

"큰길을 좀 평탄하지만 50여 리나 멀고, 샛길은 화용으로 가는 길인데 50여 리쯤 가깝습니다. 그렇지만 지역은 좁고 길은 험한 데다 구렁텅이가 많아 가기 힘듭니다."

조조가 산에 올라가 살펴보라고 하자 군사가 올라갔다 와서 보고했다.

"샛길 쪽 산기슭에는 몇 군데 연기가 피어오르고 큰길 쪽에는 아무런 동정도 없습니다."

조조는 선두의 군사들에게 화용도 쪽 샛길로 가라고 명했다. 장수들이 물었다.

"연기가 일어나는 곳에는 반드시 군사가 있는 법인데, 어찌 도리어 그 길로 가십니까?"

조조가 대답했다.

"병서兵書에 '허하면 실하게 하고虛則實之, 실하면 허하게 하라實則虛之'고 하지 않았소? 제갈량은 꾀가 많은 사람이오. 일부러 산속 후미진 곳에 연기를 피워 우리 군사가 감히 이 산길로 들어서지 못하게 하고, 자기들은 대로변에 군사를 매복시키고 우리를 기다릴 것이오. 내 생각은 이미 정해졌으니 그 계책에 말려들지는 않을 것이오!"

장수들이 이구동성으로 칭찬했다.

"승상의 신묘한 헤아림은 어느 누구도 따르지 못하겠습니다."

마침내 군사들을 이끌고 화용 길로 들어섰다. 이때 사람들은 모두 굶주림에 지쳐 쓰러지고 말들도 피로에 지쳐 있었다. 머리가 그을리고 이마가 덴 자들은 지팡이를 짚으며 걷고, 화살에 맞고 창에 찔린 자들은 죽지 못해 억지로 걸음을 옮겼다. 갑옷들은 빗물에 흠뻑 젖어 하나도 제대로 갖추지 못했고, 병장기와 깃발들도 어수선하고 형편이 없었다. 대부분이 이릉 길에서 기습을 받고 도망칠 때 맨 말만 집어타고 안장이며 고삐며 옷은 팽개치고 온 것이었다. 때마침 엄동설한이라 그 고생은 이루 말할 수 없을 지경이었다.

선두의 군사들이 말을 멈추고 전진하지 못하자 조조가 까닭을 물었다. 군사가 돌아와 보고했다.

"앞쪽엔 산이 후미지고 길이 좁은데 새벽에 비가 내려 구렁에 온통 물이 고였습니다. 고인 물이 빠지지 않아 진창에 말발굽이 빠져 앞으로 나가지 못하고 있습니다."

조조는 크게 노하여 꾸짖었다.

"군대란 산을 만나면 길을 내고 물을 만나면 다리를 놓는 법이거늘, 어찌 진창 때문에 전진하지 못한단 말이냐?"

즉시 노약자와 부상자들은 뒤에서 천천히 걸어오게 하고 건장한 자들은 흙을 나르고 나무를 베고 풀과 갈대를 날라다 구렁을 메우게 했다. 즉시 행동하지 않거나 명령을 어기는 자는 목을 친다고 하자 군사들은 어쩔 수 없이 말에서 내려 길가의 나무를 찍고 참대를 베어다가 산길을 메웠다. 조조는 뒤에서 적병이 쫓아오지나 않을까 두려워 장료, 허저, 서황에게 1백 기를 이끌고 조금이라도 꾸물거리는 자는 당장 목을 베라고 했다. 군사들은 굶주리고 지쳐 푹푹 쓰러지는

데 조조는 쓰러진 자를 그대로 밟고 지나가라고 군사들에게 호령했다. 죽은 자가 수를 헤아릴 수 없었고 울부짖는 소리가 끊이지 않았다. 조조는 노하여 소리쳤다.

"죽고 사는 것은 운명이거늘 울기는 어째서 운단 말이냐? 다시 우는 자가 있으면 그 자리에서 목을 치겠다!"

전체 군사 중 3분의 1은 뒤에 처지고, 3분의 1은 죽은 시체가 되어 구렁을 메웠으며, 나머지 3분의 1만 조조를 따라갔다. 험준한 곳을 지나자 길이 조금 평탄해졌다. 조조가 뒤를 돌아보니 3백여 기가 따를 뿐인데 그나마 갑옷이나 전포를 제대로 갖추어 입은 자라곤 하나도 없었다. 조조가 빨리 가자고 재촉하자 장수들이 사정했다.

대광해 그림

"말들이 지쳐 걷지를 못하니 좀 쉬어 가는 게 좋겠습니다."

조조는 고집을 부렸다.

"형주까지 가서 쉬더라도 늦지 않을 것이오."

그로부터 몇 리를 못 갔을 때였다. 말 위에 앉은 조조가 채찍을 휘두르며 다시 한바탕 깔깔거리고 웃었다. 장수들이 물었다.

"승상께선 어째서 또 그리 크게 웃으십니까?"

조조가 대답했다.

"사람들은 모두 주유와 제갈량이 지혜가 넘치고 꾀가 많다고들 하지만 내가 보기에는 결국 무능한 것들이오. 이곳에다 약간의 군사를 매복시켰다면 우리는 꼼짝 못하고 결박당할 게 아니겠소?"

그 말이 미처 끝나기도 전이었다. 포성이 한번 '쾅!' 하고 울리더니 양편으로부터 큰칼을 든 군사 5백 명이 나타나 벌려 섰다. 앞장선 대장은 관운장인데, 청룡도를 들고 적토마를 탄 채 길을 가로막았다. 조조의 군사들은 혼이 달아나고 용기가 꺾여 서로 얼굴만 쳐다볼 뿐이었다. 조조가 말했다.

"일이 이 지경에 이르렀으니 죽기로 싸울 수밖에 없지 않은가?"

장수들은 자신이 없었다.

"사람은 겁내지 않는다 해도 말들이 이미 힘이 다했는데 어떻게 싸우겠습니까?"

정욱이 권했다.

"저는 평소 운장의 사람됨을 잘 알고 있습니다. 윗사람에게는 꼿꼿해도 아랫사람은 차마 깔보지 못하고, 강한 자는 꺾으려 하지만 약한 자는 능멸하지 못하며, 은혜와 원한이 분명하고 신용과 의리를 중히 여깁니다. 승상께서 지난날 그에게 은혜를 베푸신 적이 있으니 직접 사정하시면 이 난국을 벗어날 길이 있을 것입니다.”

조조는 그의 말을 따라 즉시 말을 달려 앞으로 나가 몸을 약간 굽히며 운장에게 말했다.

“장군! 헤어진 이래 무탈하시오?”

운장 또한 몸을 약간 굽히면서 응답했다.

“관 아무개는 군사의 장령을 받들고 승상을 기다린 지 오래 되었소이다.”

조조는 용기를 냈다.

“조조가 싸움에 지고 형세가 위태로워 이곳까지 왔지만 갈 길이 없구려. 장군께선 지난날의 정을 소중히 생각해 주시기 바라오.”

운장이 대꾸했다.

“지난날 관 아무개가 승상의 두터운 은혜를 입은 적이 있지만 이미 안량을 베고 문추를 죽이며 백마의 포위를 풀어 보답해 드렸소이다. 오늘 일은 공적인 일인데 어찌 사사로운 정 때문에 폐하겠소이까?”

조조가 다시 말했다.

“다섯 관을 지나며 장수들을 벤 일을 아직도 기억하시겠지요? 대장부는 신의를 무겁게 여기는 법이외다. 장군은 『춘추』에 밝으면서 어찌 유공지사庾公之斯가 자탁유자子濯孺子를 쫓던 일*을 모르신단 말

---

*유공지사庾公之斯가 자탁유자子濯孺子를 쫓던 일 | 춘추시대 위衛나라의 유공지사가 정鄭나라의 자탁유자를 추격하여 활을 쏘아 잡을 수 있는 거리까지 접근했다. 두 사람은 모두 활을 잘 쏘았지만, 자탁유자는 마침 몸이 아파서 시위를 당길 기운조차 없었다. 유공지사가 그걸 알고 “나는 윤공지타尹公之他에게서 활 재주를 배웠는데, 윤공지타는 공으로부터 활 재주를 배웠다더군요. 내 차마 공의 활 쏘는 기술로 공을 해칠 수는 없소이다.”라 하고 촉을 뽑은 화살 네 대를 쏘고 돌아갔다고 한다. 이 일은 『맹자』에 나오는 일화인데 여기서는 『춘추』에 나오는 일로 되어 있다.

씀이오?"

운장은 본래 의리를 산처럼 무겁게 여기는 사람이다. 당시 조조가 베풀어 준 갖가지 은혜며, 뒷날 다섯 관을 지나며 여섯 장수를 벤 일을 생각하면 어찌 마음이 움직이지 않겠는가? 더욱이 조조의 군사들이 모두 당황해 금방이라도 눈물을 떨어뜨릴 것 같은 모습을 보자 차마 죽일 수 없다는 마음이 일어났다. 이에 말머리를 돌리며 수하의 군사들에게 말했다.

"사방으로 흩어져 벌려 서라."

조지전 그림

분명 조조를 놓아주겠다는 뜻이었다. 운장이 말머리를 돌리는 것을 본 조조와 장수들은 일제히 말을 달려 그곳을 뚫고 지나갔다. 운장이 몸을 돌렸을 때는 조조와 장수들은 이미 지나간 다음이었다. 운장이 별안간 버럭 호통을 치자 군사들은 모두 말에서 내리더니 땅에 엎드려 울면서 절을 했다. 운장은 한층 더 측은한 생각이 들었다. 차마 죽이지 못하고 머뭇거리고 있는데 마침 장료가 말을 달려 그곳에 이르렀다. 운장은 장료를 보자 다시 옛 친구에 대한 정이 되살아났다. 마침내 땅이 꺼지게 한숨을 쉰 운장은 모두 그대로 놓아 보내고 말았다. 후세 사람이 지은 시가 있다.

조만이 싸움에 지고 화용으로 달아나다 /
좁은 길에서 정통으로 관공과 마주쳤네. //
다만 지난날의 은혜와 의리를 중히 여겨 /
무쇠 자물쇠 열어 교룡을 놓아 보내네.
曹瞞兵敗走華容, 正與關公狹路逢. 只爲當初恩義重, 放開金鎖走蛟龍.

화용도의 고난을 벗어난 조조가 골짜기 어귀에 이르러 뒤를 돌아보니 따르는 군사는 겨우 27기뿐이었다. 날이 저물 때쯤 남군 가까이에 이르렀는데, 횃불이 환하게 비치며 한 떼의 인마가 길을 가로막았다. 조조는 소스라치게 놀랐다.

"내 목숨이 끝장나는구나!"

그런데 가까이 온 한 떼의 순찰병을 보니 조인의 군마였다. 조조는 그제야 겨우 마음이 놓였다. 조인이 조조를 영접하면서 말했다.

"싸움에서 패했다는 소식은 들었지만 감히 멀리 떠날 수가 없어 부근에서 영접할 수밖에 없었습니다."

조조가 말했다.

"하마터면 너를 만나지 못할 뻔했다."

조조는 드디어 무리를 이끌고 남군으로 들어가 편히 쉴 수 있게 되었다. 뒤이어 장료도 도착하여 운장의 덕을 이야기했다. 조조가 장교들을 점검해 보니 상처를 입은 자가 매우 많았다. 조조는 그들에게 편히 쉬라고 일렀다. 조인이 조조의 시름을 풀어 주려고 술자리를 마련했다. 모사들도 모두 한 자리에 모였다. 조조가 느닷없이 하늘을 우러러 대성통곡을 했다. 모사들이 물었다.

"승상께서는 호랑이 굴에서 난을 피해 오실 때도 전혀 두려워하지 않으셨습니다. 그런데 이제 성에 도착하여 사람들은 음식을 먹고 말도 먹이를 먹였으니 바야흐로 군마를 정돈하여 원수를 갚아야 할 것입니다. 그런데 어찌하여 도리어 통곡을 하십니까?"

조조가 대답했다.

"나는 곽봉효奉孝(곽가의 자)가 생각나서 우는 것이오. 봉효만 살아 있었더라면 내가 이런 낭패를 보도록 두고 보지는 않았을 것이오!"

조조는 주먹으로 가슴을 치면서 목 놓아 울었다.

"슬프구나, 봉효여! 아프구나, 봉효여! 아깝구나, 봉효여!"

모사들은 모두 입을 다물고 부끄러워했다.

이튿날 조조는 조인을 불러 분부했다.

"내 이제 잠시 허도로 돌아가 군마를 수습한 다음 반드시 원수를 갚으러 오겠다. 자네는 남군을 잘 보전하고 있도록 하라. 내 여기에 은밀한 계책을 두고 갈 터이니 급하지 않으면 그냥 두고 다급해지면 열어 보라. 그 계책에 따라 움직인다면 동오에서 감히 남군을 똑바로 쳐다보지 못할 것이야.”

조인이 물었다.

“합비와 양양은 누가 지킵니까?”

조조가 대답했다.

조지전 그림

"형주는 자네에게 맡기고, 양양은 하후돈을 보내서 지키도록 했다. 합비는 가장 요긴한 곳이라 장료를 주장으로 삼고 악진과 이전을 부장으로 삼아 지키게 했다. 일단 급한 일이 생기면 급보를 띄우도록 하라."

군사 배치를 마친 조조는 마침내 말에 올라 무리를 이끌고 허창으로 돌아갔다. 원래 형주에 있다가 항복한 문관과 무장들도 이전 직

초성근 그림

책대로 쓰려고 허창으로 데리고 갔다. 조인은 조홍을 파견하여 이릉과 남군을 지키며 주유를 방비하게 했다.

한편 관운장은 조조를 놓아 보낸 뒤 군사를 이끌고 돌아갔다. 이때 여러 갈래의 군마들은 모두가 말이며 병기며 돈이며 식량 따위를 노획하여 하구로 돌아와 있었다. 유독 운장만이 말 한 필 포로 한 명 잡지 못한 채 빈손으로 돌아와 현덕을 알현했다. 공명은 마침 현덕과 함께 승전을 축하하고 있었다. 운장이 돌아왔다는 보고를 받은 그는 바삐 자리에서 일어나 술잔을 손에 든 채 운장을 맞이했다.

"장군께서 이처럼 세상을 덮을 큰 공을 세운 것이 무엇보다 기쁜 일이오. 천하를 위하여 큰 해를 제거했구려. 멀리 나가 영접하며 경하해야 마땅할 일이었소이다!"

그러나 운장은 묵묵히 말이 없었다. 공명이 물었다.

"장군께선 우리가 멀리 나가 마중하지 않았다고 기분이 상하셨소이까?"

공명은 운장의 측근들을 돌아보며 꾸짖었다.

"너희들은 어찌하여 먼저 와서 보고하지 않았느냐?"

운장이 입을 열었다.

"관 아무개는 특별히 죽음을 청하러 왔소이다."

공명이 물었다.

"혹시 조조가 화용도로 오지 않았던가요?"

운장이 대답했다.

"그 길로 온 것은 틀림없소이다. 하지만 관 아무개가 무능해서 놓치고 말았소이다."

공명이 또 물었다.

"그럼 어떤 장수나 군사를 잡아 오셨소?"

운장의 대답은 힘이 없었다.

"하나도 잡지 못했소이다."

공명이 매섭게 소리쳤다.

"이는 운장이 조조의 옛 은혜를 생각해서 일부러 놓아준 것이렷다! 이미 받아둔 군령장이 여기 있으니 군법에 따라 다스리지 않을 수 없소!"

즉시 무사들에게 운장을 끌어내 목을 치라고 호령했다. 이야말로 다음 대구와 같다.

한번 죽을 각오로 지기에게 보답하려다 /
의로운 그 이름 천추에 우러르게 되었네
拼將一死酬知己 致令千秋仰義名

운장의 목숨은 어찌될 것인가, 다음 회를 보라.

51

남군 쟁탈전

조인은 동오의 군사들과 크게 싸우고
공명은 처음으로 주유의 화를 돋우다
曹仁大戰東吳兵 孔明一氣周公瑾

공명이 운장의 목을 베려는 걸 현덕이 만류했다.

"예전에 우리 세 사람이 형제의 의를 맺을 때 생사를 같이 하기로
맹세했소. 지금 운장이 군법을 범하기는 했으나
차마 지난날의 맹세를 어길 수가 없구려. 바라
건대 당분간 잘못을 기록해 두었다가
공을 세워 속죄토록 해주시오."

공명은 그제야 운장을 용서했다.

한편 주유는 군사를 거두고
장수들을 점검한 뒤 각각 공
을 확인하여 오후에게 보고했
다. 항복받은 군졸들은 모두 석방
해 강 건너로 보냈다. 삼군에는 음
식과 상을 내려 크게 위로하고 즉시

군사를 진격시켜 남군을 뺏으려 했다. 선두 부대가 강변에 이르러 영채를 세웠다. 앞뒤로 다섯 영채로 나누고 주유는 가운데에 자리를 잡았다.

주유가 장수들과 진군할 계책을 상의하고 있는데 보고가 들어왔다.

"유현덕이 도독께 축하를 드리려고 손건을 보내왔습니다."

주유가 모셔 들이라고 명했다. 손건이 군막 안으로 들어와 인사를 마친 다음 말했다.

"주공께서 내게 특명을 내리시어 도독의 크나큰 덕에 감사하고, 약소한 예물을 바치게 하셨습니다."

주유가 물었다.

"현덕께선 어디에 계시오?"

손건이 대답했다.

"지금 군사를 옮겨 유강구油江口에 주둔하고 계십니다."

주유는 깜짝 놀랐다.

"공명 역시 유강에 있소?"

"공명께서도 주공과 함께 유강에 계십니다."

주유는 서둘렀다.

"그럼 그대는 먼저 돌아가시오. 내가 직접 가서 사례하리다."

주유는 예물을 받고 손건을 먼저 돌려보냈다. 노숙이 물었다.

"방금 도독께선 왜 그리 놀라셨소?"

주유가 설명했다.

"유비가 유강에 군사를 주둔했다니 분명 남군을 빼앗을 생각일 것이오. 우리가 그토록 많은 군사를 잃고 그토록 숱한 돈과 양식을 허비하여 이제 손만 뻗으면 남군을 차지할 수 있게 되었소. 그런데 저들이 못된 심보를 품고 다 된 물건을 그저 차지하려고 하고 있소. 그렇지만 이 주유가 죽지 않았다는 걸 보여 줄 것이오!"

노숙이 다시 물었다.

"어떤 계책으로 물리치려 하오?"

주유가 대답했다.

"내가 직접 가서 유비와 이야기할 것이오. 잘되면 좋지만 그렇지 않을 때는 그가 남군을 손에 넣기 전에 먼저 유비부터 없애 버리겠소!"

노숙이 말했다.

"나도 함께 가고 싶소이다."

이리하여 주유는 노숙과 함께 날랜 기병 3천 명을 거느리고 곧바로 유강구로 갔다.

이에 앞서 손건이 돌아가 주유가 직접 와서 사례하겠다고 하더라고 현덕에게 전했다. 현덕이 공명에게 물었다.

"오는 뜻이 무엇이겠소?"

공명이 웃으며 대답했다.

"설마 하찮은 선물 때문에 사례하러 오겠습니까? 남군 때문에 오는 것입니다."

유비가 다시 물었다.

"그가 그 일을 꺼내면 어떻게 대응해야 하오?"

공명이 대답했다.

"그가 오면 이러저러하게 응답하시면 됩니다."

공명은 유강구에 전투선을 정렬하고 강기슭에는 군사들을 도열시켰다. 한 사람이 들어와 보고했다.

"주유와 노숙이 군사를 이끌고 왔습니다."

공명은 조운에게 기병 몇을 데리고 나가 그들을 영접하라 일렀다. 주유는 유비 군사들의 기세가 웅장한 것을 보고 속으로 몹시 불안했다. 영문 밖에 이르자 현덕과 공명이 맞이하여 막사 안으로 들어갔다. 서로 인사를 나누고 주연을 베풀어 대접했다. 현덕이 잔을 들고 주유가 적병을 크게 무찌른 일을 치하했다. 술이 몇 순 돌고 나서 주유가 말문을 열었다.

"예주께서 군사를 이곳으로 옮긴 것은 혹시 남군을 취할 뜻이 있어서 그러신 것입니까?"

현덕이 대답했다.

"도독께서 남군을 취하려 하신다는 소식을 듣고 도와드리러 왔소이다. 만약 도독께서 취하지 않으시겠다면 내가 반드시 손에 넣을 작정이오."

주유가 웃으면서 말했다.

"우리 동오가 한강漢江을 병탄하려 한 지는 오랩니다. 지금 남군은 손에 들어온 것이나 마찬가진데 어찌 차지하지 않겠소이까?"

현덕이 대꾸했다.

"승부란 예측할 수 없는 법입니다. 조조가 돌아갈 때 조인을 남겨 남군 둥지를 지키게 했으니 반드시 기묘한 계책을 일러 주었을 것이오. 더욱이 조인의 용맹은 당하기 어려우니 도독께서 취하지 못하지나 않을까 걱정이구려."

주유가 장담했다.

"내가 남군을 빼앗지 못한다면 그때는 공께서 마음대로 차지해

1254

도 좋습니다.”

현덕은 얼른 다짐을 받았다.

“자경과 공명이 이 자리에서 증인이 될 것이오. 도독께선 후회하지 마시구려.”

노숙은 주저하며 대답을 못하는데 주유가 선뜻 말했다.

“대장부가 이미 말을 했으면 그만이지 어찌 후회가 있겠습니까?”

공명이 끼어들었다.

“도독의 말씀이 참으로 공정한 의론입니다. 먼저 동오가 남군을 취하도록 양보하고, 함락시키지 못할 경우 주공께서 공격해서 안 될 게 뭐가 있겠습니까?”

주유와 노숙은 현덕과 공명에게 작별하고 말을 타고 떠났다. 현덕이 공명에게 물었다.

“방금 선생께서 일러 주신 대로 그리 대답하기는 했으나 돌이켜 생각하니 이치에 맞지 않는 것 같소. 내 지금 외롭고 궁한 처지로 발디딜 땅 한 조각이 없어 남군을 얻어 몸을 붙여 볼까 하고 있소. 그런데 주유에게 먼저 공격하라고 했으니 성은 이미 동오의 차지가 된 셈이오. 무슨 수로 그곳을 얻을 수 있겠소?”

공명은 껄껄 웃으며 되물었다.

“애초에 형주를 손에 넣으시라고 권했을 때는 듣지 않으시더니 지금 새삼 욕심이 나십니까?”

현덕이 대답했다.

“전에는 경승의 땅이라 차마 빼앗을 수 없었지만, 지금이야 조조의 땅이 되었으니 이치로 보아 빼앗는 것이 마땅하지요.”

공명이 장담했다.

"주공께서는 걱정하지 마십시오. 주유가 먼저 가서 싸우도록 내버려두었다가 조만간 주공께서 남군성 안에 높이 앉으시게 해 드리겠습니다."

현덕이 물었다.

"계책을 어떻게 내려 하오?"

"반드시 이러저러하게 하셔야 합니다."

공명의 말을 들은 현덕은 대단히 기뻐하며 그대로 유강구에 군사를 주둔한 채 움직이지 않았다.

한편 주유와 노숙은 자기들의 영채로 돌아왔다. 노숙이 물었다.

"도독께선 어찌하여 현덕에게도 남군을 빼앗도록 허락하셨소?"

주유가 큰소리쳤다.

"남군은 손가락 한번만 퉁기면 얻을 수 있소. 아까는 일부러 인심을 써 본 것이지요."

그러고는 즉시 군막 안의 장수들에게 물었다.

"누가 앞장서서 남군을 빼앗겠는가?"

한 사람이 대답하고 나섰다. 바로 장흠이었다. 주유는 명령을 내렸다.

"그대는 선봉이 되고 서성과 정봉은 부장이 되라. 정예 군사 5천명을 줄 테니 먼저 강을 건너도록 하라. 내 곧 뒤따라 군사를 거느리고 후원하겠다."

이때 조인은 남군에 있으면서 조홍에게 이릉을 지키게 하여 기각지세를 이루고 있었다. 아랫사람이 보고했다.

"동오의 군사들이 대강을 건넜습니다."

計取南郡 一氣周瑜

明大

진명대 그림

조인이 말했다.

"굳게 지키면서 싸우지 않는 것이 상책이다."

날래고 용맹한 장수 우금牛金이 분연히 나섰다.

"적병이 성 아래 이르렀는데도 나가 싸우지 않는 건 비겁한 짓입니다. 더구나 우리 군사는 패한 지 얼마 안 되었으니 다시 예기를 떨쳐야 합니다. 저에게 정예 병사 5백 명만 주시면 죽을 각오로 싸워보겠습니다."

조인은 우금에게 군사 5백 명을 이끌고 나가 싸우게 했다. 정봉이 말을 달려 맞받아 나왔다. 4,5합쯤 싸우던 정봉이 패한 척하고 달아났다. 우금이 군사를 이끌고 그 뒤를 쫓아 동오의 진중으로 뛰어들었다. 그때 정봉이 군사들을 지휘하여 우금을 진속에 가두고 에워쌌다. 우금은 좌충우돌 발버둥쳤지만 포위망을 벗어날 수가 없었다.

조인은 성 위에서 우금이 적진 한가운데 갇혀 곤경에 빠진 것을 보고는 즉시 갑옷을 입고 말에 올라 씩씩한 기병 수백 명을 이끌고 성을 나갔다. 조인이 힘을 떨쳐 칼을 휘두르며 동오의 진중으로 쳐들어가자 서성이 그를 맞아 싸웠으나 당해 낼 길이 없었다. 조인은 진 가운데로 치고 들어가 우금을 구출했다. 그런데 돌아보니 아직도 수십 기가 적진에 갇혀 빠져나오지 못하고 있었다. 조인은 다시 몸을 돌려 적진으로 뛰어 들어가 겹겹의 포위를 뚫고 그들을 구출했다. 이때 장흠이 내달아서 길을 가로막았다. 조인과 우금이 힘을 떨쳐 적군을 흩어 버렸다. 조인의 아우 조순曹純도 군사를 이끌고 와서 후원하며 한바탕 혼전을 벌였다. 오군은 패해서 달아나고 조인은 승리하여 돌아왔다.

장흠이 싸움에 패하고 돌아가 주유를 뵙자 주유가 노하여 장흠의 목을 자르려 했다. 그러나 장수들이 사정하여 겨우 목숨을 부지했다. 주유는 즉시 군사를 점검하여 친히 조인과 결전을 벌이려고 했다. 감녕이 나서서 말렸다.

"도독께서 섣불리 움직이시면 안 됩니다. 지금 조인은 조홍에게 이릉을 지키게 하며 기각지세를 이루고 있습니다. 제가 정예 군사 3천 명을 이끌고 이릉을 빼앗을 테니 그 뒤에 도독께서 남군을 차지하시는 게 좋겠습니다."

주유는 그 주장에 승복하여 우선 감녕에게 군사 3천 명을 주어 이릉을 공격하게 했다. 어느 틈에 첩자가 조인에게 보고했다. 조인은 진교陳嬌와 상의했다. 진교가 말했다.

"이릉을 잃으면 남군 역시 지킬 수가 없습니다. 속히 이릉을 구해야 합니다."

조인은 즉시 조순과 우금에게 은밀히 군사를 거느리고 가서 조홍을 구하게 했다. 조순은 먼저 사람을 보내 조홍에게 이 사실을 알리고 성에서 나와 적을 유인하도록 했다. 감녕이 군사를 이끌고 이릉에 이르자 조홍이 나와서 감녕과 맞붙었다. 20여 합을 싸우다가 조홍은 피해서 달아나고 감녕이 이릉을 빼앗았다. 그런데 황혼녘에 조순과 우금의 군사가 이르러 조홍의 군사와 합세하여 이릉을 에워쌌다. 척후 기병이 나는 듯이 주유에게 달려가서 감녕이 이릉성에 갇혀 곤경을 치르고 있다는 보고를 했다. 주유는 크게 놀랐다. 정보가 말했다.

"급히 군사를 나누어 구해야 합니다."

주유는 망설였다.

"이곳이 요충지인데, 군사를 나누어 구하러 갔다가 조인이 습격하면 어떻게 하겠소?"

여몽이 말했다.

"감흥패는 강동의 대장인데 구하지 않아서야 되겠습니까?"

그러자 주유가 물었다.

"내가 몸소 구하러 가고 싶으나 여기에 누구를 남겨 내 소임을 맡기겠소?"

여몽이 건의했다.

"능공적(능통의 자)을 남겨 두면 감당할 것입니다. 제가 선봉을 맡고 도독께서 뒤를 막으시면 열흘이 못 가서 개선가를 울릴 수 있을 것입니다."

주유가 능통에게 물었다.

"능공적이 내 소임을 잠시 대신할 수 있겠소?"

능통이 대답했다.

"열흘 이내라면 할 수 있겠지만 열흘이 넘으면 임무를 감당하지 못할 것 같습니다."

주유는 크게 기뻐했다. 즉시 군사 1만여 명을 남겨 능통에게 주고 그날로 대군을 일으켜 이릉으로 떠났다. 여몽이 주유에게 말했다.

"이릉의 남쪽 후미진 샛길을 이용하면 남군을 손쉽게 빼앗을 수 있을 것입니다. 군사 5백 명을 보내 나무를 찍어 넘겨 그쪽 길을 끊어 놓도록 하십시오. 저쪽 군사들이 싸움에 패하면 반드시 그 길로 달아날 텐데 말이 지나갈 수 없으면 틀림없이 말을 버리고 달아날 것이니, 우리는 그 말들을 얻을 수 있습니다."

주유는 그 말에 따라 군사를 파견했다. 대군이 이릉 가까이 이르자 주유가 물었다.

"누가 포위망을 뚫고 들어가 감녕을 구하겠소?"

주태가 가겠다고 자원했다. 그는 즉시 칼을 들고 말을 달려 똑바로 조홍의 군사들 가운데로 뛰어들더니 단숨에 성 밑에까지 이르렀다. 감녕이 주태가 오는 것을 보고 직접 성에서 나가 맞아들였다. 주태가 말했다.

"도독께서 몸소 군사를 거느리고 오셨소."

감녕은 군사들에게 전투복을 갖춰 입고 든든히 먹은 다음 밖에 있는 군사와 내응할 준비를 하라고 일렀다.

한편 조홍과 조순, 우금은 주유의 군사가 들이닥칠 것이라는 소식을 듣고 먼저 남군으로 사람을 보내 조인에게 알리는 한편, 군사를 나누어 적과 맞서 싸우기로 했다. 동오의 군사가 이르자 조홍의 군사가 그들을 맞았다. 싸움이 벌어지려 할 즈음 감녕과 주태가 두 길로 나누어 쇄도했다. 조홍의 군사는 큰 혼란에 빠졌다. 오군이 사방에서 덮쳐들자 조홍과 조순, 우금은 과연 샛길로 달아났다. 그러나 어지럽게 쓰러진 나무가 길을 막고 있어 말이 지나갈 수 없었다. 그들이 말을 버리고 달아나니 오군은 말 5백여 필을 얻었다. 주유는 군사를 휘몰고 밤길을 달려 남군으로 추격하다가 때마침 이릉을 구하러 오던 조인의 군사와 정면으로 맞닥뜨렸다. 양군은 맞붙어 한바탕 혼전을 벌였다. 날이 저물어서야 각각 군사를 거두었다.

조인은 성으로 돌아가 여러 사람과 대책을 상의했다. 조홍이 말했다.

"지금 이릉이 함락되어 형세가 위급해졌습니다. 어찌하여 승상께서 두고 가신 계책을 열어 이 위험을 풀지 않으십니까?"

"네 말이 바로 내 생각과 같구나."

마침내 글을 뜯어 읽어 본 조인은 크게 기뻐했다. 그는 즉시 5경에 밥을 지어 먹고 동틀 무렵에는 모든 군사가 성을 버리고 떠난다고 명령을 내렸다. 성 위에는 깃발을 가득 꽂아 많은 군사가 있는 것처럼 꾸며 두고 세 대문으로 나누어 성을 빠져나갔다.

한편 주유는 감녕을 구한 다음 남군성 밖에 주둔하고 있었다. 그런데 조인의 군사가 세 대문으로 나누어 성에서 나오는 것을 보고 직접 높은 지휘대로 올라가서 살펴보았다. 성가퀴 주변에 건성으로 깃발들만 꽂혀 있을 뿐 지키는 사람이라곤 없었다. 게다가 나가는 군사들은 저마다 허리에 보따리를 동여매고 있었다. 조인이 틀림없이 달아날 준비를 하는 것이라 짐작한 주유는 지휘대에서 내려와 명령을 내렸다. 전군을 좌우익 두 갈래로 나누고 선두 부대가 이기면 무조건 앞만 보고 추격하다가 징소리가 들리면 그때 물러나라고 지시했다.

주유는 정보에게 후군을 감독하게 하고 직접 군사를 이끌고 성을 빼앗으러 나섰다. 적진에서 북소리가 울리더니 조홍이 말을 달려 나와 싸움을 걸었다. 주유는 몸소 진문 앞 깃발 아래까지 나가서 한당을 내보내 조홍과 싸우게 했다. 싸운 지 30여 합에 조홍이 패해서 달아났다. 그러자 조인이 직접 나와 맞붙었다. 이것을 본 주태가 말을 달려 나가 조인과 맞붙었다. 싸운 지 10여 합에 조인도 또 패해서 달아나고 적진이 몹시 어지러워졌다.

주유가 좌우 두 갈래의 군사를 휘몰아 들이치자 조인의 군사는 크게 패하고 말았다. 주유가 직접 군마를 이끌고 남군성 아래까지 쫓아가니 조인의 군사는 다들 성으로 들어가지 않고 서북쪽을 향해 달아났다. 한당과 주태가 선두 부대를 이끌고 힘을 다해 뒤를 쫓았다. 주유는 성문은 활짝 열려 있고 성 위에 사람이라곤 없는 것을 보고 마침내 성을 빼앗으라는 명령을 내렸다. 수십 명의 기병들이 앞장서서 뛰어들었다. 주유는 그 뒤에서 닫는 말에 채찍을 가하며 곧바로 옹성甕城*으로 들어섰다. 이때 적루에 있던 진교는 주유가 직접 성으로 들어오는 것을 보고 속으로 갈채를 보냈다.

'승상의 묘책이 귀신같구나!'

한 차례 딱따기 소리가 날카롭게 울리면서 양쪽에서 활과 쇠뇌를 쏘아 붙였다. 그 기세는 마치 소나기가 퍼붓는 것과 같았다. 앞 다투어 성으로 들어가던 자들은 모조리 구덩이 속으로 빠지고 말았다. 주유가 급히 고삐를 당겨 말머리를 돌렸을 때였다. 쇠뇌 살 하나가 정통으로 날아와 바로 왼편 갈빗대에 박혔다. 주유는 그만 몸을 뒤집으며 말에서 떨어지고 말았다. 우금이 성안에서 돌격해 나오며 주유를 잡으려 하는 걸 서성과 정봉이 목숨을 걸고 달려들어 구해 냈다. 성안에 있던 조인의 군사도 돌격해 나왔다. 동오의 군사들은 자기네끼리 밟고 밟히며 해자와 구덩이 속으로 떨어져 죽는 자가 수를 헤아릴 수 없을 지경이었다. 정보가 급히 군사를 거두어들이는데 조인과 조홍이 두 길로 군사를 나누어 되돌아오며 오군을 무찔렀다. 동오의 군사는 크게 패했다. 다행히 능통이 한 무리의 군사를 이끌고 옆에서 돌격해 나와 조인의 군사를 막아 냈다. 조인은 승리한 군사를 거느리고 성으로 들어가고, 정보는 패잔병을 거두어 영채로 돌아갔다.

정봉과 서성이 주유를 구해 군막 안에 이르렀다. 종군 의원을 불러

* 옹성 | 성문 밖에 쌓아 성문을 보호하는 반달 모양의 작은 성. 월성月城.

쇠집게로 살촉을 뽑아내고 상처에 금창약을 발랐다. 주유는 통증을 이길 수가 없어 물도 마시지 못하고 음식도 먹을 수 없었다. 의원이 말했다.

"이 살촉에는 독이 있어 얼른 쾌유하기는 어려울 것입니다. 노기가 북받치면 아물던 상처가 다시 터질 것입니다."

정보는 삼군에 명을 내려 각기 영채를 굳게 지키면서 함부로 나가지 못하게 했다. 사흘이 지나자 우금이 군사를 거느리고 와서 싸움을 걸었다. 정보는 군사들을 단속하며 조금도 움직이지 않았다. 우금은 온종일 욕설을 퍼붓다가 저물녘에야 돌아갔다. 다음날 우금이 다시 와서 욕지거리를 퍼부으며 싸움을 걸었다. 정보는 주유가 알면 화를 내지 않을까 두려워 감히 알리지 못했다. 그로부터 사흘째 되는 날이었다. 우금이 곧바로 영채 문밖까지 와서 욕하고 고함을 지르는데, 말끝마다 주유를 사로잡겠다고 떠들었다. 정보는 여러 사람과 의논하고 잠시 군사를 물리려고 했다. 돌아가 오후를 뵌 다음 다시 좋은 방도를 찾기로 한 것이었다.

이때 주유는 비록 상처의 통증으로 앓고 있었지만 속으로는 나름대로 생각이 있었다. 그는 조인의 군사가 자주 영채 앞에 와서 고함을 지르고 욕을 해 대지만 누구 하나 자신에게는 알리지 않는다는 사실도 번연히 알고 있었다. 하루는 조인이 직접 대군을 이끌고 나와 북을 두드리고 고함을 지르며 싸움을 걸었다. 정보는 지키기만 하고 나가지 않았다. 주유가 장수들을 막사 안으로 불러들여 물었다.

"어디에서 북을 치고 고함을 지르는 거요?"

장수들이 대답했다.

"군중에서 군사 훈련을 하고 있습니다."

주유가 대뜸 화를 냈다.

"어째서 나를 속인단 말인가? 내 이미 조인의 군사가 날마다 우리 영채 앞으로 와서 욕지거리하는 줄도 알고 있소. 정덕모德謀(정보의 자)는 나와 함께 병권을 잡고 있으면서 무슨 까닭으로 보고만 있단 말이오?"

즉시 사람을 시켜 정보를 막사로 불러들이고 물으니, 정보가 대답했다.

"공근께서 상처를 입었으므로 의원이 화를 돋우지 말라더군요. 그래서 조인의 군사가 싸움을 걸어와도 알리지 못했소이다."

주유가 물었다.

"공들이 싸우지 않겠다면 어떻게 할 생각이오?"

정보가 털어놓았다.

"장수들은 모두 군사를 거두어 잠시 강동으로 돌아갔다가 공의 상처가 나은 뒤에 다시 방법을 강구하자고 하오."

이 말을 들은 주유는 침상에서 벌떡 일어났다.

"대장부가 군주의 녹을 먹었으면 싸움터에서 죽어 그 시체가 말가죽에 싸여 돌아가는 것은 행운이오! 어찌 나 한 사람 때문에 국가의 대사를 폐한단 말이오?"

말을 마치자 즉시 갑옷을 걸치고 말에 올랐다. 삼군의 장수들 치고 해괴하게 여기며 놀라지 않는 사람이 없었다. 주유는 마침내 수백 기를 거느리고 영채 앞으로 나갔다. 멀리 바라보니 조인의 군사는 이미 진세를 펼치고 있었다. 조인이 직접 문기 아래 말을 세우고 채찍을 처들며 크게 욕설을 퍼부었다.

"주유 어린 녀석은 틀림없이 비명횡사했을 터이니 다시는 눈을 바로 뜨고 우리 군사를 쳐다보지 못할 것이다!"

욕설이 채 끝나기도 전에 주유가 사람들 틈에서 불쑥 모습을 드러냈다.

"조인 필부야! 주랑이 보이느냐?"

조인의 군사들은 주유를 보자 깜짝 놀랐다. 조인이 장수들을 돌아보며 분부했다.

"잔뜩 욕설을 퍼부어라!"

군사들이 날카로운 음성으로 욕설을 퍼부어 댔다. 크게 화가 난 주유는 반장에게 나가 싸우라고 명했다. 그러나 미처 싸움이 붙기도 전에 별안간 주유가 외마디 소리를 지르더니 입으로 피를 토하며 말에서 굴러 떨어졌다. 그걸 보고 조인의 군사들이 쳐들어왔다. 동오의 장수들이 앞으로 내달아 그들을 막고 한바탕 혼전을 벌인 끝에 주유를 구해 군막으로 돌아왔다. 정보가 물었다.

"도독! 몸은 좀 어떠하시오?"

주유가 정보에게 은밀히 일러 주었다.

"이것은 내 계략이오."

정보가 물었다.

"계책을 어떻게 쓸 생각이십니까?"

주유가 설명했다.

"내 몸은 본시 그다지 아픈 데가 없소. 그런데 아까 내가 그런 것은 조조 군사들에게 내 병세가 위중하다는 걸 알려 우리를 깔보게 하려는 계책이오. 믿을 만한 군사를 성에 들여보내 거짓으로 투항하고 내가 죽었다고 말하게 하시오. 그러면 조인이 틀림없이 우리 영채를 습격할 것이오. 그때 우리가 사방에 군사를 매복해 놓고 대응하면 한번 싸움으로 조인을 사로잡을 것이오."

정보가 감탄했다.

"그 계책이 참으로 묘하오!"

그러고는 군막에서 곡을 했다. 군사들은 크게 놀란 나머지 모두들 도독이 화살 맞은 상처가 도져 죽었다는 말을 퍼뜨렸다. 각 영채에서는 모두가 상복을 입었다.

한편 조인은 성에서 여러 사람과 상의하며 주유는 노기가 북받치는 바람에 화살 맞은 상처가 터져 피를 토하며 말에서 떨어졌으니 머지않아 반드시 죽을 것이라는 이야기들을 하고 있었다. 한창 이야기를 나누고 있는데 갑자기 보고가 들어왔다.

"동오 영채에서 군사 10여 명이 투항하러 왔습니다. 그 중 두 명은 원래 우리 군사였다가 잡혀 간 자들입니다."

조인이 급히 불러들여 물으니 군사들이 아뢰었다.

"주유는 오늘 진 앞에서 금창이 터져서 영채로 돌아가자마자 죽었습니다. 지금 장수들이 모두 상복을 입고 곡을 하고 있습니다. 저희들은 모두 정보에게 욕을 본 놈들이라 특별히 와서 귀순하며 이 소식을 알려 드립니다."

조인이 크게 기뻐했다. 그 자리에서 오늘밤 영채를 습격하여 주유의 시체를 빼앗고 그 머리를 잘라 허도로 보내자고 의논을 정했다. 진교가 말했다.

"이 계책은 속히 실행해야 합니다. 시기를 늦추면 그르치게 됩니다."

조인은 우금을 선봉으로 삼고 자신은 중군이 되며 조홍과 조순을 후군으로 삼았다. 진교만 남겨 약간의 군사를 거느리고 성을 지키게 하고 나머지 군사를 모조리 동원했다. 초경 무렵에 성을 나가서 주유의 본영으로 쳐들어갔다. 그러나 막상 영채 문 앞에 당도해 보니 사람이라곤 그림자조차 보이지 않고 그저 깃발과 창들만 꽂혀 있을 뿐이었다. 계책에 떨어진 것을 안 조인이 급히 군사를 퇴각시키려 했다. 그때 사방에서 일제히 포성이 일어나며 동쪽에서는 한당과 장흠이 돌격해 오고, 서쪽에서는 주태와 반장이 쳐들어오며, 남쪽에서는 서성과 정봉이 쇄도하고, 북쪽에서는 진무와 여몽이 돌진했다. 크게 패한 조인의 군사는 세 갈래 군사가 모두 돌파되어 분산되면서 머리와 꼬리가 서로 구할 수 없는 형편이 되었다.

10여 명의 기병을 이끌고 겹겹의 포위망을 뚫고 나가던 조인은 때마침 조홍을 만나 패잔병들을 이끌고 함께 달아났다. 5경이 될 때까지 줄곧 싸우다 보니 남군에서 멀지 않은 곳까지 와 있었다. 그런데 한바탕 북소리가 울리더니 능통이 또 한 무리의 군사를 거느리고 앞길을 가로막으며 한바탕 살육전을 벌였다. 군사를 이끌고 비스듬히 옆으로 달아나던 조인은 감녕을 만나 다시 한바탕 크게 군사들을 꺾였다. 조인은 감히 남군으로 돌아가지도 못하고 곧장 양양으로 가는 큰길로 달아났다. 오군은 그 뒤를 한 역정쯤 뒤쫓다가 돌아왔다.

주유와 정보는 군사들을 거두어 곧장 남군성 아래로 갔다. 그런데 성 위에는 깃발들이 가득히 꽂혀 있었다. 적루에 있던 한 장수가 주유가 오는 것을 보고 외쳤다.

"도둑! 나무라지 마시오! 내 이미 군사의 장령을 받들어 성을 차지했소이다. 나는 바로 상산의 조자룡이오."

크게 노한 주유는 즉시 성을 공격하라는 명을 내렸다. 그러나 성 위에서 어지러이 화살이 쏟아져 내리는 바람에 접근할 수가 없었다. 주유는 잠시 군사를 되돌리고 대책을 상의했다. 감녕은 군사 수천을 거느리고 곧장 형주를 취하고, 능통은 군사 수천 명을 거느리고 양양을 빼앗기로 했다. 그런 뒤에 남군을 빼앗아도 늦지 않다고 생각했던 것이다. 한창 군사들을 나누어 배치하려 하는데 척후 기병이 달려와 보고했다.

"제갈량이 직접 남군을 차지하고는 그날 밤 형주성에 병부兵符를 보내 남군을 구하러 오라고 속이고선, 그 틈에 장비를 시켜 형주를 습격했답니다."

다시 척후 기병 하나가 달려와 보고했다.

"양양에 있던 하후돈은 제갈량이 보낸 사람이 병부를 갖고 와서 조인이 구원을 청한다고 하는 말에 속아 군사를 거느리고 성밖으로 나갔는데, 그 사이에 제갈량이 운장을 시켜 양양을 차지했다고 합니다. 형주와 양양 두 성은 힘 하나 들이지 않고 유현덕의 차지가 되었습니다."

주유가 물었다.

"제갈량이 어떻게 병부를 손에 넣었단 말이냐?"

정보가 입을 열었다.

"진교를 잡았으니 병부야 저절로 그의 수중으로 들어갔겠지요."

주유는 외마디 소리를 지르며 상처가 터져 버렸다. 이야말로 다음 대구와 같다.

몇 개 군의 성지 중 내 몫은 없었으니 /
한바탕 그 고초 누구를 위해 바빴던고?
幾郡城地無我分 一場辛苦爲誰忙

주유의 목숨은 어찌될 것인가, 다음 회를 보라.

52

미인을 사양하는 조자룡

제갈량은 지혜로 노숙의 요구 거절하고
조자룡은 계교를 써서 계양을 차지하다
諸葛亮智辭魯肅 趙子龍計取桂陽

공명이 남군을 빼앗고 형주와 형양까지 습격하여 차지했다는 소식
을 들었으니 주유가 어찌 화가 나지 않았겠는가? 노기가 화살 맞은
상처를 건드리는 바람에 주유는 기절하여 반나절이 지나서야 소생
했다. 장수들이 두 번 세 번 화를 풀라고
권했으나 주유의 노기는 좀처럼 풀리지
않았다.

"제갈 촌놈을 죽이지 않고서야 어
찌 내 가슴속의 분노가 사라지겠소?
정덕모는 나를 도와 남군을 공격하시
오. 반드시 성을 우리 동오로 되찾아 와
야겠소."

한창 의논을 하고 있는데 노숙이 당
도했다. 주유는 노숙에게도 부탁했다.

"나는 군사를 일으켜 유비, 제갈량과

자웅을 가르고 성을 다시 빼앗으려 하오. 자경도 부디 나를 도와주
시오."

노숙은 반대했다.

"아니 되오. 지금 조조와 대치하며 아직 승부를 가리지 못했고, 주
공께서도 합비를 치고 계시지만 아직 함락시키지 못하셨소. 이런 형
편에 같은 편끼리 서로 삼키려다가 조조의 군사가 빈틈을 이용하여
다시 쳐들어오기라도 하면 형세가 위태로워질 것이오. 하물며 유현
덕은 예전에 조조와 교분이 두터웠는데, 급하게 몰아치며 핍박했다
가 성을 조조에게 바치고 함께 동오를 공격하면 어찌하시겠소?"

주유는 분을 삭일 수 없었다.

"우리가 갖은 계책을 다 쓰며 군마를 잃고 돈과 양식까지 허비했
는데, 그는 다 만들어 놓은 일을 가로채 버렸소.
어찌 밉지 않단 말이오?"

노숙이 달랬다.

"공근께선 잠시 참고 계시구려. 내
가 직접 현덕을 만나 이치를 따져 설
득해 보겠소. 그래도 말이 통하지
않으면 그때 가서 군사를 움직여도
늦지 않을 것이오."

여러 장수들도 찬성했다.

"자경의 말씀이 매우 훌륭합니다."

이리하여 노숙은 종자를 데리고 남군으로 갔
다. 성 아래 이르러 문을 열라고 소리치자 조운이
나와서 무슨 일인지 물었다. 노숙이 대답했다.

"유현덕을 뵙고 할 말이 있소."

조운이 대꾸했다.

"우리 주공께서는 군사와 함께 형주성에 계십니다."

그래서 노숙은 남군으로 들어가지 않고 곧장 형주로 달려갔다. 살펴보니 깃발이 정연하게 늘어섰고 군사들의 위용 또한 대단했다. 노숙은 속으로 부러웠다.

'공명은 참으로 보통 사람이 아니로구나!'

군사들이 성안으로 들어가서 노자경이 찾아왔다고 보고했다. 공명은 성문을 크게 열고 노숙을 관아로 맞아들이게 했다. 인사치레가 끝나자 주인과 손님 자리로 나누어 앉았다. 차를 마시고 나서 노숙이 입을 열었다.

"우리 주공 오후와 도독 공근이 황숙께 자신들의 뜻을 잘 전해 달라고 하셨습니다. 지난번 조조가 1백만의 대군을 거느리고 온 것은 명목은 강남을 친다고 했지만 실제론 황숙을 도모하려는 것이었습니다. 다행히 동오에서 조조의 군사를 물리치고 황숙을 구해 드렸지요. 그러므로 형주 아홉 군은 마땅히 동오에 귀속되어야 합니다. 그런데 황숙께서 옳지 못한 방법으로 형양을 차지하셨습니다. 강동은 부질없이 돈과 식량과 군사만 허비하게 만들고 황숙께선 편안히 앉아 그 이득을 취하셨으니 이것은 이치에 맞지 않는 듯합니다."

공명이 침착하게 설명했다.

"자경은 고명한 분이신데 어찌 그런 말씀을 하시오? 속담에도 '물건은 반드시 주인에게로 돌아가는 법'이라고 했소이다. 형양 아홉 군은 본래 동오의 땅이 아니라 유경승의 기업이었지요. 우리 주공께서는 경승의 아우님이십니다. 경승은 세상을 떠나셨지만 그의 아들은 아직 살아 있소. 숙부가 조카를 도와 형주를 차지한 것인데 무엇이 안 된다는 말씀이시오?"

노숙이 반박했다.

"공자 유기가 점거했다면 그렇게 해석할 수도 있겠지요. 그러나 지금 공자는 강하에 있고 이곳에 있는 게 아니지 않소!"

공명이 물었다.

"자경께선 공자를 뵙고 싶소?"

즉시 좌우를 돌아보며 명령을 내렸다.

"공자를 모셔 오너라."

곧장 두 사람이 병풍 뒤에서 유기를 부축해 나왔다. 유기가 노숙에게 말했다.

"병든 몸이라 예를 차릴 수 없으니 자경께선 나무라지 마십시오."

노숙은 깜짝 놀랐다. 묵묵히 말이 없던 그는 한참 지나서야 입을 열었다.

"공자께서 계시지 않을 경우에는 어찌하시려오?"

공명이 대답했다.

"공자께서 하루 동안 계시면 하루 동안 지키겠지만, 계시지 않으면 달리 의논이 있어야겠지요."

노숙은 다짐을 받으려 했다.

"공자께서 계시지 않으면 반드시 성을 우리 동오에 돌려주셔야 하오."

공명이 찬성했다.

"자경의 말씀이 옳소이다."

그러고는 연회를 베풀어 노숙을 대접했다.

연회가 끝나자 노숙은 하직하고 성에서 나갔다. 밤길을 달려 영채로 돌아간 그는 있었던 일을 자세히 이야기했다. 주유가 문제점을 지적했다.

"유기는 한창 청춘으로 젊은 나이인데 어찌 쉽사리 죽겠소? 그러니 대체 언제 형주를 돌려받는단 말씀이오?"

노숙이 큰소리쳤다.

"도독께선 마음을 놓으시구려. 이 일은 노숙에게 달렸으니 반드시 형양을 받아 내어 동오로 돌아오도록 하겠소."

주유가 물었다.

"자경께선 무슨 고견이라도 있으시오?"

노숙이 설명했다.

"이번에 가서 보니 유기는 술과 여색이 지나쳐 병이 골수에까지 스며들었더이다. 안색이 파리하고 숨을 헐떡거리며 피를 토하는 형편이니 반년 안에 죽을 것이오. 그때 가서 형주를 달라고 하면 유비도 더 이상 미룰 핑계가 없을 것이오."

주유는 그래도 노기가 삭지 않았다. 이때 손권이 사자를 보내왔다. 주유가 맞아들이니 사자가 말했다.

"주공께서 합비를 포위하고 여러 차례 싸웠지만 이기지 못하셨습니다. 그래서 도독께서는 대군을 거두어 돌아와서 군사를 출동시켜 합비의 싸움을 도우라고 명하셨습니다."

주유는 하는 수 없이 시상으로 회군하여 병을 조리하기로 했다. 그리고 정보에게 전투선과 군사들을 거느리고 합비로 가서 손권의 명을 듣게 했다.

한편 유현덕은 형주와 남군, 양양을 얻자 크게 기뻐하며 여러 사람과 함께 오랫동안 다스릴 대책을 상의했다. 이때 한 사람이 대청으로 올라와 계책을 드리겠다고 했다. 유비가 보니 이적이었다. 현덕은 지난날 자기를 구해 준 은혜를 생각하여 최대한 공경하며 자리에 앉히고 물었다. 이적이 말했다.

"형주를 오래 다스릴 계책을 알고자 하시면서 어찌 현명한 선비를 찾아서 물어보지 않으십니까?"

현덕이 되물었다.

"어디에 현명한 선비가 있소이까?"

이적이 대답했다.

"형양의 마씨馬氏네 다섯 형제가 모두 재주 많기로 유명합니다. 막내 속讜은 자를 유상幼常이라고 합니다. 눈썹에 흰 털이 섞인 사람이 형제 중에 가장 뛰어난데, 이름은 양良이고 자는 계상季常입니다. 마을에서는 '마씨네 다섯 형제 중에 백미白眉가 으뜸'이라고들 합니다. 공께서 이 사람을 초빙하여 함께 일을 도모해 보시는 게 어떻겠습니까?"

현덕은 즉시 그를 청해 오라고 명했다. 마량이 도착하자 현덕은 정중하게 대접하고 형양을 보전해서 지킬 계책을 물었다. 마량이 대답했다.

"형양은 사방으로 적의 침공을 받는 곳이라 오래 지키기 어려울 것입니다. 공자 유기에게 이곳에서 병을 조리하면서 옛 부하들을 불러 모아 지키게 하시는 한편, 천자께 표문을 올려 공자를 형주 자사로 삼아 달라고 하여 백성들의 마음을 안정시키십시오. 그런 다음 남쪽으로 무릉武陵, 장사長沙, 계양桂陽, 영릉零陵 네 군을 정벌하고 돈

왕굉희 그림

과 양식을 모아 근본으로 삼으십시오. 이것이 오래 지킬 수 있는 계책입니다."

현덕이 크게 기뻐하며 물었다.

"네 군 가운데 어느 군을 먼저 취해야 하겠소?"

마량이 대답했다.

"상강湘江 서쪽에 있는 영릉이 제일 가까우니 먼저 빼앗으십시오. 다음으로 무릉을 손에 넣고, 그런 뒤에 상강 동쪽의 계양을 차지하고 장사는 마지막에 취하십시오."

현덕은 마량을 종사從事로 삼고 이적에게 그를 보조하게 했다. 그리고 공명과 상의하여 유기를 양양으로 돌려보내고 대신 운장을 형주로 돌아오게 했다. 그런 다음 군사를 출동시켜 영릉을 치러 나섰다. 장비를 선봉으로 삼고 조운에겐 후군을 맡겼으며 공명과 현덕은 중군이 되니, 그 인마는 1만 5천 명이었다. 운장을 남겨 형주를 지키게 하고 미축과 유봉은 강릉을 지키게 했다.

영릉 태수 유도劉度는 현덕의 군사가 온다는 말을 듣고 아들 유현劉賢과 대책을 상의했다. 유현이 아뢰었다.

"아버님께선 마음을 놓으십시오. 그들에게 장비와 조운 같은 용장이 있다지만 우리 주의 상장 형도영邢道榮도 만 명을 대적할 힘을 지녔으니 그들과 맞서 싸울 만합니다."

유도는 즉시 유현과 형도영에게 군사 1만여 명을 이끌고 나가게 했다. 그들은 성에서 30리 떨어진 곳에 산을 의지하고 물가에 영채를 세웠다. 척후 기병이 달려와 보고했다.

"공명이 직접 한 부대의 군사를 거느리고 옵니다."

형도영은 곧 군사를 이끌고 싸우러 나갔다. 양쪽 군사가 마주보며 둥그렇게 진을 친 뒤 형도영이 말을 타고 나갔다. 개산대부開山大斧라고 부르는 큰 도끼를 든 그는 사나운 음성으로 소리 높이 외쳤다.

"나라를 배반한 역적이 어찌 감히 우리 경계를 침범하느냐?"

그때 맞은편 진에서 한 무리의 누런 깃발이 나타났다. 깃발들이 양편으로 좍 갈라지면서 그 가운데로 군사들이 수레 한 대를 밀고 나왔다. 수레에는 한 사람이 단정하게 앉아 있는데, 푸른 비단으로 만든 관건을 쓰고 학창의를 입었으며 손에는 깃털 부채를 들고 있었다. 그는 부채로 형도영을 부르며 말했다.

"나는 남양의 제갈공명이다. 조조가 백만의 군사를 거느리고 왔지만 나의 작은 계략에 걸려 갑옷 한 조각 돌아가지 못했다. 너희들이 어찌 나와 대적할 수 있겠느냐? 내 이제 너희들을 항복시키러 왔는데 어찌 일찌감치 항복하지 않느냐?"

형도영은 껄껄 웃어 제쳤다.

"적벽의 격전은 주랑의 꾀였다. 네가 무슨 일을 했다고 감히 허튼 수작이냐?"

그러고는 큰 도끼를 휘두르며 공명에게 덤벼들었다. 공명이 즉시 수레를 돌려 진 안으로 들어가고 진문은 다시 닫혔다. 형도영이 그대로 진을 들이치자 진이 급히 갈라지며 군사들이 양쪽으로 달아났다. 멀리 앞쪽에서 한 무더기 누런 깃발을 발견한 형도영은 그 속에 공명이 있으리라 짐작했다. 그래서 오직 누런 깃발만 바라고 뒤를 쫓았다. 산기슭을 돌아가자 누런 깃발이 멈추어 서면서 갑자기 중앙이 열리더니 사륜거가 사라지고 한 장수가 장팔사모를 꼬나들고 말을 달려 나왔다. 벽력같은 호통을 치며 곧바로 형도영에게로 달려드는 그는 바로 장익덕이었다. 형도영이 도끼를 휘두르며 맞아 싸웠다. 그러나 몇 합 싸우지도 못해 힘이 달린 형도영은 말머리를 돌려 달아났다. 익덕이 뒤를 쫓는데 다시 함성이 크게 진동하며 양편에서 일제히 복병이 달려 나왔다. 형도영은 죽음을 무릅쓰고 그 사이를 뚫고 나갔는데 앞에서 다시 한 대장이 길을 막으며 큰소리로 외쳤다.

"상산의 조자룡을 알아보겠느냐?"

형도영은 도저히 당할 수 없고 더 이상 달아날 곳도 없다고 판단하고 별수 없이 말에서 내려 항복했다. 자룡은 그를 꽁꽁 묶어 영채로 끌고 가서 현덕과 공명에게 보였다. 현덕이 형도영의 목을 자르라고 호령하자 공명이 급히 말렸다. 공명이 형도영에게 말했다.

"네가 유현을 잡아 온다면 항복을 받아들이겠다."

형도영이 연방 가서 잡아 오겠다고 대답했다. 공명이 물었다.

"너는 어떤 방법으로 그를 잡겠느냐?"

형도영이 대답했다.

"군사께서 풀어 돌아가게 해주신다면 제게 꾸며댈 말이 있습니다. 오늘밤 군사께서는 병사를 움직여 영채를 습격하십시오. 그러면 제가 안에서 호응하여 유현을 사로잡아 군사께 바치겠습니다. 유현만 사로잡고 나면 유도는 저절로 항복할 것입니다."

현덕은 그 말을 믿지 않았으나 공명이 말했다.

"형장군은 거짓말을 하지 않을 것입니다."

그러고는 형도영을 놓아주었다. 영채로 돌아간 형도영은 유현에게 모든 일을 사실대로 이야기했다. 유현이 물었다.

"그럼 어떻게 하면 좋겠소?"

형도영이 대답했다.

"저쪽의 계책을 역이용하는 장계취계將計就計가 좋겠습니다. 오늘

밤 군사를 영채 밖에 매복시키고 영채 안에는 깃발들만 대충 세워 놓겠습니다. 공명이 영채를 습격하기를 기다렸다가 즉시 사로잡겠습니다.”

유현은 그 계책을 사용하기로 했다.

그날 밤 2경이었다. 과연 한 떼의 군사가 저마다 풀단을 들고 영채 입구로 와서 일제히 불을 질렀다. 유현과 형도영이 양편에서 치고 나오자 불을 지르던 군사들은 즉시 물러났다. 유현과 형도영은 이긴 기세를 몰아 뒤를 추격했다. 그런데 10여 리쯤 가자 앞에서 달아나던 군사들이 보이지 않았다. 깜짝 놀란 유현과 형도영은 급히 본채로 돌아왔다. 영채에 붙은 불이 아직 다 꺼지지 않았는데 그 속에서 한 장수가 불쑥 뛰쳐나왔다. 바로 장익덕이었다. 유현이 형도영에게 소리쳤다.

“영채로 들어가면 안 되겠소. 되돌아서 공명의 영채를 습격하는 게 낫겠소!”

그래서 다시 군사를 돌렸다. 그러나 10리도 가지 못했을 때 한 옆에서 조운이 한 무리의 군사를 이끌고 돌격해 나왔다. 조운은 단창에 형도영을 찔러 말 아래 떨어뜨렸다. 유현은 급히 말머리를 돌려 달아났다. 그러나 등 뒤에서 장비가 쫓아와서는 냉큼 사로잡아 자기 말로 옮겼다. 그러고는 꽁꽁 묶어 공명에게로 데려갔다. 유현이 공명에게 사정했다.

“형도영이 이렇게 시킨 것일 뿐 사실은 본심이 아니었습니다.”

공명은 묶은 것을 풀어 주게 하고 옷을 주어 입힌 다음 술을 내려 놀란 가슴을 진정시켰다. 그러고는 사람을 시켜 유현을 성으로 데려다 주어 제 부친을 설득하여 투항시키게 하라고 일렀다. 만약 항복하지 않으면 성을 깨뜨리고 가문을 남김없이 몰살시키겠다고 했다. 영릉으로 돌아간 유현은 아버지 유도에게 공명의 덕을 자세히 이야기하고 항복을 권했다. 유도는 아들의 말을 좇아 성 위에 항복을 알리는 깃발을 세웠다. 그러고는 성문을 활짝 열고 태수의 인수를 받들고 나와 곧바로 현덕의 본부 영채로 가서 항복을 드렸다. 공명은 유도에게 이전대로 군의 태수 자리를 지키게 하고, 그 아들 유현은 형주로 보내서 군무에 종사하게 했다. 영릉군의 백성들은 모두가 기뻐했다.

현덕은 성으로 들어가 관리와 백성들을 어루만진 다음 삼군에 상을 내리고 수고를 위로했다. 그러고는 여러 장수들에게 물었다.

"영릉은 이미 차지했지만 계양은 누가 가서 치겠는가?"

조운이 대답했다.

"제가 가고 싶습니다."

장비가 분연히 나섰다.

"나도 가기를 원하오!"

두 사람이 서로 가겠다고 다투자 공명이 말했다.

"자룡이 먼저 대답했으니 자룡을 보내야겠소."

장비가 불복하고 기어이 계양을 치러 가겠다며 고집을 부렸다. 공명이 제비뽑기를 하여 이긴 사람이 가도록 했다. 뽑고 나니 자룡이 또 이겼다. 장비가 화를 냈다.

"나는 남의 도움을 받지 않고 혼자서 3천 명의 군사만 거느리고 가서 확실하게 성을 손에 넣겠소."

조운 역시 장담했다.

"저도 군사 3천 명만 데리고 가겠습니다. 만약 성을 얻지 못하면 군령대로 처분을 받겠습니다.”

공명은 크게 기뻐하며 군령장을 쓰게 한 다음 정예 군사 3천 명을 뽑아 조운에게 주고 떠나게 했다. 장비가 여전히 불만스러워 하자 현덕이 호통을 쳐 물리쳤다.

조운은 3천 명의 인마를 거느리고 곧바로 계양을 향해 출발했다. 어느새 척후 기병이 계양 태수 조범趙範에게 이 사실을 알렸다. 조범은 급히 사람들을 모아 상의했다. 관군교위 진응陳應과 포륭鮑隆이 군사를 거느리고 나가서 싸우기를 원했다. 원래 이 두 사람은 계양령桂陽嶺 산골의 사냥꾼이었는데 진응은 비차飛叉를 잘 쓰고, 포륭은 일찍이 활로 호랑이를 두 마리나 쏘아 죽인 일이 있었다. 둘 다 자신의 용기와 힘만 믿고 조범에게 말했다.

“유비가 온다면 우리 두 사람이 선두 부대가 되겠습니다.”

조범이 염려했다.

“듣자니 유현덕은 대한大漢의 황숙이라 하네. 게다가 공명은 지모가 많고 관우와 장비는 지극히 용맹하다더군. 이번에 군사를 거느리고 오는 조자룡은 당양 장판파에서 백만 대군 속을 무인지경처럼 드나들었다고 하네. 우리 계양에 있는 군사라야 얼마나 되겠나? 대적할 도리가 없으니 항복하는 것이 좋겠네.”

진응이 우겼다.

"청컨대 저를 출전시켜 주십시오. 만약 조운을 사로잡지 못하면 그때 가서 태수님 마음대로 항복하셔도 늦지 않을 것입니다."

조범은 그 고집을 꺾을 수 없어 하는 수 없이 허락했다.

진응은 군사 3천 명을 거느리고 적을 맞으러 성밖으로 나갔다. 이윽고 조운이 군사를 거느리고 도착했다. 진세를 벌인 진응은 비차를 손에 들고 나는 듯이 말을 달려 나갔다. 조운이 창을 꼬나들고 말을 몰아 나오며 진응을 꾸짖었다.

"우리 주공 유현덕은 유경승의 아우님이시다. 지금 공자 유기를 보좌하여 함께 형주를 다스리시는 터라 특별히 백성들을 위안하러 오신 것이다. 네 어찌 감히 맞서 대항하느냐?"

진응도 맞받아 꾸짖었다.

"우리는 오직 조승상께 복종할 뿐이다! 어찌 유비에게 순종한단 말이냐?"

크게 노한 조운이 창을 꼬나들고 말을 질주하여 곧바로 진응에게 덤벼들었다. 진응은 비차를 틀어쥐고 마주 나왔다. 두 마리 말이 서로 어울리고 싸움이 4,5합에 이르렀을 때 진응은 당해 내지 못할 것 같아 말머리를 돌려 달아났다. 조운은 그 뒤를 추격했다. 진응이 고개를 돌리니 조운의 말이 가까이 다가와 있었다. 얼른 손을 놀려 비차를 던졌다. 그러나 조운은 날아오는 비차를 덥석 받아 쥐더니 진응에게 되던졌다. 진응이 급히 몸을 틀어 피하는 사이 조운의 말이 어느새 다가왔다. 순간 조운은 진응을 잡아채어 땅바닥에 내동댕이쳤다. 그러고는 군사들을 호령하여 진응을 꽁꽁 묶어서 영채로 돌아갔다. 패잔병들은 뿔뿔이 흩어져 달아났다. 조운은 영채로 돌아와 진응을 꾸짖었다.

"네 따위가 어찌 감히 나와 맞선단 말이냐? 내 이제 너를 죽이지 않고 그대로 놓아 보낼 테니 조범에게 어서 나와서 항복하라고 일러라."

진응은 사죄하고 머리를 싸쥐고 놀란 쥐새끼처럼 성으로 도망쳐 돌아갔다. 그러고는 조범에게 자기가 당한 일을 모두 이야기했다.

"내 본래 항복하려 했는데 네가 억지로 싸우겠다고 해서 이렇게 되지 않았느냐?"

진응을 꾸짖어 물리친 조범은 인수를 받들고 10여 명의 기병을 거느린 채 성을 나왔다. 그러고는 조운의 본부 영채로 가 항복을 했다.

조운은 영채에서 나와 조범을 맞이하고 손님의 예로 대접하고는 술자리를 베풀어 함께 술을 마시며 인수를 받아들였다. 술이 몇 순 돌자 조범이 입을 열었다.

"장군도 조씨이고 저 역시 조씨이니 5백 년 전에는 다 한 가족이었을 것입니다. 장군도 진정眞定 사람이고 저 역시 진정 출신이니 고향도 같군요. 만약 버리지 않으시고 형제로 맺어 주신다면 실로 만행이겠습니다."

조운이 대단히 기뻐하며 나이를 따져 보았다. 두 사람은 동갑이나 조운의 생일이 조범보다 넉 달 빨랐다. 그래서 조범이 조운에게 절을 하고 형님이라 불렀다. 두 사람은 같은 고향 같은 나이에다 성씨까지 똑같아 더할 수 없이 만족했다. 밤이 이슥해서야 술자리가 끝나 조범은 하직하고 성으로 돌아갔다. 이튿날 조범은 백성들을 위로하여 안심시켜 달라며 조운을 성안으로 청했다. 조운은 군사들에게 움직이지 말라고 이른 다음 기병 50기만 거느리고 성으로 들어갔다. 백성들은 향을 피워 들고 길가에 엎드려 조운을 맞이했다. 조운이 백성들을 위안하여 안정시키고 나자 조범이 관아로 청해 들여 주연을 베풀었다. 술기운이 오르자 조범은 조운을 후당 깊은 곳으로 모시고 들어가 잔을 씻고 다시 마셨다. 조운은 마시다 보니 어느덧 약간 취했다. 이때 조범이 갑자기 한 부인을 불러내더니 조운에게 술을 권하게 했다. 자룡이 보니 부인은 소복을 입었는데 절세의 미인이었다. 조운이 조범에게 물었다.

"이분은 뉘신가?"

조범이 대답했다.

"제 형수 번씨樊氏입니다."

자룡이 얼굴빛을 바로하며 경의를 표했다. 번씨가 잔을 권하고 나자 조범이 그녀에게 자리에 앉으라고 했다. 그러나 조운이 사양하여 번씨는 인사를 하고 후당으로 들어갔다. 조운이 물었다.

"아우님은 어찌하여 형수님께 잔을 따르시게 했는가?"

조범이 웃으면서 대답했다.

"그럴 만한 까닭이 있으니 형님께선 거절하지 마시기 바랍니다. 돌아가신 가형께서 세상을 떠난 지 3년이 되었습니다. 형수님께서 홀몸으로 평생을 사실 수는 없는 일이라 이 아우가 여러 번 개가를 권했지요. 그런데 형수님이 '만약 세 가지 요건을 갖춘 사람이 있으면 시집을 가겠어요. 첫째 문무를 아울러 갖추어 이름이 천하에 알려져야 하고, 둘째 용모가 당당하고 몸가짐이 남달리 의젓해야 하며, 셋째 가형과 성이 같아야 해요.'라고 하셨습니다. 형님, 말씀해 보십시오. 천하에 이런 조건을 모두 갖춘 사람이 어디 있겠습니까? 그런데 공교롭게도 형님은 의표가 당당하시고, 명성을 사해에 떨치고 계시며, 또 가형과 성까지 같으시니 바로 형수께서 말씀하신 조건과 그대로 맞아떨어집니다. 만약 형수님의 용모가 추하여 싫어하시는 게 아니라면 제가 혼수를 갖추고 장군께 시집보내어 대대로 척분을 맺을까 하는데, 어떻습니까?"

이 말을 듣고 조운은 크게 노하여 자리에서 벌떡 일어나며 사나운 음성으로 꾸짖었다.

"내 이미 너와 형제의 관계를 맺었으니 네 형수님은 바로 내 형수님이다. 그런데 어찌 이런 인륜을 어지럽히는 짓을 한단 말이냐?"

조범이 만면에 부끄러운 빛을 띠며 대꾸했다.

"나는 좋은 뜻으로 대접한 것인데 어찌 이리 무례하시오?"

그러면서 좌우에 눈짓을 보내는데 해칠 기미가 보였다. 이미 눈치를 챈 조운은 한 주먹에 조범을 때려눕히고 그대로 부문을 나가서 말에 올라 성밖으로 나갔다.

조범이 급히 진응과 포륭을 불러 대책을 상의했다. 진응이 말했다.

"이 사람이 화를 내고 나가 버렸으니 이제는 그와 싸울 수밖에 없습니다."

조범이 걱정했다.

"그러나 그를 이기지 못할까 걱정이네."

포륭이 꾀를 냈다.

"우리 둘이 거짓 항복을 하고 그의 군중으로 가 있겠습니다. 태수께서 군사를 이끌고 오셔서 싸움을 거십시오. 그러면 우리 두 사람이 진에서 그를 사로잡겠습니다."

진응이 말했다.

"반드시 얼마간의 군사는 데리고 가야 하네."

포륭이 대꾸했다.

"기병 5백이면 넉넉하네."

이날 밤 두 사람은 5백 명의 군사를 이끌고 곧장 조운의 영채로 가서 투항했다. 조운은 이미 거짓임을 짐작했으나 불러들이게 했다. 두 장수가 군막으로 들어와서 말했다.

"조범이 미인계를 써서 장군을 속이려 했습니다. 장군께서 만취하시면 후당으로 부축해 가서 죽이고 그 수급을 조승상에게 바쳐 공을 세우려 했습니다. 조범은 이처럼 어질지 못한 자입니다. 저희 두 사람은 장군께서 성을 내며 나가시는 것을 보고 반드시 저희들에게도 화가 미칠 것이라 생각하여 투항하는 것입니다."

조운은 짐짓 좋아하는 체하며 술상을 차려 그들과 함께 진탕 마셨다. 그들이 정신이 없을 정도로 취하자 즉시 군막 안에 꽁꽁 묶어 놓고 그들이 데려온 군사들을 잡아다 물어보았다. 아니나 다를까 거짓 항복이었다. 조운은 그들이 데려온 5백 명 군사를 불러들여 각기 술과 음식을 먹이고는 명령을 내렸다.

"나를 해치려고 한 자는 진응과 포룡일 뿐 다른 사람은 상관이 없는 일이다. 너희들이 내 계책을 따라 움직여 준다면 모두 후한 상을 내릴 것이다."

군사들은 절을 하며 고마워했다. 조운은 당장 거짓 항복한 진응과 포룡의 목을 베고 5백 명 군사에게 길을 인도하게 했다. 조운 자신은 군사 1천 명을 거느리고 그 뒤를 따랐다. 밤길을 달려 계양성 아래 이르러서 문을 열라고 소리치게 했다. 성 위의 군사들은 진응과 포룡 두 장군이 조운을 죽이고 돌아와 태수께 상의할 일이 있다는 소리를 듣고 불을 비추어 보니 과연 자기편 군마였다. 조범은 급히 성을 나갔다. 조운은 즉시 좌우의 부하들에게 조범을 사로잡으라고 호령했다. 마침내 성으로 들어간 조운은 백성들을 어루만져 안정시켰다. 그러고는 나는 듯이 현덕에게 이 사실을 보고하게 했다.

현덕은 공명과 함께 직접 계양으로 갔다. 조운이 그들을 성으로 맞아들이고 조범을 계단 아래로 끌고 오게 했다. 공명이 묻자 조범은 형수를 시집보내려 한 사연을 자세히 이야기했다. 공명이 조운에게 물었다.

"이 또한 아름다운 일이거늘 공은 어찌하여 거절하셨소?"

조운이 그 이유를 설명했다.

"조범이 이미 저와 형제의 관계를 맺은 터에 그 형수를 아내로 맞아들인다면 남들이 침을 뱉고 욕할 것이니 그게 첫 번째 문제요, 그 부인이 개가를 하면 지금까지 지켜 온 큰 절개를 잃게 될 것이니 그게 두 번째 문제이며, 조범이 갓 항복한 터라 그 마음을 헤아리기 어려운 것이 세 번째 문제입니다. 주공께서 이제 막 강한 일대를 평정하여 아직 발을 뻗고 주무시지도 못하는 터에 제가 어찌 감히 여인 하나 때문에 주공의 대사를 그르치겠습니까?"

현덕이 물었다.

"오늘 대사가 이미 정해졌으니 장가를 드는 것이 어떻겠는가?"

조운이 대답했다.

"천하에 여자는 많습니다. 명성을 이루지 못할까 두려울 뿐 어찌 처자가 없을까 근심하겠습니까?"

현덕이 감탄했다.

"자룡은 진정한 장부로다!"

그러고는 조범을 풀어 주고 그대로 계양 태수로 있게 했다. 조운에게는 후한 상을 내렸다.

이때 장비가 큰소리로 외쳤다.

"자룡만 공을 세우게 하고 나는 아무 짝에도 쓸모없는 사람으로 만들 거요? 군사 3천 명만 주면 나도 가서 무릉군을 빼앗고 태수 김선金旋을 산 채로 잡아다 바치겠소!"

공명이 크게 기뻐했다.

"익덕이 가겠다면 막지 않겠소. 그러나 한 가지 조건이 있소."

이야말로 다음 대구와 같다.

군사는 승리를 정함에 기이한 계책이 많고 /
장수들은 앞을 다투어 전공을 세우는구나
軍師決勝多奇策　將士爭先立戰功

공명이 말한 한 가지 조건이란 무엇인가, 다음 회를 보라.

53

관우와 황충의 결투

관운장은 의리로 황한승을 놓아주고
손중모는 장문원과 큰 싸움을 벌이다
關雲長義釋黃漢升　孫仲謀大戰張文遠

공명이 장비에게 말했다.

"자룡은 계양군을 손에 넣을 때 군령장을 바치고 갔소. 오늘 익덕
도 무릉을 치러 가겠다니 반드시 군령장을 내놓은 다음에야 군사를
거느리고 갈 수 있소."

즉시 군령장을 써낸 장비는 기꺼이 3천 군사
를 거느리고 밤길을 달려 무릉군 경계로 나
아갔다. 김선은 장비가 군
사를 거느리고 이르렀다는
말을 듣고 장교들을 모아 정
예 군사를 점검하고 무기를 정돈하여 성을 나
가 싸우려 했다. 종사 공지鞏志가 나서서 말
렸다.

"유현덕은 대한의 황숙으로 천하에 인의를
펴고 있습니다. 더욱이 장익덕은 날래고 용맹스럽기

가 보통이 아닙니다. 맞서 싸울 수 없으니 차라리 항복하는 편이 상책입니다."

김선은 크게 노했다.

"너는 도적들과 내통하여 내란을 일으키려 하느냐?"

당장 무사들에게 끌어내어 목을 치라고 호령했다. 관원들이 모두 나서서 사정했다.

"싸우기도 전에 집안사람부터 죽이면 우리 군사에게 불리합니다."

김선은 공지를 꾸짖어 물리친 다음 몸소 군사를 인솔하고 나갔다. 성에서 20리 떨어진 곳에서 장비와 마주쳤다. 장팔사모를 꼬나들고 말을 세운 장비가 김선에게 크게 호통을 쳤다. 김선이 부하 장수들에게 물었다.

"누가 나가서 싸우겠는가?"

모두 두려워하며 감히 앞으로 나서려는 자가 없었다. 김선이 직접 말을 달려 칼을 휘두르며 장비에게 덤벼들었다. 그러나 장비가 크게 호통을 치자 마치 마른하늘에서 벼락이 치는 것만 같았다. 김선은 그만 얼굴빛이 하얗게 질리며 감히 싸워 볼 엄두도 내지 못하고 말머리를 돌려 달아났다. 장비가 군사를 이끌고 뒤를 덮치며 몰아쳤다. 김선이 달아나 성에 가까이 가자 성 위에서 어지러이 화살을 내리 쏘았다. 깜짝 놀라 쳐다보니 공지가 성 위에 서서 소리쳤다.

"너는 천시天時에 순응하지 않고 스스로 패망을 자초했다. 나는 백성들과 함께 유씨에게 항복할 것이다."

그 말이 채 끝나기도 전이었다. 화살 한 대가 김선의 얼굴에 꽂히고 김선은 말 아래로 굴러 떨어졌다. 군사들이 그 머리를 베어다 장비에게 바쳤다. 공지가 성에서 나가 항복을 드리자 장비는 즉시 공지에게 인수를 지니고 계양으로 가서 현덕을 뵙게 했다. 현덕은 크게 기뻐하며 공지에게 김선의 직책을 대신하게 했다.

현덕이 친히 무릉에 이르러 백성들을 안정시키고 나서 운장에게 글을 보내 익덕과 자룡이 각기 군 하나씩을 얻었다는 소식을 알렸다. 그러자 운장이 곧바로 답장을 올려 청했다.

들자오니 아직 장사를 차지하지 못했다고 합니다. 형님께서 만약 이 아우를 재주 없다고 여기지 않으신다면 관 아무개가 그 공을 세우게 해주시면 좋겠습니다.

현덕은 크게 기뻐하며 장비에게 밤낮으로 달려가 운장 대신 형주를 지키게 하고, 운장은 불러다 장사를 치게 했다. 운장이 도착하여 현덕과 공명이 있는 관아로 들어가 뵈었다. 공명이 말했다.

"자룡이 계양을 차지하고 익덕이 무릉을 빼앗을 때 모두 3천 명의 군사만 데리고 갔소. 지금 장사 태수 한현韓玄 따위야 입에 담을 위인이 못 되오. 다만 그에게 대장 한 사람이 있는데, 남양南陽 사람 황충黃忠으로 자는 한승漢升이라 하오. 본래 유표의 중랑장으로서 유표의 조카 유반劉磐과 함께 장사를 지켰는데 지금은 한현을 섬기게 있소. 금년에 나이는 비록 육순에 가까우나 만 명이 덤벼도 대적하기 어려운 용맹을 지녔으니 경솔하게 맞서서는 아니 되오. 운장이 가시려면 반드시 군사를 많이 데리고 가야 할 것이오."

운장은 은근히 불쾌했다.

"군사께서는 어찌 남의 예기는 치켜세우면서 자기편의 위풍은 깔아뭉개시오? 한낱 늙은 졸개 따위를 어찌 입에 담는단 말씀이오? 관

왕굉희 그림

아무개는 3천 명을 쓸 것도 없소. 내가 거느린 5백 명의 큰칼 부대만 데리고 가서 황충과 한현의 머리를 베어다 휘하에 바치리다."

현덕이 간곡히 만류했으나 운장은 그 말을 듣지 않고 수하에 데리고 있는 큰칼 또는 긴 창을 든 군사 5백 명만 거느리고 떠났다. 공명이 현덕에게 말했다.

"운장이 황충을 가볍게 보니 혹시 실수나 있지 않을까 걱정됩니다. 주공께서 가서서 후원해 주서야 하겠습니다."

현덕은 그 말을 좇아 군사를 거느리고 운장의 뒤를 따라 장사를 향해 출발했다.

한편 장사 태수 한현은 타고난 성질이 급해 걸핏하면 사람을 죽이는 바람에 모두들 그를 싫어했다. 이때 운장의 군사가 온다는 말을 듣고 즉시 노장 황충을 불러 대책을 상의했다. 황충이 말했다.

"주공께서는 염려하실 필요 없습니다. 제가 이 한 자루의 칼과 이 한 장의 활을 가진 이상 천 명이든 얼마든 오는 대로 다 죽일 것입니다!"

원래 황충은 곡식 두 섬石(240근)을 들 정도의 힘을 써야 하는 강궁強弓을 당겨 백발백중시키는 재주를 가진 장수였다. 그러나 황충의 말이 미처 끝나기도 전에 계단 아래서 한 사람이 선뜻 나섰다.

"노장군께서 나가서 싸우실 필요까지 없소이다. 제 손만으로도 반드시 관 아무개를 사로잡아 오겠소이다."

한현이 보니 바로 관군교위管軍校尉 양령楊齡이었다. 한현이 크게 기뻐하며 그에게 1천 명의 군사를 내주자 양령은 나는 듯이 성을 나갔다. 약 50리를 가서 바라보니 티끌이 자욱하게 일어나는 곳에 운장의 군사가 벌써 도착해 있었다. 양령은 창을 꼬나든 채 말을 타고 진 앞에 나서서 욕설을 퍼부으며 싸움을 걸었다. 크게 노한 운장은 한마디 대꾸도 없이 나는 듯이 말을 달려 칼을 휘두르며 곧바로 양령을 덮쳤다. 양령도 창을 꼬나들고 맞받아 나왔다. 그러나 불과 3합도 되지 못해 운장이 청룡도를 번쩍 들어 그대로 양령을 찍어 말 아래로 떨어뜨렸다. 패잔병을 추격하며 몰아치던 운장은 단숨에 성 아래까지 이르렀다.

이 소식을 들은 한현은 소스라치게 놀랐다. 즉시 황충을 내보내고 자신은 성 위로 올라가 싸움 광경을 살펴보았다. 황충은 칼을 들고 말을 몰아 5백 명의 기병을 거느린 채 나는 듯이 조교를 건넜다. 늙은 장수 하나가 말을 달려 나오는 걸 본 운장은 그가 바로 황충임을 짐작했다. 즉시 5백 명의 큰칼 부대를 한 일一자로 벌려 세우고 칼을 빗겨 들고 말 위에 앉아서 물었다.

"거기 오는 장수는 혹시 황충이 아닌가?"

황충이 대꾸했다.

"이미 내 이름을 알면서 어찌 감히 우리 경계를 범하는고?"

운장이 소리쳤다.

"특별히 네 머리를 가지러 왔노라!"

말이 끝나자 두 필의 말이 서로 어우러지며 싸움이 벌어졌다. 그러나 1백여 합을 싸워도 승부가 나지 않았다. 황충이 실수라도 하지 않을까 걱정이 된 한현이 징을 울려 군사를 거두었다. 황충이 군사를 거두어 성안으로 들어가자 운장도 군사를 물려 성에서 10리 떨어진 곳에 영채를 세웠다. 운장은 속으로 궁리했다.

'노장 황충은 과연 듣던 대로구나. 1백 합을 싸웠는데도 전혀 빈틈이 없다니. 반드시 타도계拖刀計를 사용하여 갑자기 되돌아서 찍

어야 이기겠군.'

이튿날 조반을 먹고 나서 운장은 다시 성 아래로 가서 싸움을 걸었다. 성벽 위에 앉은 한현은 황충에게 말을 타고 나가게 했다. 황충은 수백 기를 거느리고 조교를 건너 돌진하더니 또다시 운장과 맞붙었다. 다시 5,60합을 싸웠지만 승부를 가릴 수 없었다. 양편 군사들은 일제히 소리를 지르며 갈채를 보냈다. 기세를 돋우는 북소리가 한창 급하게 울릴 때였다. 운장이 갑자기 말머리를 돌리더니 그대로 달아났다. 황충은 뒤를 추격했다. 운장이 바야흐로 타도게를 써서 되돌아 찍으려는 찰나 별안간 뒤에서 '쿵!' 하는 소리가 들렸다. 급히 머리를 돌려 보니 황충의 말이 앞발이 접질리며 넘어지는 바람에 황충이 공중으로 솟구쳤다가 땅바닥에 떨어지는 것이었다. 운장은 급히 말을 돌려세우고 두 손으로 청룡도를 치켜들며 크게 호통을 쳤다.

"내 잠시 너의 목숨을 살려 주겠다! 속히 말을 갈아타고 와서 싸우도록 하라!"

황충은 급히 말을 일으켜 세운 다음 몸을 날려 말에 올라 성안으로 달려 들어갔다. 놀란 한현이 까닭을 묻자 황충이 대답했다.

"이 말이 오랫동안 싸움터에 나가질 않아서 이런 실수를 했습니다."

한현이 이상하다는 듯 물었다.

"그대의 활솜씨는 백발백중인데 어찌하여 활을 쏘지 않았소?"

황충이 대답했다.

"내일 다시 싸울 때는 패한 척하고 조교 부근까지 그를 유인하여 활을 쏘겠습니다."

한현은 자기가 타던 검은 말 한 필을 황충에게 주었다. 황충은 절하여 사례하고 물러났다. 그러고는 곰곰 생각했다.

'운장의 의기義氣는 세상에 참으로 보기 드문 일이 아닌가? 그가 나를 죽이지 않았는데 내 어찌 차마 그를 쏜단 말인고? 그러나 쏘지 않으면 장령을 어기게 되니 그것도 근심이로구나.'

이날 밤 황충은 주저하며 마음을 정하지 못했다.

이튿날 날이 밝자 운장이 와서 싸움을 건다는 보고가 들어왔다. 황충은 군사를 거느리고 성에서 나갔다. 이틀 동안 황충과 싸웠지만 이기지 못한 운장은 몹시 초조해서 무서운 기세로 황충과 맞붙었다. 30여 합이 되지 않아 황충이 패한 척하고 달아났다. 운장이 그 뒤를 쫓았다. 황충은 운장이 어제 자기를 죽이지 않은 은혜를 떠올리자 차마 단번에 그를 쏠 수가 없었다. 칼을 안장 위의 고리에 고정시킨 황충은 빈 활을 당겨 시위 소리만 내었다. 운장이 급히 몸을 피했으나 화살이 보이지 않았다. 운장이 그대로 뒤를 쫓자 황충은 또 빈 시위를 당겼다. 운장이 다시 급히 몸을 틀어서 피했지만 이번에도 화살은 날아오지 않았다. 황충의 활솜씨가 능숙하지 못한 줄로만 여긴 운장은 마음 놓고 뒤를 쫓았다. 조교 가까이 이르렀을 때였다. 다리 위의 황충이 이번에는 시위에 살을 메기고 힘껏 당겼다 놓았다. 시위 소리와 함께 날아간 화살은 바로 운장의 투구 정수리에 매단 술의 밑동에 탁 꽂혔다. 앞쪽에 있던 군사들이 일제히 함성을 질렀다. 깜짝 놀란 운장은 투구에 화살이 꽂힌 채 영채로 돌아가서야 비로소 깨달았다. 황충이 1백 보 밖에서 버들잎을 꿰뚫는 활솜씨를 가졌으면서도 오늘 투구 정수리의 술만 맞힌 것은 바로 어제 죽이지 않은 은혜를 갚은 것이었다. 운장은 군사를 거느리고 물러갔다.

왕핑희 그림

황충이 돌아가 성 위의 한현을 뵈니, 한현은 즉시 좌우의 사람들에게 황충을 체포하라고 호령했다. 황충이 부르짖었다.

"저에겐 죄가 없소이다!"

한현은 발끈 노했다.

"내가 사흘 동안 지켜보았거늘 네가 감히 나를 속이려 드느냐? 그저께는 힘을 다해 싸우지 않았으니 반드시 사사로운 마음이 있는 것이요, 어제는 말이 쓰러졌는데도 그가 너를 죽이지 않았으니 틀림없이 서로 결탁한 것이다. 오늘은 또 네가 두 차례나 빈 시위만 당기다가 세 번째 화살로는 겨우 그의 투구에 달린 술만 맞혔으니, 안팎으로 서로 짠 게 아니고 뭐란 말이냐? 만약 네 목을 자르지 않았다가는 반드시 뒷날의 우환이 되고 말 것이다!"

즉시 도부수들을 호령하여 성문 밖으로 끌어내어 목을 자르라고 했다. 장수들이 사정을 해보려 했지만 한현이 소리쳤다.

"황충의 죄를 용서해 달라고 하는 자는 같은 패거리로 취급하겠다!"

도부수들이 황충의 등을 밀고 문밖으로 나가 막 칼을 치켜들려는 순간이었다. 별안간 한 장수가 칼을 휘두르며 달려오더니 도부수들을 찍어 죽이고 황충을 구해 냈다. 그러고는 큰소리로 외쳤다.

"황한승은 장사를 지탱하는 대들보이다. 지금 한승을 죽이는 것은 장사 백성들을 죽이는 짓이다! 한현은 잔혹하고 인자하지 못하며 훌륭한 인재를 홀대하고 오만하게 구니 다 같이 나서서 죽여야 마땅하다! 그러기를 원하는 사람은 나를 따르라!"

모두들 쳐다보니 얼굴은 무르익은 대춧빛이요 눈은 반짝이는 별과 같았다. 그는 의양義陽 사람 위연魏延이었다. 위연은 양양에서 유현덕을 따라잡지 못하자 한현에게로 와서 몸을 의탁했다. 한현은 그가 오만하고 예의가 없는 것을 보고 중용하지 않았기 때문에 이곳에서 몸을 굽히고 묻혀서 지내 오던 터였다. 그러다 이날 황충을 구하고 함께 한현을 죽이자며 백성들을 충동질한 것이다. 위연이 팔을 걷어붙이고 소리치자 따라나서는 사람이 수백 명이 넘었다. 황충이 만류했지만 그들을 당해 낼 수가 없었다. 위연은 한달음에 성벽 위로 뛰어 올라가 단칼에 한현을 베어 두 동강 내고는 그 머리를 들고 말에 올랐다. 그러고는 백성들을 데리고 성을 나가 운장에게 절을 올리며 투항했다. 운장은 크게 기뻐하며, 드디어 성으로 들어갔다. 백성들을 어루만지고 안정시킨 운장은 황충에게 만나자고 청했다. 그러나 황충은 병을 핑계로 집에서 나오지 않았다. 운장은 즉시 사람을 보내 현덕과 공명을 청했다.

한편 현덕은 운장이 장사를 공격하러 간 뒤 공명과 함께 그 뒤를 따라 인마를 재촉하여 후원하러 나섰다. 한창 길을 가고 있는데 문득 푸른 깃발이 거꾸로 휘말리면서 까마귀 한 마리가 북쪽에서 날아와 연달아 세 번 울고 남쪽으로 날아갔다. 현덕이 물었다.

"이것은 어떤 화복을 나타내는 징조요?"

공명은 말 위에서 소매 속 점을 쳐 보더니 대답했다.

"장사군을 이미 손에 넣었을 뿐만 아니라 주공께서는 또 대장까지 얻었습니다. 오시午時가 지나면 확실한 것을 아시게 될 것입니다."

조금 지나자 하급 장교 하나가 나는 듯이 달려 와서 보고했다.

"관장군께서 이미 장사군을 손에 넣고 항장 황충과 위연까지 얻으셨습니다. 지금 오로지 주공께서 오시기만을 기다리고 계십니다.”

현덕은 크게 기뻐하며 즉시 장사로 들어갔다. 현덕을 아문의 정청
으로 맞아들인 운장은 황충의 일을 자세히 이야기했다. 현덕이 몸소
황충의 집으로 찾아가서 만나자고 했다. 황충은 그제야 나와서 항복
했다. 그러고는 한현의 시체를 거두어 장사의 동쪽에 묻어 달라고 부
탁했다. 후세 사람이 황충을 칭찬한 시가 있다.

장군의 기개는 하늘의 별처럼 높았으나 /
백발이 되도록 한남 땅에서 고생만 했네. //
죽음도 달게 받으며 원망할 줄 모르더니 /
항복할 때는 머리 숙이며 부끄러워하네.

번뜩이는 서릿발 보도 신의 무용 뽐내고 /
바람 가르는 철마는 격전을 생각게 하네. //
천고에 높은 이름 응당 없어지지 않으리니 /
외로운 저 달 따라 길이 상강을 비추리라.

將軍氣槪與天參, 白髮猶然困漢南. 至死甘心無怨望, 臨降低首尙懷慚.
寶刀燦雪彰神勇, 鐵騎臨風憶戰酣. 千古高名應不泯, 長隨孤月照湘潭.

현덕은 황충을 매우 두텁게 대접했다. 운장이 위연을 데리고 들어
와 보이자 공명은 도부수들에게 당장 끌어내어 목을 치라고 호령했
다. 깜짝 놀란 현덕이 물었다.

“위연은 그야말로 공은 있을지언정 죄는 없는 사람이오. 군사께
서는 무엇 때문에 그를 죽이려고 하오?”

공명이 대답했다.

"그 녹봉을 받아먹으면서 그 주인을 죽였으니 충성스럽지 못하고, 그 고장에 살면서 그 땅을 남에게 바쳤으니 의롭지 못합니다. 위연의 뒤통수에 반골反骨이 있으니 뒤에 반드시 반역할 것입니다. 그래서 먼저 목을 베어 화근을 잘라 버리려는 것입니다."

현덕이 말렸다.

"만약 이 사람을 죽인다면 항복하는 사람마다 불안하게 생각할 것 같소. 군사께서는 그를 용서해 주시기 바라오."

공명은 위연을 손가락질하며 호령했다.

"내 지금은 네 목숨을 살려 주겠다. 너는 충성을 다해 주공께 보답하면서 다른 마음을 품지 말라. 만약 다른 마음을 품는다면 내가 무슨 수를 쓰든 네 머리를 자르고 말리라."

위연은 연신 "네, 네" 하면서 물러났다. 황충이 유표의 조카 유반劉礬을 천거했다. 유반은 당시 유현攸縣에서 한가하게 지내고 있었다. 현덕은 그를 불러 장사군을 맡아 다스리게 했다. 네 군이 모두 평정되자 현덕은 군사를 거두어 형주로 돌아갔다. 그리고 유강구를 공안公安으로 이름을 고쳤다. 이로부터 현덕에게는 재물과 식량이 풍족해지고 훌륭한 인재들이 찾아오기 시작했다. 현덕은 군사를 흩어 사방의 요충지마다 주둔시켰다.

한편 시상으로 돌아간 주유는 병을 치료하면서, 감영은 파릉군을 지키고 능통은 한양군漢陽郡을 지키며 두 곳에 전투선을 벌려 놓고 출동 명령을 기다리게 했다. 정보는 나머지 장병들은 이끌고 합비현으로 갔다.

손권은 적벽의 격전에서 크게 이긴 뒤로 오랫동안 합비에 머물면서 조조의 군사와 크고 작은 전투를 10여 차례나 벌였지만 아직 승부를 가르지 못하고 있었다. 그래서 감히 성에 바싹 다가가 영채를 세우지 못하고 50리쯤 떨어진 곳에 군사를 주둔시키고 있었다. 정보의 군사가 왔다는 소식을 들은 손권은 크게 기뻐하며 친히 영채를 나와 군사들을 위로하려 했다. 그런데 노자경이 먼저 도착했다는 보고를 받고 손권은 말에서 내려 선 채로 그를 기다렸다. 노숙은 황망히 안장에서 굴러 떨어지듯 내리더니 손권에게 예를 올렸다. 장수들은 손권이 노숙에게 이처럼 특별한 예를 갖추는 것을 보고 다들 깜짝 놀라며 이상하게 여겼다. 손권은 노숙에게 말에 오르라고 권하여 고삐를 나란히 하고 가면서 슬며시 물었다.

"내가 말에서 내려 영접했으니 공을 충분히 빛내 준 셈이지요?"

노숙이 대답했다.

"그렇지 못합니다."

뜻밖의 대답을 들은 손권이 다시 물었다.

"그러면 어떻게 해야 빛내 주는 것이 되겠소?"

노숙이 대답했다.

"명공의 위엄과 덕이 사해를 덮고 구주九州(전국)를 모두 아울러 마침내 황제의 업적을 이루시어 이 노숙의 이름을 죽백竹帛(역사책)에 오르게 하여 주십시오. 그래야 비로소 저를 빛내 준 것이 되겠습니다.”

손권은 손뼉을 치며 껄껄 웃었다. 노숙과 함께 막사 안으로 들어간 손권은 큰 잔치를 베풀어 격전을 치른 장병들의 수고를 위로했다. 그리고 합비를 깨뜨릴 계책을 의논했다.

이때 장료가 사람을 시켜 도전장을 보내왔다. 글을 읽은 손권은 크게 노했다.

“장료, 이 자가 나를 너무 업신여기는구나! 정보의 군사가 왔다는 말을 듣고도 고의로 사람을 시켜 싸움을 걸다니! 하지만 내일은 내가 새로 온 군사들은 쓰지 않고 한바탕 크게 싸울 테니 두고 보아라!”

손권은 이날 밤 3경에 전군이 영채를 나서서 합비를 향해 진군하라고 명령했다. 진시 무렵 군사들이 길을 반쯤 갔을 때, 조조의 군사가 이미 들이닥쳤다. 양편에서는 마주보며 진을 쳤다. 손권이 황금 투구에 황금 갑옷을 입고 말을 몰아 나서는데 왼편에는 송겸宋謙, 오른편에는 가화賈華가 방천화극을 꼬나들고 양편에서 손권을 호위했다. ‘두둥둥’ 북소리가 세 바탕 울리고, 조조군 진 앞의 문기가 양쪽으로 갈라지면서 완전 무장을 한 장수 세 명이 앞으로 나와 말을 세웠다. 가운데는 장료요, 왼편은 이전, 오른편은 악진이었다. 장료가 먼저 말을 달려 나오며 손권과 단둘이서 결전을 벌여 보자며 싸움을 걸었다. 손권도 창을 들고 직접 나가 싸우려 했다. 그러나 진문 안에 있던 한 장수가 어느새 창을 꼬나들고 질풍같이 말을 몰아 달려 나갔다. 바로 태사자였다. 장료가 칼을 휘두르며 태사자를 맞받았다. 두 장수가 어울려 7,80합을 싸웠지만 승부가 나지 않았다. 이때 조조군의 진영에서 이전이 악진에게 말했다.

“맞은편에 황금 투구 쓴 자가 손권일세. 만약 손권을 사로잡는다면 83만 대군의 원수를 갚기에 충분할 것이네."

그 말이 채 끝나기도 전이었다. 악진이 칼 한 자루를 들고 단기로 뛰쳐나갔다. 그는 마치 한 줄기 번갯불처럼 측면으로부터 곧장 손권에게로 달려 들어갔다. 나는 듯 손권의 코앞에 이른 악진이 손을 번쩍 들었다가 칼을 내리찍었다. 송겸과 가화가 급히 화극을 들어 내려오는 칼을 막았다. 그러나 칼날이 떨어짐과 동시에 두 화극의 자루가 일시에 두 동강이 났다. 송겸과 가화는 날이 없는 자루만 들고 악진의 말머리를 후려쳤다. 악진이 말을 돌려 달아나자 송겸이 군졸의 손에서 창을 뺏어 들고 뒤를 쫓았다. 이전이 시위에 살을 먹이더니 송겸의 가슴 한복판을 겨누고 활을 쏘았다. 시위 소리와 더불어 송겸은 말 아래로 굴러 떨어졌다. 등 뒤에서 누군가 말에서 굴러 떨어지는 것을 본 태사자는 장료를 버리고 본진으로 돌아갔다. 장료가 기세를 타고 몰아치니 오군은 크게 어지러워지며 사방으로 뿔뿔이 흩어져 달아났다. 장료는 멀리서 손권을 바라보자 급히 말을 몰아 뒤를 쫓았다. 거의 따라잡으려는 순간이었다. 옆에서 한 무리의 군사가 들이닥치는데, 앞장 선 대장은 정보였다. 정보가 길을 막고 한바탕 크게 싸워 손권을 구해 냈다. 장료는 군사를 거두어 합비로 돌아갔다.

정보가 손권을 보호하여 본부 영채로 돌아가자 패잔병들이 속속 돌아왔다. 송겸을 잃은 손권은 목을 놓아 통곡했다. 장사 장굉張紘이 충고했다.

"주공께서 왕성한 기운만 믿고 큰 적을 우습게보시니 온 군중에 낙심하지 않는 자가 없습니다. 설사 적장을 베고 깃발을 빼앗아 싸움터에서 위엄을 떨칠 수 있을지라도 그런 노릇은 편장이나 할 일이지 주공께서 하실 일은 아닙니다. 바라건대 맹분孟賁(전국시대의 용사)과 하육夏育(주나라의 용사) 같은 용맹을 누르시고 천하를 경영할 큰 포부를 품으소서. 오늘 송겸이 화살에 맞아 죽은 것도 모두 주공께서 적을 우습게보신 탓입니다. 앞으로는 반드시 옥체를 중하게 여기셔야 합니다."

손권이 대답했다.

"그것은 내 과실이었소. 이제부터 고치리다."

조금 있으니 태사자가 군막으로 들어와서 말했다.

"제 수하에 과정戈定이라는 자가 있는데 장료 밑에서 말을 기르는 마부와 친구라고 합니다. 그 마부가 장료에게 질책을 당하여 원한을 품고 전갈을 보내왔다고 합니다. 오늘밤 불을 놓아 신호를 보낸 뒤 장료를 찔러 죽여 송겸의 원수를 갚겠다고 한답니다. 제가 군사를 이끌고 가서 밖에서 호응하고자 합니다."

손권이 물었다.

"과정은 어디에 있소?"

태사자가 대답했다.

"이미 조조군에 섞여서 합비성 안으로 들어갔습니다. 저에게 군사 5천 명만 주십시오."

제갈근이 걱정했다.

"장료는 꾀가 많은 사람이라 준비가 있을 것입니다. 서둘러서는 안 됩니다."

그러나 태사자는 기어이 가겠다며 고집을 부렸다. 송겸의 죽음으

로 슬픔에 잠긴 손권도 빨리 원수를 갚고 싶었다. 그래서 마침내 태사자에게 군사 5천 명을 이끌고 가서 밖에서 후원하게 했다.

한편 과정은 태사자와 같은 고향 사람이었다. 이날 그는 군사들 속에 섞여 있다가 합비성으로 따라 들어갔다. 그러고는 마부를 찾아 둘이서 대책을 상의했다. 과정이 먼저 물었다.

"내 이미 사람을 보내 태사자 장군께 보고를 올렸네. 오늘밤 그분은 틀림없이 후원하러 오실 것이네. 자네는 대체 일을 어떻게 벌일 작정인가?"

마부가 계책을 말했다.

"이곳은 중군에서 비교적 멀리 떨어져 있으니 밤중에 급히 다가갈 수는 없네. 내가 말에게 먹일 건초 더미에 불을 지를 테니 자네는 앞쪽으로 가서 반란이 일어났다고 소리를 지르게. 성안의 군사들이 혼란에 빠지면 그 틈에 장료를 찔러 죽이세. 그러면 나머지 군사들은 저절로 달아나고 말 걸세."

과정이 말했다.

"그 계책이 참으로 묘하네!"

이날 밤 전투에 승리하고 성으로 돌아온 장료는 삼군에 상을 내려 위로하고 허락 없이는 잠을 잘 때도 갑옷을 벗지 말라고 명했다. 측근들이 물었다.

"오늘 완전히 승리하여 오군은 멀리 자취를 감추었습니다. 그런데 장군께서는 어찌하여 갑옷을 벗고 편히 쉬시지 않습니까?"

장료가 대답했다.

"아니야. 장수는 이겼다고 기뻐하지 말고 한때 패했다고 근심하지 말아야 하네. 우리가 대비하지 않는 허점을 노려 오군이 쳐들어

오면 어떻게 대응하겠는가? 오늘밤은 다른 때보다 더 신중하게 방비해야 할 것이야."

그 말이 미처 끝나기도 전이었다. 뒤쪽 영채에서 불길이 치솟고 여기저기서 반란이 일어났다고 외치는 소리가 들리며 연달아 보고가 들어왔다. 막사에서 나와 말에 오른 장료는 심복 장교 10여 명을 데리고 길 한가운데 섰다. 측근들이 권했다.

"함성이 매우 급합니다. 가서 살펴보시는 것이 좋겠습니다."

장료가 호령했다.

"어찌 온 성안이 모두 반란자이겠느냐? 이는 반란을 일으킨 자가 고의로 군사들을 놀라게 하려는 수작일 뿐이다. 혼란을 부추기는 자가 있으면 먼저 목을 치겠다!"

얼마 지나지 않아 이전이 과정과 마부를 잡아 왔다. 장료는 심문하여 사정을 알아내고는 그 자리에서 즉시 목을 쳤다. 이때 성문 밖에서 징소리 북소리가 울리며 함성이 크게 진동했다. 장료가 말했다.

"이는 오군이 밖에서 후원하러 온 것이다. 그 계책을 역이용하여 깨뜨려야겠다."

장료는 성문 안에 불을 지르고 여럿이 입을 모아 반란이 일어났고 소리 지르며 성문을 활짝 열고 조교를 내리게 했다.

태사자는 성문이 활짝 열리는 것을 보고 안에서 변란이 일어난 줄로만 여기고 창을 꼬나 잡고 말을 달려 남보다 먼저 뛰어들었다. 이때 성 위에서 포 소리가 '쾅!' 하고 울리더니 화살이 빗발처럼 쏟아졌다. 태사자는 급히 물러났으나 이미 몸에는 몇 군데나 화살이 꽂히고 말았다. 등 뒤에서는 이전과 악진이 돌진해 나와 오군은 태반이 죽거나 부상당했다. 장료의 군사는 이긴 기세를 타고 곧바로 오군의 영채 앞까지 추격했다. 육손과 동습이 돌격해 나와 태사자를 구하자, 장료의 군사들은 스스로 돌아갔다. 태사자마저 중상을 입은 것을 본 손권은 마음이 더욱 울적했다. 장소가 군사를 물리자고 권했다. 손권은 그 말을 따라 군사를 거두어 배를 타고 남서南徐 윤주潤州로 돌아갔다. 윤주에 이르러 주둔할 무렵 태사자의 병세가 위독해졌다. 손권은 장소 등을 보내 병문안을 하게 했다. 임종을 앞두고 태사자는 크게 소리쳤다.

"대장부가 난세에 태어났으면 마땅히 삼척검三尺劍을 들고 세상에 드문 대공을 세워야 하거늘, 아직 뜻을 이루지도 못했는데 어떻게 죽는단 말인고!"

말을 마치고는 바로 숨을 거두었다. 그의 나이 41살이었다. 후세 사람이 그를 칭찬해서 지은 시가 있다.

오직 충효를 지향할 맹세를 하니 / 동래 땅에서 태어난 태사자로다. //
성과 이름 먼 변방까지 드날리고 / 궁술과 마술은 웅병도 떨게 했네.

북해에선 공융의 은혜를 갚았고 / 신정에선 손책과 백열전 벌였지. //

죽음 앞에서도 장한 뜻을 말하니 / 천고가 흘러도 다 함께 찬탄하네.

矢志全忠孝, 東萊太史慈. 姓名昭遠塞, 弓馬震雄師.

北海酬恩日, 神亭酣戰時. 臨終言壯志, 千古共嗟咨!

태사자가 죽었다는 소식을 들은 손권은 몹시 슬퍼하며 남서의 북고산北固山 아래 후히 장사지내고 그의 아들 태사형太史亨을 부중에 데려다 기르게 했다.

한편 형주에서 군마를 정돈하고 있던 현덕은 손권이 합비 전투에서 패하고 이미 남서로 돌아갔다는 소식을 듣고 공명과 대책을 의논했다. 공명이 말했다.

"제가 간밤에 천문을 보니 서북방에서 별이 하나 떨어졌습니다. 이는 틀림없이 황족 한 분이 돌아가신 것을 나타냅니다."

이렇게 이야기를 하고 있는 중에 공자 유기가 병으로 죽었다는 보고가 들어왔다. 현덕은 그 소식을 듣고 통곡하기를 마지않았다. 공명이 권했다.

"살고 죽는 것은 분수가 정해진 것이니 주공께서는 너무 근심하지 마십시오. 귀한 몸을 상하지나 않으실까 걱정입니다. 우선 큰일을 처리해야 하니 급히 사람을 보내 성을 지키고 장례를 치르게 해야 합니다."

현덕이 물었다.

"누가 가면 좋겠소?"

"운장이 아니면 안 됩니다."

공명의 대답을 들은 현덕은 즉시 운장을 양양으로 보내 성을 지키게 했다. 현덕이 다시 물었다.

"오늘 유기가 죽었으니 동오에서 틀림없이 형주를 달라고 할 텐데, 어떻게 대답하면 좋겠소?"

공명이 대답했다.

"사람이 오면 이 양에게 대답할 말이 있습니다."

보름 뒤 동오에서 노숙이 문상하러 왔다는 보고가 들어왔다. 이야말로 다음 대구와 같다.

먼저 계책을 안전하게 정해 놓고 / 동오의 사자가 오기만 기다리네.

先將計策安排定　只等東吳使命來

공명은 어떻게 대답할 것인가, 다음 회를 보라.

54

감로사

오국태는 불가의 사찰에서 신랑감을 선보고
유황숙은 화촉동방에 아름다운 짝을 만나다
吳國太佛寺看新郎 劉皇叔洞房續佳偶

공명은 노숙이 왔다는 말을 듣고 현덕과 함께 성을 나가 영접했다.
관아로 맞아들여 인사를 마치자 노숙이 먼저 입을 열었다.

"저희 주공께서 조카님이 세상을 뜨셨다는
말씀을 들으시고 특별히 약간의 예물을 갖
추어 저더러 조의를 표하라고 하셨습니다.
주도독께서도 유황숙과 제갈선생께 안부
를 전해 달라고 재삼 부탁하셨습
니다."

현덕과 공명은 자리에
서 일어나 사례하고 예물
을 받은 다음 술자리를 베
풀어 노숙을 대접했다.
노숙이 하고 싶었던 말
을 꺼냈다.

"지난번 황숙께서 '공자가 세상을 뜨면 형주를 돌려주겠다'고 말씀하셨습니다. 지금 공자께서 세상을 뜨셨으니 반드시 형주를 돌려주시겠지요. 언제 넘겨주시겠습니까?"

현덕은 답변을 미루었다.

"공은 우선 술부터 드시지요. 한 가지 상의할 일이 있소이다."

노숙은 억지로 몇 잔을 마신 다음 다시 한번 언제쯤 돌려주겠는지를 물었다. 현덕이 미처 대답하기 전에 공명이 얼굴색을 고치면서 말했다.

"자경! 참으로 사리에 밝지 못하시구려. 그런 것을 꼭 남이 일러드려야 아신단 말이오? 우리 고황제高皇帝(고조 유방)께서 흰 뱀을 베고 의로운 군사를 일으켜 나라의 기업을 세우신 뒤로 지금까지 전해 왔으나, 불행하게도 간웅들이 너도나도 일어나서 제각기 한 지방씩 차지한 형편이오. 그러나 천도는 순환하여 모든 것이 결국엔 정통正統으로 돌아가게 마련이오. 우리 주공으로 말씀드리면 중산정왕의 후예이시고 효경황제의 현손이시며 금상폐하의 숙부이신데, 어찌 봉토封土를 받으실 수 없단 말이오? 하물며 유경승은 우리 주공의 형님이시오. 아우가 형의 사업을 이어받아서 안 될 게 무엇이란 말이오? 그대의 주인은 전당錢塘 지방 작은 벼슬아치의 아들로 일찍이 조정에 아무런 공도 세운 적이 없소. 그럼에도 불구하고 지금 세력을 믿고 6군 81주를 점거하고 있소. 그러면서도 오히려 욕심을 채우지 못해 한漢의 영토를 삼키려 하는구려. 유씨 천하에서 우리 주공께서는 성이 유씨임에도 몫이 하나도 없으시고, 그대의 주인은 손씨임에도 도리어 억지로 빼앗으려 든단 말씀이오? 게다가 적벽의 싸움에서 우리 주공께서도 수고를 많이 하셨고 장수들도 모두 힘껏 싸웠으니

대광해 그림

어찌 당신네 동오의 힘만으로 이겼다고 하겠소? 그리고 내가 동남풍을 빌지 않았다면 주랑이 어찌 반 푼어치의 재주나마 부려 공을 세울수 있었겠소? 강남이 무너지면 이교二喬가 동작궁銅雀宮에 있을 것은 말할 나위도 없고, 공들의 처자들도 보전할 수 없었을 것이오. 방금우리 주공께서 즉시 대답하지 않으신 것은 자경이 고명한 선비라 상세히 설명하지 않아도 되리라 여기셨기 때문이오. 그런데 어찌 공은그토록 살피지 못하신단 말씀이오?"

한바탕 거침없이 내뱉는 웅변에 노자경은 그만 입을 다문 채 말이없었다. 한참이 지나서야 간신히 입을 열었다.

"공명의 말씀에 일리가 없는 것은 아니지만 내 처지가 몹시 난처하니 이를 어찌하겠소?"

공명이 물었다.

"무슨 난처한 일이 있단 말씀이오?"

노숙이 말했다.

"지난날 황숙께서 당양에서 어려움을 당하실 때 공명을 인도하여강을 건너 우리 주공을 만나 뵙게 한 것도 나였고, 뒷날 주공근이 군사를 일으켜 형주를 뺏으려 할 때 그것을 막은 사람 역시 나였소. 그리고 공자가 세상을 떠나면 형주를 돌려준다는 약속을 할 때도 역시내가 보증했소. 그런데 이제 와서 전에 하신 약속을 지키지 않으니내가 어떻게 돌아간단 말씀이오? 우리 주공과 주공근은 반드시 내게죄를 물을 것이오. 내가 죽는 것이야 한스러울 것도 없지만 동오의노여움을 사서 전쟁이라도 일어나지 않을까 염려되는구려. 그리되면 황숙께서도 형주에 편안히 계실 수는 없을 터이니 공연히 천하의웃음거리만 되고 말 것이오이다."

공명이 말했다.

"백만의 군사를 통솔하며 천자의 이름을 들먹이는 조조도 우습게 아는 터에, 주랑 같은 일개 어린아이를 어찌 두려워하겠소? 그러나 선생의 체면이 서지 않는다면 내가 주공께 말씀드려서 형주를 잠시 빌리겠다는 문서를 한 장 쓰시도록 하리다. 우리 주공께서 달리 성을 얻으시면 그때 가서 바로 형주를 동오에 돌려주겠다고 말이오. 이 제의가 어떠하오?"

노숙이 물었다.

"공명은 대체 어느 곳을 차지하면 우리에게 형주를 돌려주시겠소?"

공명이 대답했다.

"중원은 급히 도모할 수 없지만, 서천西川의 유장劉璋은 어둡고 나약하여 우리 주공께서 장차 도모하시려 하오. 서천을 얻기만 하면 그때는 즉시 돌려 드리리다."

노숙은 공명의 말을 따를 수밖에 없었다. 현덕이 친히 붓을 들어 문서 한 통을 쓰고 서명했다. 보증인안 제갈공명도 서명을 했다. 공명이 노숙에게 말했다.

"나는 황숙을 모시는 사람인데 어찌 한 집안사람끼리만 보증을 선단 말이오? 수고스럽겠지만 자경께서도 서명을 하시면 돌아가 오후를 뵙는 데도 보기가 좋을 것이오."

노숙이 말했다.

"황숙께서는 어질고 의로운 분이시니 언약을 저버리지 않으실 것으로 알겠습니다."

노숙은 마침내 서명을 하고 문서를 받아 넣었다. 연회가 끝나자 하직을 고했다. 현덕은 공명과 함께 배타는 곳까지 배웅하면서 노숙에게 당부했다.

"자경께서 돌아가 오후를 뵙거든 좋은 말로 우리 뜻을 전하여 망령된 생각을 일으키지 않도록 해주시오. 만약 우리 문서를 인준하지 않는다면 나도 안면을 바꾸어 81개 고을마저 모조리 뺏어 버리겠소. 지금은 그저 두 집안이 화목하게 지내야지 조가 놈의 웃음거리가 되어서는 아니 되오."

노숙은 작별을 고하고 배를 타고 귀로에 올랐다. 그는 먼저 시상

이자후 그림

으로 가서 주유를 만났다. 주유가 물었다.

"자경! 형주를 되찾으러 갔던 일은 어찌되었소?"

"여기 문서가 있소이다."

노숙이 문서를 꺼내 보여 주자 주유는 발을 동동 굴렀다.

"자경께서 제갈량의 꾀에 빠지고 말았구려! 명목으론 빌린다고 하지만 실상은 어물쩍 넘어가려는 것이오. 그들이 서천을 취하면 돌려준다고 하지만 언제 서천을 차지할지 누가 안단 말이오? 가령 10년이 지나도 서천을 얻지 못한다면 10년이 되어도 돌려주지 않겠단 말이 아니오? 이까짓 문서가 무슨 소용이 있다고 그들에게 보증까지 서셨단 말씀이오? 그들이 형주를 돌려주지 않으면 반드시 자경까지 연루될 것이오. 주공께서 벌이라도 내리시면 어떻게 하실 작정이오?"

노숙은 한동안 멍청하게 있다가 입을 열었다.

"아마 현덕이 나를 저버리지는 않을 것이오."

주유는 기가 막혔다.

"자경은 너무도 성실한 사람이오. 그러나 유비는 효웅의 무리이고 제갈량은 간사하고 교활한 패거리이므로 아마 선생의 마음과는 다를 것이오."

"그렇다면 어떻게 해야 좋겠소?"

주유가 위로했다.

"자경께선 나의 은인이시오. 지난날 곳간을 가리켜 나에게 군량을 주시던 정을 생각하면 어찌 구해 드리지 않을 수 있겠소? 자경께선 마음 놓고 여기서 며칠 쉬시구려. 강북으로 보낸 첩자들이 자세한 소식을 알아 오는 대로 달리 조치하도록 하겠소."

노숙은 두렵고 불안했다.

며칠 뒤 첩자가 돌아와서 보고를 올렸다.

"형주성에 조기를 올리고 발상發喪하고 있습니다. 성밖에 새 무덤을 만드는데 군사들은 모두 상복을 입었습니다."

주유가 놀라 물었다.

"누가 죽었다더냐?"

첩자가 대답했다.

"유현덕이 감부인을 잃고 며칠 내로 장례를 치른다고 합니다."

주유가 노숙에게 말했다.

"내 계책이 이루어졌소. 이제는 유비를 꼼짝 못하게 결박하고 형주도 손바닥 뒤집듯 쉽게 얻게 되었소!"

노숙이 물었다.

"어떤 계책이오?"

주유가 대답했다.

"유비가 아내를 잃었으니 틀림없이 후처를 맞을 것이오. 우리 주공께 누이동생 한 분이 계신데 지극히 굳세고 용감하시지요. 시녀 수백 명은 늘 칼을 차고 있으며 방안에는 병기들을 늘어놓고 지내시는데, 비록 남자라도 그만은 못할 것이오. 내 이제 주공께 글을 올려 형주로 중매인을 보내서 유비를 구슬려 데릴사위로 삼으시라고 권할 작정이오. 그가 속아서 남서로 오면 장가를 들기는커녕 옥중에 갇힐 것이오. 그런 다음 유비와 형주를 맞바꾸자고 하겠소. 그들이 형주성을 우리에게 넘겨준다면 나에게 달리 생각이 있소. 이렇게 되면 자경의 신변도 무사할 것이오."

노숙은 절하며 감사했다. 주유는 글을 한 통 쓴 다음 쾌속선을 골라 노숙을 남서로 보냈다. 손권을 만난 노숙은 먼저 형주를 빌려 준 일을 이야기하고 문서를 올렸다. 그러자 손권이 책망했다.

"그대는 어찌 이토록 흐리멍덩하단 말이오? 이까짓 문서가 무슨 소용이 있단 말이오?"

노숙은 얼른 주유의 글을 올렸다.

"여기 주도독이 올리는 글이 있습니다. 이 계책을 쓰면 형주를 얻을 수 있을 것이라고 합니다."

글을 읽고 난 손권은 머리를 끄덕이며 은근히 기뻐했다. 누구를 사자로 보내면 좋을까 궁리하던 그는 불현듯 깨달았다.

'여범이 아니면 안 될 게야.'

즉시 여범을 불러들여 분부했다.

"근자에 유현덕이 상처를 했다 하오. 나에게 누이가 하나 있으니 현덕을 매부로 삼고 영원히 인척이 되려 하오. 그래서 마음을 같이 하여 조조를 깨뜨리고 한나라를 붙들어 세웠으면 하오. 자형子衡(여범의 자)이 아니고는 중매를 설 사람이 없으니 즉시 형주로 가서 한 말씀 해주기 바라오."

명을 받은 여범은 그날로 배를 준비하여 종자 몇 사람을 데리고 형주를 향하여 떠났다.

한편 현덕은 감부인을 잃은 뒤로 밤낮으로 번뇌에 빠져 있었다. 하루는 공명과 한가하게 이야기를 나누고 있는데 동오에서 여범이 왔다는 보고가 들어왔다. 공명이 웃으며 말했다.

"이것은 주유의 계책으로, 틀림없이 형주 때문에 왔을 것입니다. 저는 병풍 뒤에서 엿듣고 있을 테니 무슨 말이든 주공께서는 모두 응낙하십시오. 손님을 역관에 들여 쉬게 한 다음 따로 상의

하시지요.”

현덕은 여범을 모셔 들이라고 분부했다. 인사를 끝내고 자리에 앉아 차를 대접했다. 차를 마시고 나서 현덕이 물었다.

“자형께서 오셨으니 틀림없이 나에게 일러 줄 말씀이 있는가 보지요?”

여범이 입을 열었다.

“들자오니 근자에 황숙께서 배필을 잃으셨다고 하더이다. 마침 좋은 신부감이 있어 허물하실 걸 꺼리지 않고 중매를 서러 왔습니다. 어떻게 생각하시는지요?”

현덕이 대꾸했다.

"중년에 아내를 잃는 건 큰 불행이지요. 그러나 죽은 사람의 몸이 채 식지도 않았는데 어찌 차마 바로 혼사를 의논한단 말이오?"

여범은 능란한 말솜씨로 현덕을 구슬렸다.

"사람에게 아내가 없는 것은 집에 대들보가 없는 격인데 어찌 중도에서 인륜을 폐한단 말씀입니까? 저희 주공 오후께는 누이동생 한 분이 계신데 아름답고 현명하시어 황숙의 배필이 될 만합니다. 만약 두 집안이 옛적의 진秦나라와 진晉나라처럼 혼인을 맺는다면 조조 역적은 감히 동남쪽을 똑바로 쳐다보지 못할 것입니다. 이 일

진명대 그림

은 집안과 나라에 다 함께 좋은 일이니 황숙께서는 의심하지 마십시오. 그런데 다만 우리나라 국태國太(임금의 어머니) 오부인吳夫人께서 어린 따님을 몹시 사랑하시는 터라 멀리 시집보내려 하지 않으십니다. 그러니 반드시 황숙께서 동오로 오셔서 혼례를 치르시기 바랍니다."

현덕이 물었다.

"이 일을 오후께서도 알고 계시오?"

여범이 대답했다.

"오후께 먼저 아뢰지 않고서야 어찌 감히 이런 말씀을 드리겠습니까?"

현덕은 심드렁하게 말했다.

"내 나이 이미 반백半百이라 귀밑머리가 희끗희끗하오. 오후의 누이는 이제 묘령妙齡(스물 안팎)일 것이니 배필로는 어울리지 않을 듯하오."

여범은 계속 구슬렸다.

"오후의 매씨는 몸은 비록 여자지만 뜻은 남자를 능가합니다. 입버릇처럼 '천하의 영웅이 아니면 섬기지 않겠다'고 하십니다. 지금 황숙은 명성이 온 세상에 널리 알려졌으니 이른바 숙녀가 짝할 만한 군자이십니다. 어찌 나이 때문에 꺼리시겠습니까?"

"공은 잠시 머물러 계시도록 하시오. 내일 대답해 드리리다."

현덕은 주연을 베풀어 여범을 대접하고 역관에 머무르게 했다. 밤이 되어 공명과 의논하니 공명이 말했다.

"그가 온 뜻을 저는 이미 알았습니다. 방금 『주역』으로 점을 쳐보니 '크게 길하고 크게 이롭다大吉大利'는 점괘가 나왔습니다. 주공께서는 바로 허락하시면 되겠습니다. 먼저 여범이 돌아갈 때 손건을 함께 보내 오후를 만나게 하십시오. 오후의 면전에서 혼사를 결정하고 길일을 택해 동오로 건너가 혼례를 올리도록 하십시오."

현덕은 안심할 수 없었다.

"주유가 계책을 정해 놓고 나를 해치려는 것인데, 어찌 경솔하게 위험한 땅에 발을 들여놓는단 말씀이오?"

공명이 껄껄 웃었다.

"주유가 비록 계책을 쓰는 데 능하다고 하지만 어찌 제갈량의 요량에서 벗어날 수 있겠습니까? 살짝 꾀를 써서 주유를 꼼짝 못하게 묶어 놓아 오후의 매씨도 주공께 돌아오고 형주 또한 털끝만큼도 손실이 없게 하겠습니다."

그러나 현덕은 의심스러워하며 결단을 내리지 못했다. 공명은 손건에게 강남으로 가서 혼사를 성사시키라고 했다. 공명의 분부를 받은 손건은 여범과 함께 강남으로 가서 손권을 만났다. 손권이 말했다.

"나는 누이동생을 현덕에게 주어 데릴사위로 삼고자 할 뿐 결코 다른 마음은 없소."

손건은 절하여 사례하고 형주로 돌아와서 현덕에게 아뢰었다.

"오후는 주공께서 와서 혼례를 올리시기만을 기다리고 있습니다."

현덕은 그래도 의심하며 갈 엄두를 내지 못했다. 공명이 말했다.

"제가 세 가지 계책을 정해 놓았는데 자룡이 아니면 수행하지 못할 것입니다."

공명은 조운을 가까이 불러 귀에 입을 대고 일러 주었다.

"장군이 주공을 모시고 동오로 갈 때 이 비단 주머니 세 개를 갖고 가시오. 주머니 속에는 세 가지 묘계가 들어 있으니 차례대로 실행하시오."

그러고는 비단 주머니를 조운에게 주며 몸에 단단히 지니게 했다. 공명은 먼저 예물을 갖추어 사람을 보내는 등 혼례 준비를 완전히 끝내 놓고 있었다.

때는 건안 14년(209년) 겨울 10월이었다. 현덕이 조운, 손건과 함께 쾌속선 열 척을 거느리고 나서고 군사 5백여 명이 따랐다. 형주를 떠

이자후 그림

나 남서를 바라고 나아가면서 형주의 일은 모두 공명에게 맡겨서 처리하게 했다. 현덕은 마음이 불안해서 견딜 수가 없었다. 남서에 이르러 배가 기슭에 닿자 조운이 혼잣말로 중얼거렸다.

'군사께서 세 가지 묘계를 주시면서 차례대로 실행하라고 분부하셨다. 지금 이곳에 이르렀으니 우선 첫 번째 비단 주머니를 열어 보아야겠군.'

주머니를 열어 계책을 읽어 본 다음 즉시 5백 명의 수행 군사를 불러 이리이리 하라고 일일이 분부했다. 군사들은 명령을 받들고 떠났다. 조운은 다시 현덕에게 먼저 교국로喬國老를 찾아가 만나게 했다.

교국로는 바로 대교大喬와 소교小喬의 아버지로 남서에 살고 있었다. 현덕은 양을 끌고 술을 갖고 먼저 교국로를 찾아뵙고, 여범이 중매를 서서 부인을 얻게 된 사연을 이야기했다. 5백 명 수행 군사들은 더러는 붉은 천을 걸치고 더러는 오색 비단을 두르고 남서에 들어가서 혼례에 필요한 물건들을 샀다. 그러면서 현덕이 동오의 데릴사위가 된다는 소문을 퍼뜨리니 성안 사람들이 모두 그 일을 알게 되었다. 손권은 현덕이 도착한 걸 알고 여범을 시켜 대접하며 우선 역관에 들어 편히 쉬도록 했다.

한편 현덕을 만난 교국로는 그길로 장군부로 들어가 오국태를 만나 국가적 경사를 축하했다. 오국태는 의아해서 물었다.

"무슨 기쁜 일이 있다는 말씀인지요?"

교국로가 말했다.

"따님을 유현덕의 부인으로 허락하시어 지금 현덕이 이곳에 와 있는데, 어찌 감추십니까?"

오국태는 놀랐다.

"이 늙은이는 모르는 일이오!"

즉시 사실을 확인하기 위해 사람을 보내 오후를 불러오게 하는 한편 성내로도 사람들을 보내 소식을 알아 오게 했다. 나갔던 사람들이 모두 돌아와 똑같은 보고를 했다.

"과연 그런 일이 있습니다. 사윗감은 이미 역관에서 쉬고 있고, 5백 명 수행 군사들은 모두 성안에서 돼지, 양, 과실 등을 사들이며 혼례 준비를 하고 있습니다. 중매쟁이로 나선 사람은 여자 쪽에선 여범이고 남자 쪽에선 손건인데, 지금 모두 역관에서 대접하고 있답니다."

오국태는 깜짝 놀랐다. 조금 후 손권이 모친을 뵈러 후당으로 들어오자 오국태는 주먹으로 가슴을 치며 통곡부터 했다. 손권이 물었다.

"어머님께서는 무슨 까닭으로 이처럼 괴로워하십니까?"

오국태가 되물었다.

"너는 나를 없는 사람으로 취급할 셈이더냐? 언니가 돌아가실 때 너에게 뭐라고 분부하시더냐?"

손권은 깜짝 놀랐다.

"어머님! 하실 말씀이 있으시면 분명하게 말씀하십시오. 무엇 때문에 이토록 괴로워하십니까?"

오국태가 말했다.

"사내가 자라면 장가를 들고 계집이 자라면 시집을 가는 것은 예나 지금이나 변함이 없는 이치이다. 그러나 내가 네 어미이니 그런 일이 있으면 나에게 물어보고 명을 받아야 할 것이다. 그런데 너는 유현덕을 매부로 삼으려고 하면서 어찌하여 내게는 감추느냐? 딸아이는 내 자식이 아니더냐?"

손권은 화들짝 놀라서 물었다.

"대체 어디서 그런 말을 들으셨습니까?"

오국태가 소리쳤다.

"남이 몰라야 하는 일이라면 아예 아무도 모르게 해야 할 것이다. 그런데 온 성안 백성들 치고 누구 하나 모르는 사람이 있는 줄 아느냐? 그런데도 너는 나만 속이려 드는구나!"

교국로가 끼어들었다.

"이 늙은이도 안 지가 이미 여러 날이 되었기에 오늘 특별히 축하드리러 왔소이다."

손권이 사정을 설명했다.

"그런 것이 아닙니다. 이것은 주유의 계책입니다. 혼인을 명목으로 유비를 꾀어다가 이곳에 가두어 놓고 그와 형주를 맞바꾸려는 것입니다. 그가 말을 듣지 않으면 먼저 목을 자를 것입니다. 이것은 계책이지 실제로 혼인을 하려는 것이 아닙니다."

오국태는 노발대발하며 주유를 꾸짖었다.

"너는 여섯 군 팔십한 개 고을의 대도독인데 형주 하나 빼앗을 계책이 없어서 고작 내 딸을 내세워 미인계를 쓴단 말이냐? 유비를 죽이면 내 딸은 시집도 못 가고 까막과부가 되고 말 것인데, 그리되면 이후에 어떻게 다시 혼삿말을 꺼낸단 말이냐? 이제 내 딸은 신세를 망쳤구나! 너희들은 참 잘도 하는구나!"

교국로도 한마디 거들었다.

"이 계책을 써서 형주를 얻는다 해도 천하 사람들의 웃음거리가 될 것이외다. 그런 판에 이 일을 어떻게 실행한단 말입니까?"

손권은 힐책을 받고도 묵묵히 말이 없었다.

오국태가 쉬지 않고 주유에게 욕을 퍼붓자 교국로가 권했다.

"유황숙은 바로 한나라 황실의 종친입니다. 일이 이미 이렇게 된 바에는 아예 그를 사위로 맞아 추한 소문이나 나지 않게 하시지요."

손권이 한마디 했다.

"나이가 맞지 않을 것입니다."

교국로가 다시 말했다.

"유황숙은 그야말로 당대의 호걸입니다. 이런 사위를 얻는다면 누이 되는 분에게도 욕이 되지는 않을 것이오."

오국태가 말을 잘랐다.

"나는 아직 유황숙을 본 적이 없다. 내일 감로사甘露寺에서 만나도록 약속을 정해라. 그가 내 마음에 들지 않으면 너희들이 하는 대로 맡겨 두겠지만 내 마음에 들면 내가 직접 딸을 시집보내겠다."

손권은 효성이 지극한 사람이었다. 모친이 이렇게 말하자 그 자리에서 응낙하고 밖으로 나왔다. 그러고는 여범을 불러 국태께서 유비를 만나 보시겠다고 하니 내일 감로사 방장에다 연석을 베풀라고 분부했다. 여범이 말했다.

"가화賈華에게 도부수 3백 명을 데리고 양쪽 복도에 매복하게 하는 게 어떻겠습니까? 국태께서 유비를 싫어하시면 신호 한마디로 양쪽에서 일제히 내달아 그를 잡아 버리시지요."

손권은 가화를 불러 미리 준비하고 오국태의 거동을 주시하라고 분부했다.

한편 오국태와 하직하고 집으로 돌아간 교국로는 현덕에게 사람을 보내 일러 주었다.

"내일 오후와 국태께서 친히 만나고자 하시니 충분히 대비하시오!"

현덕이 손건, 조운과 의논하자 조운이 말했다.

"내일의 모임은 흉한 징조는 많고 길한 일은 적은 것 같습니다. 제가 직접 5백 명의 군사를 이끌고 호위하겠습니다."

이튿날 오국태와 교국로가 먼저 감로사로 가서 방장 안에 자리를 잡았다. 손권이 한 무리의 모사들을 거느리고 뒤따라 들어오더니 여범을 역관으로 보내 현덕을 청해 오게 했다. 현덕은 얇은 갑옷을 입고 그 위에 비단 도포를 껴입었다. 따르는 사람에게 검을 메고 바싹 따라붙게 하고선 말을 타고 감로사로 떠났다. 조운도 완전무장을 하고 5백 명의 군사를 이끌고 수행했다. 현덕은 감로사 앞에 이르러 말에서 내려 먼저 손권을 만났다. 현덕의 의표가 비범한 것을 본 손권은 속으로 은근히 두려웠다. 두 사람은 인사를 마치고 방장으로 들어가 오국태를 뵈었다. 오국태는 현덕을 보더니 크게 기뻐하며 교국로에게 말했다.

"참으로 내 사윗감이로군요!"

교국로도 현덕을 치켜세웠다.

"현덕에겐 용봉龍鳳의 자태에다 하늘의 해 같은 모습이 있소이다. 더욱이 천하에 어진 덕까지 펴고 있으니, 국태께서 이런 훌륭한 사위를 얻으신 것은 참으로 경하할 일이외다!"

현덕은 절하여 감사하고 함께 방장 안에 차린 연회에 참석했다.

조금 뒤 자룡이 검을 차고 들어와 현덕의 곁에 섰다. 오국태가 물었다.

"이 사람은 누구요?"

현덕이 대답했다.

"상산의 조자룡입니다."

오국태가 다시 물었다.

"혹시 당양 장판파에서 아두를 품에 안았던 사람이 아니오?"

현덕이 대답했다.

"그러하옵니다."

"진정한 장군이로다!"

오국태는 즉시 술을 내렸다. 조운이 현덕에게 귀띔했다.

"방금 제가 복도를 순찰하다 보니 방안에 도부수들이 매복하고 있습니다. 틀림없이 좋은 뜻은 아니니 오국태께 말씀을 올리시지요."

현덕은 곧바로 오국태 앞에 무릎을 꿇고 눈물을 흘리며 말했다.

"이 유비를 죽이시려거든 이 자리에서 죽여주소서!"

오국태는 의아했다.

"어이하여 그런 말을 하시오?"

현덕이 대답했다.

"복도에 은밀히 도부수를 매복시켰으니 이 유비를 죽이려는 게 아니고 무엇이겠습니까?"

오국태는 크게 노하여 손권을 꾸짖었다.

"현덕은 이미 내 사위가 되었으니 바로 내 자식이다. 무슨 까닭으로 복도에 도부수들을 매복시켰느냐?"

손권은 자기는 모르는 일이라 발뺌을 하며 여범을 불러다 어떻게 된 일인지 물었다. 여범은 가화에게 책임을 미루었다. 오국태가 가화를 불러들여 꾸짖고 나무랐다. 가화는 입을 다문 채 말이 없었다.

오국태는 가화를 끌어내다 목을 베라고 호령했다. 현덕이 말렸다.

　"대장을 죽이면 혼사에 이롭지 못할뿐더러 이 비도 슬하에 오래 있기가 어렵습니다."

　교국로 또한 용서해 주라고 권하므로 오국태는 가화를 꾸짖어 물리쳤다. 도부수들은 모두 머리를 싸쥐고 쥐구멍이라도 찾듯 뺑소니쳤다.

대돈방 그림

현덕이 측간에 가려고 전각 앞으로 나오다 보니 뜰아래 제법 큰 돌덩어리가 하나 있었다. 현덕은 종자가 찬 검을 뽑아 들고 하늘을 우러러 축원했다.

'이 유비가 능히 형주로 돌아가서 왕패王覇의 업적을 이룰 수 있다면 단칼에 이 돌덩어리가 두 토막이 나게 하소서. 그러나 만일 이곳에서 죽게 된다면 검으로 쳐도 돌덩어리가 갈라지지 않게 하소서.'

빌고 나서 손을 들어 검을 내려치니 불꽃이 번쩍하면서 돌덩어리가 두 토막이 났다. 손권이 뒤에서 이 광경을 보고 물었다.

"현덕공은 어찌하여 그 바위를 그토록 미워하시오?"

현덕은 얼른 둘러댔다.

"이 비는 나이가 쉰에 가까웠지만 국가를 위해 역적 무리를 쓸어 없애지 못하여 늘 마음에 한이 되었소이다. 이제 국태께서 부르셔서 사위로 삼아 주시니 평생에 만나기 어려운 좋은 기회를 만났지요. 그래서 방금 만약 조조를 깨뜨리고 한漢을 부흥시킬 수 있다면 이 돌덩이를 찍어 쪼개지게 해 달라고 하늘에 빌었더니 과연 이렇게 되었구려."

손권은 속으로 생각했다.

'유비가 이런 말로 나를 속이려는 것은 아닌가?'

그러고선 자기도 검을 뽑아 들고 현덕에게 말했다.

"그럼 나 또한 하늘에 물어 점을 쳐 봐야겠소. 역적 조조를 깨뜨릴 수 있다면 역시 이 돌덩이가 갈라질 것이오."

그러나 속으로는 가만히 이렇게 빌었다.

'만약 다시 형주를 차지하고 동오를 왕성하게 일으킬 수 있다면 돌덩이를 찍어 두 쪽 나게 하소서.'

손을 들어 검을 내리치니 큰 돌덩이가 역시 갈라졌다. 지금까지도 십자十字 무늬가 있는 '한석恨石(한을 품고 검으로 찍은 돌)'이 그대로 남아 있다. 후세 사람이 이 유적을 보고 시를 지어 찬탄했다.

보검이 떨어지자 산중의 돌덩이가 갈라지고 /
칼자루 고리 울리는 곳에선 불꽃이 튕기네. //
두 조정 왕성한 기운 모두가 하늘의 운이니 /
이로부터 천하는 솥발처럼 셋으로 나뉘었네.
寶劍落時山石斷, 金環響處火光生. 兩朝旺氣皆天數, 從此乾坤鼎足成.

두 사람은 검을 버리고 함께 손을 잡고 자리로 들어갔다. 다시 술을 몇 순 마시는데 손건이 눈짓을 했다. 현덕은 사양하며 말했다.

"이 유비, 술기운을 감당할 수 없어 이만 물러가겠소이다."

손권이 배웅하여 절 앞까지 나왔다. 두 사람은 그곳에 나란히 서서 강산의 경치를 둘러보았다. 현덕이 감탄했다.

"예가 바로 천하제일의 강산이구려!"

지금까지도 감로사의 현판에는 '천하제일강산天下第一江山'이라는 말이 새겨져 있다. 후세 사람이 시를 지어 찬탄했다.

진전승 그림

강산에 비개고 푸른 봉우리 둘러서니 /
평화로운 경계에 즐거움이 가득하네. //
지난날 영웅들이 눈길을 보내던 자리 /
강 물결 예와 같이 절벽에 부딪치네.
江山雨霽擁靑螺, 境界無憂樂最多. 昔日英雄凝目處, 巖崖依舊抵風波.

두 사람이 함께 경치를 구경하고 있는데 강바람이 세차게 불더니
엄청난 파도가 눈 무더기처럼 구르며 흰 물결이 하늘로 솟구쳤다. 이
때 별안간 거친 물결 위로 한 조각 작은 배가 나타나 수면 위를 지나
가는데 흡사 평지를 가는 듯했다. 현덕이 감탄했다.

"'남쪽 사람은 배를 잘 몰고, 북쪽 사람은 말을 잘 탄다'고 하더니
과연 그렇구려."

이 말을 들은 손권은 속으로 생각했다.

'유비의 이 말은 내가 말 타는 데 익숙하지 않다고 놀리는 게 아
닌가?'

즉시 측근에게 명하여 말을 끌고 오게 했다. 몸을 날려 말에 오른
손권은 한달음에 산 아래로 내려갔다가 다시 채찍을 가해 고갯마루
로 올라왔다. 그러고는 현덕을 보고 웃으며 말했다.

"이래도 남쪽 사람이 말을 탈 줄 모른다 하겠소?"

이 말을 들은 현덕도 옷자락을 걷어 올리더니 말 등에 훌쩍 뛰어올
랐다. 그러고는 나는 듯이 말을 달려 산 아래로 내려갔다가 다시 치
달아 올라왔다. 두 사람은 함께 산언덕 위에 말을 세우고 채찍을 휘
두르며 호탕하게 웃었다. 지금도 이곳을 '주마파駐馬坡(말을 세웠던 언
덕)'라고 부른다. 후세 사람이 지은 시가 있다.

용마 내달리며 저마다 기개 뽐내더니 /

두 영걸 고삐 나란히 산하를 바라보네. //

동오와 서촉에서 왕자의 패업 이루니 /

천년 세월 아직도 주마파는 남아 있네.

馳驟龍駒氣槪多, 二人幷轡望山河. 東吳西蜀成王霸, 千古猶存駐馬坡.

이날 두 사람이 말고삐를 나란히 하고 돌아오니, 남서의 백성들 치고 축하하지 않는 사람이 없었다.

현덕이 역관으로 돌아가 손건과 상의하니 손건이 권했다.

"주공께서는 오직 교국로께 애걸하시어 하루 속히 혼례식을 올리도록 하십시오. 그래야 다른 일이 생기지 않을 것입니다."

이튿날 현덕은 다시 한번 교국로의 저택 앞에 이르러 말에서 내렸다. 교국로가 현덕을 맞아들였다. 인사를 끝내고 차를 마시고 나자 현덕이 말을 꺼냈다.

"강동 사람들 가운데 이 유비를 해치려는 자가 많아 아무래도 오래 머물러 있지 못할 것 같습니다."

교국로가 위로했다.

"현덕은 마음을 놓으시오. 내가 공을 위해 오국태께 말씀드리고 공을 보호해 드리도록 하리다."

현덕은 절을 올려 감사하고 숙소로 돌아왔다. 교국로는 그 길로 장군부로 들어가 오국태를 만나 뵙고 현덕이 남에게 해를 당하지나 않을까 두려워 서둘러 돌아가려 한다고 말했다. 이 말을 들은 오국태는 크게 노했다.

"내 사위를 누가 감히 해치려 한단 말입니까?"

그러고는 즉시 현덕의 숙소를 서원書院으로 옮겨 우선 그곳에 머물게 하고 길일을 택하여 혼례를 치르기로 했다. 현덕은 직접 장군부로 들어가 오국태에게 말했다.

"조운이 밖에 있어 불편하고, 군사들도 단속할 사람이 없는 게 걱정입니다."

오국태는 현덕의 부하들을 모두 부중으로 옮겨 오게 하여 역관에 남아 있다가 엉뚱한 일이 생기는 일이 없도록 했다. 현덕은 은근히 기뻐했다.

며칠 뒤 큰잔치가 벌어지고 손부인과 현덕은 혼례식을 올렸다. 밤이 되자 손님들이 흩어졌다. 붉은 촛불이 두 줄로 늘어선 사이로 인도를 받아 현덕이 신방으로 들어섰다. 등불 아래 살펴보니 방에는 창칼이 가득한데, 시녀들도 모두 허리에 검을 차거나 칼을 드리우고 양편으로 늘어서 있었다.

질겁한 현덕은 그만 넋이 달아날 지경이었다. 이야말로 다음 대구와 같다.

시녀들 칼 들고 선 모습 놀라 바라보며 /
동오가 숨겨 놓은 복병 아닌지 의심하네.
驚看侍女橫刀立　疑是東吳設伏兵

도대체 무슨 까닭일까, 다음 회를 보라.

55

부인 잃고 군사마저 꺾이다

현덕은 슬기롭게 손부인을 자극하고
공명은 두 번째로 주유의 화를 돋우다
玄德智激孫夫人　孔明二氣周公瑾

손부인의 방안 양편에 창칼들이 삼엄하게 널려 있고 시녀들도 모두
검을 차고 있는 걸 본 현덕은 자신도 모르게 낯빛이 변했다. 집안일
을 맡은 나이 든 여인이 나와서 말했다.

"귀인께선 놀라거나 두려워하지 마세요. 부인께서는 어릴 적부터
무예를 좋아하셔서 평시에도 시녀들에게 격검
擊劍을 시키며 즐기십니다. 그래서 이렇게 창칼
이 있는 것입니다."

현덕이 말했다.

"그런 것은 부인께서 살피실 일이 아닐세. 내 가슴이
몹시 떨리니 잠시 치우도록 해주게."

여인이 손부인에게 가서 여쭈었다.

"방안에 늘어놓은 무기들 때문에 신랑께서 불안해하
십니다. 잠시 그것들을 치우시지요."

손부인이 생긋 웃으면서 말했다.

"반평생 동안 전투를 치르며 살았는데 아직도 무기를 두려워하시던가요?"

무기들을 모조리 치우게 하고 시비들에게도 검을 풀고 시중을 들게 했다. 이날 밤 현덕과 손부인은 부부가 되었는데, 두 사람의 정이 잘 어울려 자못 기쁘고 흡족했다. 현덕은 또 황금과 비단을 시비들에게 나누어 주어 그들의 환심을 사고, 손건에게 먼저 형주로 돌아가서 기쁜 소식을 알리게 했다. 이로부터 연이어 며칠이나 술을 마시며 즐기는데, 오국태는 더할 수 없이 현덕을 아끼고 공경했다.

한편 손권은 시상으로 사람을 보내 주유에게 알렸다.

어머님께서 극력 주장하시는 바람에 내 누이를 유비에게 시집보냈소. 뜻밖에도 거짓으로 꾸며서 시작한 일이 진짜가 되고 말았으니 이 일을 어떻게 하면 좋겠소?

크게 놀란 주유는 않으나 서나 불안했다. 궁리 끝에 마침내 한 가지 계책을 생각한 그는 밀서를 써서 온 사람에게 주어 손권에게 돌려보냈다. 손권이 글을 뜯어 읽어 보니 사연은 대략 다음과 같았다.

제가 도모한 일이 이런 식으로 뒤집어질 줄은 생각도 못했습니다. 거짓으로 꾸며서 시작한 일이 이미 진짜가 되어 버렸으니 마땅히 지금의 상황을 감안하여 계책을 써야겠습니다. 유비는 효웅의 자태를 가진 데다 관우, 장비, 조운 같은 장수들을 거느렸고 더욱이 제갈량까지 가세하여 꾀를 쓰고 있으니, 결코 오랫동안 남의 밑에서 몸을 굽히고 지낼 자가 아닙니다. 저의 어리석은 생각으로는 그를 오중吳中(오군을 말함)에 연금시켜 놓는 것이 제일 좋을 것 같습니다. 성대한 궁실을 지어 주어 그가 품은 뜻을 잊어버리게 하고, 아름다운 여인과 애완물을 많이 주어 그의 눈과 귀를 즐겁게 해 주십시오. 그리하여 관우, 장비와 정이 벌어지고 제갈량과도 사이가 멀어지게 하십시오. 그들을 각기 다른 곳에 떨어져 있게 한 연후에 군사를 몰아친다면 대사가 판가름 날 것입니다. 이제 그를 놓아 보내면 교룡蛟龍이 구름과 비를 얻어 마침내 작은 못 속의 물건이 아니게 될까 염려됩니다. 바라건대 명공께서는 깊이 생각하소서.

손권이 읽고 나서 그 편지를 장소에게 보여 주었다. 장소가 말했다.

"공근의 꾀가 바로 저의 생각과 같습니다. 유비는 한미한 집안에서 자란 데다 천하를 바삐 뛰어다니느라 일찍이 부귀를 누려 본 적이 없습니다. 이제 화려하고 큰집을 지어 주고 미녀와 돈과 재물을 주어 부귀영화를 누리게 하면 자연히 공명, 관우, 장비의 무리들과 멀어지게 될 것입니다. 그들에게 서로 원망하는 마음이 생기게 되면 그 다음에는 형주를 도모할 수 있을 것입니다. 주공께서는 공근의 계책을 속히 실행하십시오."

크게 기뻐한 손권은 그날부터 동쪽에 있는 저택을 수리하게 하여 갖가지 꽃과 나무를 심고 그릇이며 가재도구들을 잔뜩 장만하고 현덕과 누이를 그곳에서 살게 했다. 게다가 가희歌姬와 무희舞姬 수십 명을 늘려 주는가 하면 황금과 옥, 비단, 노리개들을 보내 주었다. 오국태는 손권이 좋은 뜻에서 그렇게 하는 줄로만 여기고 기뻐 어쩔 줄을 몰랐다. 현덕은 과연 풍류와 여색에 빠져 형주로 돌아갈 생각은 전혀 하지 않았다.

한편 조운은 5백 명의 군사들과 함께 저택 앞에서 지냈는데, 할 일 없이 온 종일 성밖으로 나가 활이나 쏘고 말이나 달리면서 날을 보내고 있었다. 어느덧 연말이 가까워 오자 조운은 불현듯 생각이 났다.

'공명께서 비단 주머니 세 개를 주시면서 남서에 도착한 즉시 첫 번째 주머니를 열어 보고, 연말에 두 번째 주머니를 열어 보고, 위급한 지경에 이르러 빠져나갈 길이 없을 때 세 번째 주머니를 열어 보라고 하지 않았는가? 그 속에 주공을 보호하여 돌아갈 수 있는 신출귀몰한 계책이 있을 것이라고 하셨지. 벌써 올해가 저물어 가는데 주공께서는 여색에 탐닉하여 얼굴조차 뵐 수 없게 되었다. 두 번째 비단 주머니를 열어 계책을 실행할 때가 아니고 뭐란 말인가?'

그리하여 주머니를 열어 보니 그야말로 신묘한 계책이 들어 있었다. 조운은 그날 당장 저택의 대청으로 가서 현덕을 뵙기를 청했다. 시녀가 들어가서 알렸다.

"조자룡이 긴급한 일로 귀인께 보고를 올린다 하옵니다."

현덕이 불러들이니 조운은 짐짓 깜짝 놀라는 표정을 지으며 말했다.

"주공께서는 화려한 집에 깊숙이 들어 계시느라 형주 일은 생각도 나지 않으십니까?"

현덕이 물었다.

"대체 무슨 일이 있기에 이처럼 야단스럽소?"

조운은 공명의 계책대로 말했다.

"오늘 아침 공명께서 사람을 보내 알려 왔습니다. 조조가 적벽 싸움에서 참패한 한을 풀기 위해 정예 군사 50만을 일으켜 형주로 쳐 내려오고 있어서 상황이 매우 위급하다고 합니다. 주공께서는 바로 돌아가소서."

현덕은 대수롭지 않게 말했다.

"부인과 상의해 봐야겠구려."

조운이 다그쳤다.

"부인과 의논하시면 주공을 돌아가지 못하도록 할 게 틀림없습니다. 말씀하지 마시고 오늘밤에 바로 떠나시는 것이 좋겠습니다. 지체하시다간 일을 그르치게 됩니다!"

현덕이 대꾸했다.

"그대는 잠시 물러가 있으라. 내게는 나대로의 도리가 있다."

조운은 일부러 몇 번 더 재촉을 하고서야 물러 나왔다. 현덕은 안으로 들어가 손부인을 보고는 말없이 눈물만 흘렸다. 손부인이 물었다.

"낭군께선 무슨 까닭으로 이토록 고민하시나요?"

현덕은 말을 둘러댔다.

"생각해 보니 나는 타향으로만 떠도느라 양친이 살아 계실 때 제대로 모시지 못했고 돌아가신 뒤에 조상들의 제사도 받들지 못하고 있으니 바로 대역불효한 자요. 새해 첫날이 가까워 오니 마음이 울적하고 즐겁지 않구려."

손부인은 이미 사정을 알고 있었다.

"낭군께선 저를 속이지 마세요. 전 이미 들어서 다 알고 있는걸요? 방금 조자룡이 형주가 위급하다고 말하여 돌아가시려고 이런 구실을 대시는 거죠?"

현덕은 무릎을 꿇고 하소연했다.

"부인께서 이미 알고 계신다면 내 어찌 감히 속이겠소. 가지 않으려고 하니 형주를 잃어 천하 사람들의 비웃음을 살 것 같고, 그렇다고 가려 하니 부인을 버려두고 갈 수가 없어 이렇게 번민하는 것이외다."

손부인이 잘라 말했다.

"첩은 이미 낭군을 섬기는 몸이니 낭군께서 가시는 곳이면 어디든 따라가는 것이 마땅하지요."

현덕은 안심할 수가 없었다.

이자후 그림

"부인의 마음은 비록 그러하나 오국태와 오후께서 어찌 부인이 가시는 걸 용납하겠소? 부인께서 만약 유비를 가엾게 여기신다면 잠시 헤어져 있도록 하십시다."

말을 마친 현덕은 눈물을 비 오듯 흘렸다. 손부인이 달랬다.

"낭군께선 너무 번민하지 마세요. 첩이 어머님께 간곡히 말씀드린다면 반드시 둘이 함께 보내 주실 거예요."

현덕은 그래도 걱정이었다.

"설령 국태께서는 허락하실지라도 오후는 반드시 못 가게 막을 것이오."

손부인은 한동안 생각에 잠겼다가 입을 열었다.

"그럼 첩과 낭군이 정월 초하룻날 어머님께 세배를 드릴 때 강가에 나가 조상께 제사를 지내겠다는 핑계를 대고 그대로 떠나면 어떻겠어요?"

현덕은 다시 무릎을 꿇고 감사했다.

"만일 그렇게만 해주신다면 죽어도 그 은혜를 잊지 못하리다! 하지만 이 일은 절대 누설하지 마시구려."

두 사람은 의논을 정했다. 현덕은 비밀리에 조운을 불러 분부했다.

"정월 초하룻날 아침에 자룡은 먼저 군사들을 거느리고 성에서 나가 큰길에서 기다리게. 나는 조상께 제사를 지내러 간다는 핑계를 대고 부인과 함께 가겠네."

조운은 명령을 받고 응낙했다. 건안 15년(210년) 정월 초하루 설날이었다. 오후는 문무 관원들을 부중의 대청에 모았다. 이때 현덕과 손부인은 후당으로 들어가서 오국태에게 세배를 올렸다. 손부인이 말했다.

"남편은 탁군에 있는 부모님과 조상들의 무덤을 생각하고 밤낮으로 슬퍼하고 있어요. 오늘 강가에 나가 멀리 북쪽을 향해 제사를 지내고 싶어 해요."

오국태는 쾌히 허락했다.

"이는 효도이거늘 내 어찌 따르지 않겠느냐? 너는 비록 시부모를 뵙지는 못했지만 네 남편과 함께 가서 제사를 지내도록 하려무나. 이역시 남의 며느리 된 도리니라."

손부인과 현덕은 함께 절하고 물러 나왔다. 그러나 손권에게는 이런 사실을 감쪽같이 숨겼다. 손부인은 휴대하기 쉬운 귀중품이나 값진 옷가지 등만 지니고 수레를 탔다. 말에 오른 현덕은 수행원 몇 기만 데리고 수레를 따라 성을 나가서 조운과 만났다. 5백 명 군사가 앞을 가리고 뒤를 호위하며 남서를 떠나 길을 재촉했다.

이날 손권은 술에 만취해 좌우 근시들의 부축을 받아서야 후당으로 들어가고, 문무 관원들도 모두 흩어졌다. 관원들이 현덕과 손부인이 도망친 소식을 알았을 때는 날이 이미 저문 뒤였다. 손권에게 알리려 했으나 손권은 술에 취해 깨어나지 못했다. 손권이 잠에서 깨어났을 때는 이미 5경이었다. 이튿날 손권은 현덕이 달아났다는 사실을 알고 급히 문무 관원들을 불러 대책을 상의했다. 장소가 말했다.

"오늘 이 사람을 놓아 보냈다가는 조만간 반드시 환란이 생길 것입니다. 급히 뒤를 쫓게 하십시오."

손권은 진무陳武와 반장潘璋에게 정예 군사 5백 명을 뽑아 밤낮을 가리지 않고 쫓아가 잡아 오라고 명했다. 두 장수는 명령을 받들고 떠났다. 손권은 현덕의 행동이 너무나 미웠다. 화가 난 그는 상 위에 놓인 옥벼루를 내동댕이쳐 박살을 내고 말았다. 정보가 말했다.

"주공! 아무리 화를 내서도 소용없습니다. 제 짐작으로는 진무와 반장은 그 사람을 잡아 오지 못할 것입니다."

손권이 소리쳤다.

"감히 내 명령을 어긴단 말인가?"

정보가 설명했다.

"군주郡主께서는 어릴 적부터 무예를 좋아하신 데다 천성이 엄정하고 굳세며 강직하고 바르셔서 장수들이 모두 두려워합니다. 유비를 따라가셨다면 틀림없이 마음이 맞아 떠나셨을 것입니다. 뒤쫓는 장수들이 군주를 뵌다 한들 어떻게 손을 쓰겠습니까?"

크게 노한 손권은 차고 있던 검을 뽑아 들고 장흠과 주태를 불러 명령했다.

"그대들 둘은 이 검을 가지고 가서 내 누이와 유비의 머리를 잘라 오라. 명을 어기는 자는 즉시 목을 치겠다!"

장흠과 주태는 명령을 받고 1천 명의 군사를 거느리고 뒤를 추격했다.

한편 현덕은 닫는 말에 채찍을 가하며 길을 재촉했다. 그날 밤은 길에서 두 경(4시간 정도)만 쉬고 다시 황망히 길을 떠났다. 이제 곧 시상 경계에 이를 즈음이었다. 뒤를 돌아보니 흙먼지가 자욱하게 일어났다. 아랫사람이 보고했다.

"추격병이 오고 있습니다!"

현덕이 황급히 조운에게 물었다.

"이미 추격병이 당도했다. 어찌하면 좋겠나?"

---

*군주|황제의 직계 중 왕으로 봉해진 사람의 딸. 여기서는 손부인을 말한다.

조운이 대답했다.

"주공께서는 앞서 가십시오. 제가 뒤를 맡겠습니다."

현덕이 앞쪽 산기슭을 막 돌아가는데 한 떼의 군마가 나타나 길을 막았다. 선두에 선 두 대장이 사나운 음성으로 크게 외쳤다.

"유비는 어서 말에서 내려 오라를 받아라! 우리는 주도독의 장령을 받들고 에서 기다린 지 오래다!"

원래 주유는 현덕의 탈주를 염려하여 미리 서성과 정봉에게 3천 명의 군사를 이끌고 중요한 길목에 영채를 세우고 기다리게 했던 것이다. 그러고는 현덕이 육로로 간다면 반드시 이 길을 지날 것이라 예상하고 매양 사람을 높은 곳에 올려 보내 망을 보게 했다. 이날 서성과 정봉은 현덕 일행이 오는 것을 발견하고 각기 무기를 들고 나서며 길을 가로막았다. 깜짝 놀란 현덕은 황급히 말머리를 돌려 조운에게 물었다.

"앞에도 길을 막는 군사가 있고 뒤에도 추격하는 군사가 있어 앞뒤로 길이 없으니, 이를 어찌하면 좋겠는가?"

조운이 침착하게 말했다.

"주공께서는 당황하지 마십시오. 군사께서 주신 세 가지 묘계가 적힌 비단 주머니를 주셨습니다. 이미 둘을 열어 보았는데 모두 효험이 있었습니다. 아직 세 번째 주머니가 남았는데, 이것은 위급한 때를 만나면 열어 보라고 하셨습니다. 지금이 바로 위급한 때이니 열어 보겠습니다."

조운은 즉시 비단 주머니를 열어 현덕에게 바쳤다. 계책을 훑어본 현덕은 급히 수레 앞으로 가더니 눈물을 흘리며 손부인에게 고했다.

"내 가슴에 담아 둔 말이 있는데, 이 자리에서 다 털어놓으리다."

손부인이 말했다.

"낭군께서 하실 말씀이 있으시면 사실대로 말씀해 주세요."

현덕이 말했다.

"지난날 오후가 주유와 짜고 부인을 유비와 혼인시킨 것은 실상 부인을 위해서가 아니라 바로 유비를 가두어 놓고 형주를 빼앗으려는 계략이었소. 형주를 뺏은 뒤에는 반드시 이 비를 죽이려던 것이니, 부인을 향기로운 미끼로 삼아 유비를 낚은 것이지요. 그러나 내가 만 번 죽을 것을 겁내지 않고 온 것은 부인이 장부의 포부를 지녔으므로 필시 나를 가엽게 여길 것이라 믿었기 때문이오. 그런데 어제 오후가 나를 해치려 한다는 말을 듣고 일부러 형주에 어려운 일이 생겼다는 핑계를 대고 돌아갈 계책을 낸 것이오. 다행히 부인께서 나를 버리지 않고 함께 여기까지 와 주셨구려. 그런데 지금 오후가 사람을 보내 뒤를 쫓고 있고 주유 또한 사람을 시켜 우리의 앞길을 막고 있는데 부인이 아니고는 이 재난을 풀 사람이 없소. 만약 부인께서 승낙하지 않겠다면 나는 수레 앞에서 죽어 부인의 은덕에 보답하고자 하오."

손부인은 화가 났다.

"내 오라버니가 이미 나를 혈육으로 보지 않는데 내가 무슨 면목으로 다시 그를 만나겠어요? 오늘 이 위기는 마땅히 제가 풀겠어요."

손부인은 종자들을 꾸짖어 수레를 밀고 앞으로 나아가게 했다. 그러고는 수레 앞에 드리운 발을 걷어 올리게 하더니 직접 서성과 정봉에게 호통을 쳤다.

"너희 두 사람은 모반을 꾀하느냐?"

서성과 정봉은 황급히 말에서 내려 무기를 땅에 던지고 수레 앞으로 와서 인사말을 하고선 아뢰었다.

"어찌 감히 모반을 꾀하겠습니까? 주도독의 장령을 받들어 이곳에 군사를 주둔시키고 오로지 유비만을 기다렸습니다."

손부인은 크게 노하여 고함을 쳤다.

"주유, 이 역적놈! 우리 동오에서 언제 너를 홀대했더냐? 현덕은 바로 대한大漢의 황숙이시자 나의 남편이다. 내 이미 어머님과 오라버님께 말씀드리고 형주로 돌아가는 길인데 지금 너희 두 사람이 산기슭에서 군사를 이끌고 길을 막으니 우리 부부의 재물이라도 노략질할 생각이냐?"

서성과 정봉은 연거푸 부인했다.

"감히 그럴 리가 있겠습니까? 부인께서는 부디 노여움을 푸십시오. 이것은 저희들과는 아무런 상관이 없는 일입니다. 이것은 주도독의 장령일 뿐입니다."

손부인은 서슬 푸르게 꾸짖었다.

"너희는 주유만 무섭고 나는 무섭지 않단 말이냐? 주유가 너희를 죽일 수 있다면 나라고 주유를 죽이지 못할 것 같으냐?"

주유에게 한바탕 욕을 퍼부은 손부인은 종자들을 호령하여 수레를 밀고 나가게 했다. 서성과 정봉은 생각을 굴렸다.

'우리는 아랫사람인데 어찌 감히 부인의 뜻을 거역한단 말인가?'

게다가 잔뜩 화가 나 있는 조운의 모습을 보고는 하는 수 없이 군사들에게 행동을 멈추라고 호령하고 큰길을 틔워 현덕 일행을 지나가게 했다.

그런데 5,6리도 채 못 갔을 무렵이었다. 등 뒤에서 진무와 반장이 쫓아왔다. 서성과 정봉이 방금 일어났던 일을 이야기하자 진무와 반장이 말했다.

"자네들이 놓아 보낸 것은 잘못일세. 우리 두 사람은 오후의 뜻을 받들어 특별히 저들을 잡아가려고 쫓아온 길일세."

네 장수가 군사를 합쳐 뒤를 쫓았다. 현덕이 한창 길을 가는데 갑자기 등 뒤에서 함성이 크게 일어났다. 현덕은 다시 손부인에게 물었다.

"뒤에서 추격병이 또 오고 있으니 어쩌면 좋겠소?"

손부인이 대답했다.

"낭군께선 먼저 가세요. 제가 자룡과 함께 뒤를 맡겠어요."

현덕은 3백 명의 군사를 이끌고 먼저 강기슭을 향하여 떠났다. 자룡은 고삐를 당겨 수레 곁에 말을 멈춘 뒤 군사들을 벌려 세우고 다가오는 장수들을 기다렸다. 네 명의 장수는 손부인을 보자 하는 수 없이 말에서 내려 두 손을 앞으로 모아 잡고 섰다. 부인이 물었다.

"진무와 반장께서는 여기 무슨 일로 왔소?"

두 장수가 대답했다.

"주공의 명을 받들어 부인과 현덕을 모시고 돌아가려고 왔습니다."

손부인은 정색을 하고 꾸짖었다.

"너희 하찮은 녀석들이 우리 남매 사이를 이간질시켜 불화하도록 만드는구나! 내 이미 저분에게 시집을 갔으니 오늘 남편을 따라 시집으로 돌아가는 것이지 결코 다른 사람과 눈이 맞아 도망치는 것이 아니다. 나는 우리 부부를 형주로 돌려보내려는 어머님의 자애로운 뜻을 받들었으니, 설사 내 오라버니가 오신다 해도 반드시 예를 갖출 것이다. 그런데 너희 두 사람은 군사의 위엄만 믿고 으스대고 있으니 우리를 죽이겠다는 것이냐?"

욕을 얻어먹은 네 장수는 서로 얼굴만 쳐다보면서 각기 생각을 굴렸다.

'저들은 일만 년이 지날지라도 변치 않을 오누이 사이가 아닌가? 더욱이 국태께서 주장하시는 일이라 한다. 오후께선 효성이 지극한 분이데 어찌 감히 모친의 말씀을 거역하겠는가? 내일이라도 태도를 바꾸신다면 우리만 못된 놈이 될 것이 아닌가? 차라리 인정이나 베푸는 게 낫겠다.'

뿐만 아니라 군중에는 현덕도 보이지 않고 조운만이 눈을 부릅뜨고 눈썹을 곤두세운 채 여차하면 덤벼들 태세였다. 네 장수는 연거푸 "네, 네" 하면서 뒤로 물러났다. 손부인은 수레를 밀라고 명하여 즉시 그 자리를 떠났다. 서성이 말했다.

"우리 네 사람이 함께 가서 주도독을 뵙고 이 일을 말씀드리세."

네 사람이 머뭇거리며 결정을 내리지 못하고 있는데, 갑자기 한 떼의 군사가 회오리바람처럼 몰려왔다. 바로 장흠과 주태였다. 장흠과 주태 두 장수가 물었다.

"자네들은 유비를 보지 못했는가?"

네 사람이 대답했다.

"아침에 지나갔으니 이미 반나절이나 되었소."

장흠이 물었다.

"어째서 붙잡지 않았는가?"

네 사람은 각기 손부인이 하던 말을 전했다. 장흠이 말했다.

"오후께서는 바로 이렇게 되지나 않을까 염려해서 검을 한 자루 내리셨네. 먼저 누이동생부터 죽이고 유비의 머리를 베라고 하셨네. 명령을 어기는 자는 그 자리에서 목을 친다고 하셨네."

네 장수는 입장이 난처했다.

"이미 멀리 갔을 텐데 어떻게 하면 좋겠소?"

장흠이 말했다.

"그들은 몇 안 되는 보병일 뿐이니 빨리 가지는 못했을 걸세. 서 장군과 정장군은 속히 도독께 보고하여 빠른 배를 타고 물길로 뒤를 쫓도록 하게. 우리 네 사람은 기슭으로 뒤를 쫓겠네. 물길이건 뭍길 이건 따라잡는 대로 죽여야 하네. 그들이 하는 말은 아예 듣지도 말 아야 하네."

이리하여 서성과 정봉은 나는 듯이 말을 달려 주유에게 보고하러 가고, 장흠·주태·진무·반장 네 사람은 군사를 거느리고 강변을 따라 추격했다.

한편 현덕 일행은 시상에서 비교적 멀리 떨어진 유랑포劉郎浦에 도착했다. 그제야 조금 마음이 놓였다. 그러나 강기슭을 따라가며 강을 건널 배를 찾았지만 온통 강물만 가득할 뿐 배라곤 한 척도 보이지 않았다. 현덕은 고개를 숙인 채 말없이 생각에 잠겼다. 조운이 용기를 북돋우며 말했다.

"주공께서는 호랑이 아가리를 벗어나 지금 우리 경계 가까이에 오셨습니다. 제 생각에는 틀림없이 군사께서 대비해 두셨을 듯합니다. 무엇을 그리 걱정하십니까?"

이 말을 들은 현덕은 그간 동오에서 번잡하고 화려하게 지낸 일들이 불현듯 뇌리에 떠올랐다. 그는 자신도 모르게 처량해져 눈물을 흘렸다. 후세 사람이 시를 지어 탄식했다.

> 오와 촉 유랑포구에서 혼례식을 올린 땐 /
> 옥구슬 장막에다 황금 지붕 수레를 탔었지. //
> 뉘 알았으랴 한 여자 천하를 가벼이 여겨 /
> 유비의 천하삼분 웅지를 바꾸려 했을 줄.
> 吳蜀成婚此水濱, 明珠步障屋黃金. 誰知一女輕天下, 欲易劉郎鼎峙心.

현덕은 조운에게 앞으로 나가 배를 찾아보게 했다. 그때 뒤쪽에서 흙먼지가 하늘로 솟구친다는 보고가 들어왔다. 현덕이 높은 곳에 올라 바라보니 군마가 새카맣게 땅을 뒤덮으며 몰려왔다. 현덕은 탄식했다.

"밤낮으로 바삐 달리느라 사람도 피곤하고 말도 지쳤는데, 다시 추격병이 들이닥치니 죽어도 묻힐 땅조차 없게 되었구나!"

어느새 함성은 점점 가까워졌다. 급하고 당황해서 어쩔 줄 모르고 있는데, 별안간 강기슭에 덮개를 덮은 배 20여 척이 닻을 내리며 한 일자로 늘어섰다. 조운이 소리쳤다.

"천만다행으로 여기 배가 있군요! 어서 배를 타고 맞은편 기슭으로 건너가서 다시 방법을 찾도록 하소서!"

현덕과 손부인이 즉시 달려가 배에 올랐다. 자룡도 5백 명의 군사를 이끌고 배에 올랐다. 그때 선창에서 푸른 비단으로 만든 관건을 쓰고 도복을 입은 사람 하나가 껄껄 웃으면서 나타났다.

"주공! 참으로 반갑습니다! 제갈량이 여기서 기다린 지 오래되었습니다."

그제야 보니 배 안에 행상 차림으로 꾸민 사람들은 모두가 형주의 수군들이었다. 현덕은 크게 기뻤다. 얼마 지나지 않아 뒤쫓던 네 장수가 당도했다. 공명은 웃으면서 강기슭에 있는 사람들을 손가락질하며 말했다.

"내 이미 헤아려서 방책을 정해 둔 지 오래니라. 너희들은 돌아가서 주랑에게 다시는 미인계 같은 수작을 부리지 말라고 전하라!"

강기슭에서는 어지러이 화살을 쏘아 댔다. 그러나 배들은 이미 기슭을 떠나 멀리 나아가고 있었다. 장흠을 비롯한 네 장수는 멀어져 가는 배만 멀거니 바라볼 수밖에 없었다.

현덕과 공명이 한창 배를 타고 가는데 갑자기 강 위에 함성이 크게 진동했다. 고개를 돌려 보니 무수한 전투선들이 쫓아왔다. 수帥 자 깃발 아래에는 주유가 싸움에 이골이 난 수군들을 직접 거느리고 있었다. 왼편에는 황개가 있고 오른편에는 한당이 있었다. 그 기세는 내달리는 말과 같고, 빠르기는 흐르는 별똥별 같아 어느새 가까이 따라왔다. 공명은 배를 저어 북쪽 기슭에다 대게 하더니 배를 버리고 모두 기슭으로 올라가게 했다. 그러고는 수레와 말들을 타고 달아났다. 강변까지 뒤쫓아 온 주유 역시 기슭으로 올라 추격했다. 그런데 대소 수군들은 다들 발로 뛰었고 우두머리 군관들만 말을 탔다. 주유가 앞장을 서고 황개, 한당, 서성, 정봉이 그 뒤를 바짝 따랐다. 주유가 물었다.

"이곳이 어디냐?"

어느 군사가 대답했다.

"앞쪽이 바로 황주黃州 경계입니다."

바라보니 현덕의 수레와 말은 그리 멀지 않다. 주유는 힘을 다해 추격하라고 명령했다. 한창 뒤를 쫓고 있는데 별안간 한바탕 북소리가 울리면서 산골짜기로부터 칼을 든 군사 한 무리가 쏟아져 나왔다. 선두에 선 대장은 관운장이었다. 주유는 손발을 어떻게 놀리면 좋을지 몰라 허둥대며 급히 말머리를 돌려 달아났다. 운장이 쫓아가자 주유는 목숨을 걸고 말을 놓아 달렸다. 한창 달아나고 있는데 왼편에서는 황충, 오른편에서는 위연이 거느린 양군이 돌격해 나왔다. 동오의 군사는 크게 패했다. 주유가 부랴부랴 배에 올라탔을 때 강기슭에 있던 군사들이 일제히 소리를 높여 외쳤다.

"주랑의 묘한 계책 천하를 안정시켰네. 부인을 뺏기고 군사마저 꺾였구나!"

주유는 분통이 터졌다.

"다시 강기슭으로 올라가서 죽기로 한번 싸워 보자!"

황개와 한당이 힘을 다해 말렸다. 주유는 속으로 생각했다.

'나의 계책이 이루어지지 못했으니 무슨 면목으로 오후를 뵙는단 말이냐?'

주유는 외마디 비명을 내지르고는 화살에 다친 상처가 다시 파열되면서 그대로 배 위에 쓰러졌다. 장수들이 급히 구했지만 주유는 이미 정신을 잃고 있었다. 바로 다음 대구와 같다.

두 차례 부린 계교 도리어 망치더니 /
이날은 화를 내다 수치까지 당하네.
兩番弄巧翻成拙 此日含嗔却帶羞

주랑의 목숨은 어찌될 것인가, 다음 회를 보라.

56

동작대의 큰 잔치

조조는 동작대에서 크게 잔치를 벌이고
공명은 세 번째로 주공근의 화를 돋우다
曹操大宴銅雀臺 孔明三氣周公瑾

주유는 제갈량이 미리 매복시켜 두었던 관공, 황충, 위연이 이끄는
세 갈래 군마의 공격을 받고 크게 패했다. 황개와 한당의 구원을 받
아 배에 오르기는 했지만 그 와중에 잃은 수군은 헤아릴 수도 없이
많았다. 멀리 바라보니 현덕과 손부인의 수레와
말, 하인들이 모두 산꼭대기에 머물고 있었으
니, 어찌 화가 치밀지 않겠는가? 지난번 화살
맞은 상처가 아직 제대로 아물지도 않았는
데 노기가 치밀어 오르자 상처 부위가 터
지며 그대로 정신을 잃고 쓰러졌다. 장수
들이 그를 구해 정신을 차리도록 하면서 배
를 몰고 달아났다. 공명은 그들을 뒤쫓지 말
라고 일렀다. 모두는 현덕과 함께 형주로 돌
아가 기쁜 일을 경축하면서 장수들에게 상
을 내렸다.

주유는 시상으로 돌아갔다. 장흠 등 일행은 남서로 돌아가 손권에게 이 사실을 보고했다. 분을 이기지 못한 손권은 정보를 도독으로 삼아 군사를 일으켜 형주를 빼앗으려고 했다. 주유 또한 군사를 일으켜 한을 풀게 해 달라고 글을 올렸다. 그러나 장소가 말렸다.

"안 됩니다. 조조가 밤낮으로 적벽에서 패한 원한을 풀려고 하면서도 감히 군사를 일으키지 못하는 것은 손씨와 유씨가 협력하는 것을 두려워해서입니다. 지금 주공께서 한때의 분을 참지 못하고 유비와 서로 으르렁거리면 조조가 반드시 그 허점을 노리고 쳐들어올 것입니다. 그렇게 되면 나라가 위태로워집니다."

고옹은 구체적인 대책을 내놓았다.

"허도에서 첩자를 이곳에 보내지 않았을 리 있겠습니까? 손씨와 유씨가 화목하지 못한 것을 알게 되면 조조는 틀림없이 사람을 시켜 유비와 손을 잡으려 들 것입니다. 유비도 동오가 위협이 된다고 느끼면 반드시 조조에게 붙을 것입니다. 그리된다면 강남은 언제 편안할 날이 있겠습니까? 지금으로서는 사람을 허도로 보내 유비를 형주목으로 삼아 달라는 표문을 올리는 것이 상책입니다. 조조가 이런 사실을 알면 두려워서 감히 동남을 치지 못할 것이요, 유비 또한 주공께 원한을 품지 않게 될 것입니다. 그런 뒤에 믿을 만한 사람을 시켜 반간계를 써서 조조와 유비가 서로를 치게 하고, 우리는 그 틈을 보아 도모한다면 일이 잘 풀릴 것입니다."

손권이 말했다.

"원탄元嘆의 말씀이 매우 훌륭하오. 그러나 누구를 사자로 보내면 좋겠소?"

고옹이 귀띔했다.

"이곳에 조조가 존경하고 사모하는 사람이 하나 있습니다. 그를 보내시는 것이 좋겠습니다."

손권이 누구냐고 묻자 고옹이 대답했다.

"화흠華歆이 여기 있으니, 그를 보내는 게 어떻겠습니까?"

손권은 크게 기뻐하며 즉시 화흠에게 표문을 주어 허도로 보냈다. 명을 받든 화흠은 길에 올라 조조를 만나러 곧장 허도로 갔다. 그러나 조조는 업군鄴郡에서 신하들과 함께 동작대를 구경한다고 했다. 이에 화흠은 업군으로 가서 조조가 만나 주기를 기다렸다.

적벽에서 패한 이후 조조는 늘 원수 갚을 생각을 하면서도 손씨와 유씨가 협력하지나 않을까 두려워서 섣불리 진격하지 못하고 있었다. 때는 건안 15년(210년) 봄이었다. 동작대가 준공되자 조조는 업군에 문무 관원을 모두 모아 잔치를 베풀어 경축했다. 동작대는 장하를 굽어보고 있는데, 가운데에 동작대가 있고, 왼쪽에는 옥룡대, 오른쪽에는 금봉대가 자리했다. 세 건물의 높이는 각각 열 길이고, 위로 다리 둘을 가로질러 세 대가 서로 통할 수 있게 하고, 만 개의 창과 문을 내었으며, 화려한 장식이 휘황찬란하게 빛났다. 이날 조조는 보석을 박은 금관을 쓰고 녹색 비단 도포를 입고 허리에는 옥대玉帶를 띠고 구슬로 장식한 신을 신었다. 조조는 대 위에 높직이 앉고 문무 관원들은 대 아래에 시립했다.

조조는 무관들의 활솜씨를 보고 싶었다. 그래서 근시에게 서천西川에서 난 붉은 비단 전포 한 벌을 수양버들 가지에 걸라고 하고, 그 아래에 과녁을 세우고 1백 보 거리에서 활을 쏘게 했다. 무관들은 두 편으로 나뉘어 조씨들은 모두 붉은 옷을 입고 다른 장수들은 모두 녹색 옷을 입었다. 그러고는 제각기 무늬를 조각한 활과 화살을 지니고 말에 올라 고삐를 단단히 잡은 채 지시가 떨어지기만을 기다리고 있었다. 조조가 명령을 하달했다.

"과녁 중심의 붉은 동그라미紅心를 맞히는 자에게는 비단 전포를 내리고, 맞히지 못하는 자에게는 벌로 물 한 대접을 내리겠다."

호령이 떨어지자마자 붉은 전포를 입은 쪽에서 한 소년 장수가 말을 달려 나왔다. 모두들 보니 조휴曹休(조조의 조카. 자는 문열文烈)였다. 조휴는 나는 듯이 말을 달려 서너 번 치달리더니 시위에 살을 메겨 한껏 당겼다가 놓았다. 화살은 곧바로 홍심의 한가운데를 맞혔다. 징소리, 북소리가 일제히 울리고 사람들은 모두 갈채를 보냈다. 동작대 위에 있던 조조는 이 광경을 보고 매우 기뻐했다.

"이 아이는 우리 집안의 천리구千里駒*로다!"

조조가 사람을 시켜 비단 전포를 조휴에게 갖다 주게 하려는데, 녹색 전포를 입은 무리 중에서 한 장수가 나는 듯이 말을 달려 나오며 소리쳤다.

"승상의 비단 전포는 성이 다른 우리가 먼저 차지하도록 양보해야지, 조씨가 먼저 차지하는 건 마땅치 않소!"

조조가 그 사람을 보니 문빙이었다. 관원들이 말했다.

"우선 문중업仲業(문빙의 자)의 활솜씨를 보시지요."

문빙이 말을 달려 나가며 시위를 당기자 살은 역시 홍심을 적중시켰다. 사람들이 모두 갈채를 보내고 징과 북이 어지러이 울렸다. 문빙이 소리쳤다.

---

*천리구 | 천리마의 새끼. 조조가 조카를 사랑스럽게 부른 것이다.

왕굉희 그림

"빨리 비단 전포를 가져오너라!"

이때 붉은 전포를 입은 편에서 다시 한 장수가 나는 듯이 말을 달려 나오며 사나운 목소리로 외쳤다.

"문열文烈(조휴의 자)이 먼저 맞혔는데 자네가 어찌 뺏으려고 하는가? 내가 자네들 둘의 활솜씨를 상대해 줌세!"

그 장수가 활을 가득 당겼다가 쏘니 역시 붉은 동그라미에 적중했다. 여러 사람이 일제히 갈채를 보내며 보니 바로 조홍이었다. 조홍이 막 비단 전포를 집으려고 할 때였다. 녹색 전포를 입은 편에서 또 한 장수가 나오며 활을 번쩍 쳐들고 소리쳤다.

"자네들의 활 쏘는 법이 무어 그리 신통하겠나? 내가 쏘는 것이나 보게!"

모두들 보니 장합이었다. 장합은 나는 듯이 말을 달리더니 몸을 뒤집으며 등 뒤로 살을 날렸다. 그 화살 역시 홍심에 들어맞았다. 화살 네 대가 가지런히 홍심에 꽂힌 것이었다. 여러 사람이 모두 칭찬했다.

"멋진 솜씨요!"

장합이 소리쳤다.

"비단 전포는 반드시 내가 가져야 한다!"

그 말이 미처 끝나기도 전이었다. 붉은 전포를 입은 편에서 한 장수가 말을 달려 나오며 큰소리로 외쳤다.

"몸을 젖혀 뒤로 쏘는 게 뭐 그리 특이하단 말인가? 내가 홍심을 빼앗는 솜씨나 구경하시게!"

모두들 보니 하후연이었다. 하후연이 급히 말을 달려 기준 위치로 가더니 슬쩍 몸을 비틀며 화살을 날렸다. 화살은 다른 네 화살의 정중앙에 꽂혔다. 징소리 북소리가 일제히 울렸다. 하후연은 고삐를 당겨 말을 멈추더니 활을 내려놓고 크게 소리쳤다.

"이 한 대의 화살이면 비단 전포를 차지할 만하지 않은가?"

그때 그 말에 대답이나 하듯 녹색 전포를 입은 편에서 한 장수가 뛰쳐나오며 외쳤다.

"잠시 비단 전포를 놓아두었다가 이 서황에게 주게!"

하후연이 물었다.

"자네에게 무슨 솜씨가 있어 내 전포를 빼앗겠단 말인가?"

서황이 대꾸했다.

"자네가 홍심을 빼앗은 것쯤이야 특이할 게 없네. 내가 간단히 비단 전포를 차지하는 것이나 구경하게!"

그러고는 활을 들어 시위에 살을 메기더니 멀리 버들가지를 향해 쏘았다. 날아간 화살이 버들가지를 탁 끊는 것과 동시에 비단 점포가 후루루 땅에 떨어졌다. 서황은 나는 듯이 달려가 비단 전포를 집어서 몸에 걸쳤다. 그러고는 말을 달려 동작대 앞으로 와서 인사말을 했다.

"승상! 비단 전포를 내리시어 감사하옵니다!"

조조와 관원들은 입을 모아 칭찬했다. 서황이 말머리를 돌려 돌아가려 할 때였다. 대 곁에서 녹색 전포를 입은 장수 하나가 와락 뛰쳐나오며 고함을 쳤다.

"너는 비단 전포를 가지고 어디로 가느냐? 어서 나에게 넘겨라!"

모두들 보니 바로 허저였다. 서황이 꾸짖었다.

"전포는 이미 내가 가졌는데, 네 감히 억지로 뺏으려 하느냐?"

허저는 더 이상 대꾸도 하지 않고 나는 듯이 말을 달려 전포를 뺏으려 들었다. 두 필 말이 서로 가까워지자 서황이 활을 들어 허저를 때렸다. 허저가 한 손으로 활을 덥석 잡고 잡아당기며 서황을 안장에서 끌어내리려 했다. 서황은 급히 활을 버리고 몸을 날려 말에서 뛰어내렸다. 허저 역시 말에서 뛰어내렸다. 두 사람은 서로 드잡이를 하면서 치고받았다. 조조가 급히 뜯어말리게 했으나, 비단 전포는 이미 갈가리 찢어지고 말았다. 조조는 두 사람 모두 대 위로 올라오게 했다. 서황은 눈썹을 곤두세우고 노한 눈을 부릅떴고 허저도 이를 부득부득 갈며 둘 다 싸우려고만 했다. 조조가 웃으며 말했다.

"나는 특별히 공들의 용맹이 보고 싶었을 따름이다. 어찌 비단 전포 한 벌을 아끼겠는가?"

그러고는 모든 장수들을 대 위로 불러올려서 모두에게 촉蜀에서 생산한 비단 한 필씩을 하사했다. 장수들은 제각기 감사했다. 조조는 모든 관원들을 직위에 따라 차례대로 앉게 했다. 풍악이 울려 퍼지는 가운데 산해진미가 차려졌다. 문관과 무장들이 번갈아 잔을 잡고 서로 술을 권했다.

조조가 문관들을 돌아보며 말했다.

"무장들은 말 타고 활쏘기 시합을 벌여 즐겼으니 그로써 족히 위엄과 용맹을 드러냈다고 하겠소. 공들은 모두 학식이 높은 선비들로서 이 높은 대에 올랐으니 아름다운 글을 지어 이 한때의 좋은 일을 기념하지 않을 수 있겠소?"

여러 관원들이 모두 몸을 굽히면서 아뢰었다.

"명을 따르오리다."

이때 왕랑王朗·종요鍾繇·왕찬王粲·진림陳琳 등 문관들이 시를 지어 바치는데, 그들의 시 가운데는 조조의 공덕이 높고 높아서 천명을 받아 천자가 되는 것이 합당하다는 뜻이 많았다. 조조는 일일이 읽고 웃으며 말했다.

"여러분의 글이 아름답기는 하나 나를 지나치게 칭찬하고 있구려. 나는 본시 어리석고 누추한 몸으로 처음에 효렴孝廉으로 천거되었소. 뒤에 천하가 크게 어지러워지매 초현譙縣 동쪽 50리 밖에 서재를 하나 지어 봄과 여름에는 글이나 읽고, 가을 겨울에는 사냥이나 하며 지내다가 천하가 태평해지면 비로소 벼슬길로 나서려 했소. 그러나 뜻밖에도 조정에서 나를 불러 전군교위로 삼기에 마침내 뜻을 바꾸어 오로지 국가를 위하여 도적을 토벌하고 공을 세우고자 했소. 죽은 뒤 묘비에 '고 한나라 정서장군 조후의 묘漢故征西將軍曹侯之墓'라는 글이 적히기를 바랐으니, 그리되면 평생에 더 바랄 것이 없다고 여겼지요.

생각하면 동탁을 토벌하고 황건적을 소멸한 이래, 원술을 없애고 여포를 깨뜨렸으며, 원소를 멸하고 유표를 평정하여 마침내 천하를 태평하게 만들었소. 나 자신은 재상이 되어 신하로서 귀함이 극치에 이르렀으니 더 이상 무엇을 바라겠소? 그러나 나라에 나 한 사람이 없어지면 함부로 황제라 일컫고 왕이라 칭할 자가 몇이나 될지 모를 일이오. 어떤 사람은 나의 권력이 큰 것을 보고 함부로 어림짐작을 하여 나에게 다른 마음이 있을 것이라 의심하지만 이는 매우 잘못된 추측이오. 나는 늘 공자께서 문왕文王의 지극한 덕성을 칭송하신 말씀*을 생각하며 그 말씀을 마음에 아로새기고 있소. 그러나 군사를 버리고 내가 봉해 받은 무평후武平侯의 직임으로 돌아가고 싶어도 실

---

*공자께서……말씀 | 공자는 주문왕周文王이 천하의 3분지 2를 차지하고도 여전히 상商나라 조정에 신하 노릇한 것을 최고의 덕이라고 칭찬했다.

로 그럴 수는 없소. 일단 병권을 내놓으면 다른 사람에게 해를 입을 것이고 내가 망하면 나라가 기울어질 것이니, 헛된 명성을 부러워하다가 화를 입을 수는 없는 노릇이기 때문이오. 제공들 가운데는 이런 내 뜻을 아는 이가 없을 것이오."

사람들은 모두 자리에서 일어나 절하며 말했다.

"비록 이윤伊尹과 주공周公일지라도 승상께는 미치지 못하오리다."

후세 사람이 지은 시가 있다.

주공도 유언비어 두려워한 날 있었고 /
왕망도 겸손히 선비 공경한 때 있었지. //
만일 그 당시에 몸이 바로 죽었더라면 /
일생의 진실과 허위 뉘라서 알았으랴?

周公恐懼流言日, 王莽謙恭下士時. 假使當年身便死, 一生眞僞有誰知.

조조는 술을 연거푸 몇 잔 마시고 자신도 모르게 흠뻑 취했다. 시중드는 자들을 불러 붓과 벼루를 가져오게 하여 그 역시 '동작대시'를 지으려고 했다. 그런데 막 종이에 붓을 대려는 순간 보고가 들어왔다.

"동오에서 화흠 편에 유비를 형주 목으로 삼아 달라는 표문을 올렸습니다. 손권은 자기 누이를 유비에게 시집보냈으며, 한수 일대 아홉 군의 태반이 이미 유비에게 귀속되었다고 합니다."

이 말을 들은 조조는 손발이 떨려 붓을 땅바닥에 던져 버렸다. 정욱이 물었다.

"승상께서는 천군만마 가운데 화살과 돌이 빗발치듯 할 때에도 일찍이 마음이 흔들리신 적이 없었습니다. 그런데 지금 유비가 형주를 얻었다는 소식을 들으시고는 어찌 이처럼 놀라십니까?"

조조가 대답했다.

"유비는 사람들 중에서 용이지만 평생 물을 얻지 못했소. 그런데 이제 형주를 얻었으니 이는 곤경에 빠졌던 용이 큰 바다로 들어간 격이오. 그러니 어찌 내 마음이 흔들리지 않을 수 있겠소?"

정욱이 다시 물었다.

"승상께서는 화흠이 온 뜻을 아십니까?"

"모르겠소."

정욱이 설명했다.

"손권은 내심 유비를 꺼려서 군사를 일으켜 치고 싶지만 승상께서 빈틈을 타고 자기들을 공격할 걸 두려워하고 있습니다. 그래서 화흠을 보내 유비를 천거하는 표문을 올린 것입니다. 그리하여 유비를 안심시키고 승상께서 바라시는 바를 막아 보자는 수작입니다."

조조는 고개를 끄덕였다.

"그렇구려."

정욱은 계속했다.

"저에게 손씨와 유씨가 서로 으르렁거리며 삼키게 할 계책이 하나 있습니다. 승상께서 그들이 다투는 틈을 타서 도모하신다면 한번 북을 울려서 두 적을 깨뜨릴 수 있을 것입니다."

조조는 크게 기뻐하며 즉시 그 계책을 물었다. 정욱이 물었다.

"동오가 믿는 것은 주유입니다. 승상께서는 표문을 올려 주유를 남군 태수로 삼고 정보를 강하 태수로 삼으며, 화흠은 조정에 두고 중용하십시오. 그러면 주유는 틀림없이 유비와 원수가 될 것입니다.

三氣周瑜

明大毒

진명대 그림

1370

우리는 그들이 서로 다투는 틈을 이용하여 도모하면 참으로 좋지 않겠습니까?"

조조가 말했다.

"중덕仲德의 말씀이 바로 내 뜻과 합치되는구려."

조조는 드디어 화흠을 동작대 위로 불러올려 중한 상을 내렸다. 잔치가 끝난 뒤 조조는 문관과 무장들을 거느리고 허창으로 돌아갔다. 그리고 황제에게 표문을 올려 주유를 남군을 총괄하는 태수로 삼고 정보를 강하 태수로 삼았다. 또 화흠을 대리소경大理少卿으로 삼아 허도에 머물러 있게 했다. 사자가 동오에 명을 전하여 주유와 정보는 각각 벼슬을 받았다.

남군을 다스리게 된 주유는 원수 갚을 생각이 더욱 간절해졌다. 그는 마침내 오후에게 글을 올려 노숙을 보내 형주를 받아 오게 하라고 청했다. 손권이 노숙에게 물었다.

"그대는 지난날 유비에게 형주를 빌려 주는 데 보증을 섰소. 그런데 유비는 지금까지 질질 끌면서 돌려주지 않으니 대체 언제까지 기다린단 말이오?"

노숙이 대답했다.

"문서에 서천만 얻으면 즉시 돌려주겠다고 명백히 적혀 있습니다."

손권이 꾸짖었다.

"말로만 서천을 손에 넣겠다고 해 놓고 지금까지 군사조차 움직이지 않고 있소. 사람이 늙기를 기다리는 게 아니고 뭐란 말이오?"

"제가 가서 말해 보겠습니다."

노숙은 즉시 배를 타고 형주로 갔다.

한편 현덕은 공명과 함께 형주에서 식량과 말먹이 풀을 많이 모으고 군사들을 조련하니, 원근의 인재들이 많이 모여들었다. 그러고 있는데 갑자기 노숙이 왔다는 보고가 들어왔다. 현덕이 공명에게 물었다.

"자경이 이번에 온 것은 무슨 뜻이오?"

공명이 대답했다.

"지난번 손권이 표문을 올려 주공을 형주 목으로 천거한 것은 조조가 두려워서 꾸민 계책입니다. 조조가 주유를 남군 태수로 삼은 것은 우리 두 집안이 서로 싸우게 만들어 놓고 그 중간에서 일을 꾸미기 좋도록 하자는 것입니다. 지금 노숙이 이곳에 온 것은 주유가 이미 남군 태수의 직책을 받았으므로 형주를 돌려 달라고 요구하려는 것입니다."

현덕이 다시 물었다.

"그러면 어떻게 대답해야 하겠소?"

공명이 말했다.

"노숙이 형주 일을 꺼내면 주공께서는 큰소리로 통곡을 하십시오. 울음소리가 슬퍼질 때쯤 제가 나서서 무마하겠습니다."

계책이 정해지자 노숙을 부중으로 영접해 들였다. 인사를 마치고 자리를 권하니 노숙이 사양했다.

"황숙께서 동오의 사위가 되셨으니 노숙의 주인이십니다. 어찌 감히 자리에 앉겠습니까?"

현덕이 웃으며 말했다.

"자경은 나와 오랜 친구가 아니오? 무엇을 그리 지나치게 겸양하시오?"

이에 노숙은 자리에 앉았다. 차를 마시고 나자 노숙이 입을 열었다.

"이번에 오후의 명을 받들고 오로지 형주 일 때문에 왔습니다. 황숙께서 형주를 빌려 계신 지가 이미 오래건만 아직 돌려받지 못하고 있습니다. 이제 양가에서 혼인까지 맺은 처지이니 그 정을 보아서라도 하루 속히 넘겨주시기 바랍니다."

이 말을 들은 현덕은 손으로 얼굴을 가리고 목 놓아 울었다. 노숙이 깜짝 놀라서 물었다.

"황숙! 무슨 까닭으로 이러십니까?"

현덕은 울음을 그치지 않았다. 이때 공명이 병풍 뒤에서 나오며 말했다.

"저는 한참 동안 듣고만 있었소이다. 자경은 우리 주인께서 우시는 까닭을 아시겠소?"

"저로선 실로 모를 일이오."

공명이 설명했다.

"뭐가 그리 알기 어렵단 말이오? 당초 우리 주인께서 형주를 빌리실 때 서천을 얻으면 형주는 즉시 돌려주겠다고 약속하셨지요. 그러나 자세히 생각해 보면 익주의 유장은 우리 주인의 아우님이니 다 같은 한나라 황실의 혈육이 아닙니까? 만약 군사를 일으켜 그의 성지를 뺏는다면 남들이 침을 뱉고 욕할 것 같고, 그렇다고 빼앗지 않으려니 형주를 돌려주고 나면 대체 어디로 가서 몸을 붙이겠소? 또 그렇다고 형주를 돌려주지 않으면 존귀한 처남을 보기가 거북해지겠지요. 이 일은 실로 이럴 수도 저럴 수도 없는 난처한 일이기 때문에 이처럼 눈물을 흘리며 애통해 하시는 것이지요."

공명의 말이 현덕의 흉금을 건드렸다. 말이 끝나자 현덕은 정말로 가슴을 치고 발을 구르며 대성통곡했다. 이 광경을 보고 노숙이 도리어 말렸다.

"황숙께서는 잠시 근심을 거두시고 공명과 함께 천천히 신중하게 상의하시기 바랍니다."

공명이 노숙에게 말했다.

"자경을 번거롭게만 하는구려. 돌아가 오후를 뵙거든 한마디 수고를 아끼지 마시고 이토록 근심하시는 마음을 오후께 간곡히 말씀드려 주시오. 그래서 얼마 동안만이라도 기일을 연장 받을 수 있게 해주시구려."

노숙이 물었다.

"오후께서 들어주지 않으시면 어찌하겠소?"

공명이 대답했다.

"오후께서 이미 친누이를 황숙께 출가시켰는데 들어주시지 않을 리가 있겠소? 자경께서 돌아가셔서 잘 말씀드려 주시기 바라오."

노숙은 본래 천성이 너그럽고 어진 사람이었다. 현덕이 이처럼 애통해 하는 모습을 보자 하는 수 없이 응낙하고 말았다. 현덕과 공명은 절을 하며 감사를 표했다.

송별연이 끝나자 그들은 노숙을 배타는 곳까지 바래다주었다. 배를 탄 노숙은 곧바로 시상으로 가서 주유를 만나 사연을 자세히 이야기했다. 주유는 발을 구르며 말했다.

"자경은 또 제갈량의 계책에 걸려들었구려! 유비는 전에 유표에게 의탁하고 있을 때에도 늘 형주를 삼킬 마음을 품고 있었는데, 하물며 서천의 유장 따위겠소? 그들이 이처럼 핑계를 대며 미루기만 한다면 그 허물이 형에게 미칠 수도 있소. 나에게 계책이 하나 있는데, 제갈량도 이번에는 빠져나가지 못할 것이오. 자경께선 다시 한번 다녀오시도록 하오."

노숙이 물었다.

"묘책을 듣고 싶소이다."

"자경께선 오후를 찾아뵐 필요 없이 다시 형주로 가서 유비에게 말하시오. 손씨와 유씨 두 집이 이미 혼인을 맺었으니 바로 한 집안인데, 유씨가 차마 서천을 빼앗지 못하겠다면 우리 동오에서 군사를 일으켜 서천을 빼앗겠다, 그래서 서천을 손에 넣으면 그것을 시집보내는 예물로 드릴 터이니 형주는 동오에 돌려 달라고 말이오."

노숙이 걱정했다.

"서천은 길이 너무 멀어 빼앗기가 쉽지 않을 것이오. 도독의 이번 계책은 가능하지 않을 것 같은데요?"

주유가 씩 웃었다.

"자경은 참으로 무던한 분이구려. 내가 정말로 서천을 빼앗아 그들에게 넘겨줄 것이라 생각하시오? 이 일은 구실일 뿐이오. 나는 실제로는 형주를 치려고 하는데 그들이 방비하지 못하도록 하려는 것이지요. 동오의 군사가 서천을 수중에 넣으려면 형주를 지나게 되어 있소. 우리가 돈과 식량을 달라고 하면 유비는 반드시 성을 나와 우리 군사들을 위로할 것이오. 그때 기세를 몰아 그를 죽이고 형주를 뺏으면 나의 원한도 씻게 되고 그대의 화도 풀 수가 있을 것이오."

노숙은 대단히 기뻐하며 그 길로 다시 형주로 갔다. 현덕이 공명과 상의하니, 공명이 말했다.

"노숙은 틀림없이 오후를 만나지 않았을 것입니다. 그저 시상까지 가서 주유와 상의하고 뭔가 계책을 꾸며서 우리를 꾀러 온 것입니다. 그가 무슨 말을 하든 제가 머리를 끄덕이면 주공께서는 그대로 선선히 응낙하십시오."

계책은 이미 정해졌다. 노숙이 들어와 인사를 마치고 입을 열었다.

"오후께서는 황숙의 성덕을 매우 칭송하시더이다. 그래서 장수들과 상의 끝에 황숙 대신에 군사를 일으켜 서천을 치기로 하셨습니다. 서천을 빼앗는 날에는 형주와 바꾸어 누이의 결혼 지참금으로 드리겠다고 하십니다. 단지 우리 군마가 이곳을 지날 때 약간의 돈과 식량이나 대어 주시기 바랍니다."

이 말을 들은 공명은 얼른 고개를 끄덕이며 말했다.

"오후의 호의는 정말 쉽지 않은 일이외다!"

현덕도 두 손을 맞잡고 사례했다.

"이 모두가 자경이 말씀을 잘해 주신 덕분이오."

공명이 한마디 덧붙였다.

"웅병이 이르는 날에는 마땅히 멀리 나가 영접하며 수고를 위로하리다."

이 말을 들은 노숙은 속으로 은근히 기뻤다. 연회가 끝나자 노숙이 하직하고 돌아갔다. 현덕이 공명에게 물었다.

"이게 대체 무슨 뜻이오?"

공명은 껄껄 웃었다.

"주유가 죽을 날이 가까워진 것 같습니다! 이따위 계책을 가지고서는 어린아이도 속일 수가 없습니다!"

현덕이 또 어떻게 된 일이냐고 묻자 공명이 대답했다.

"이것은 바로 '가도멸괵지계假途滅虢之計'입니다. 겉으로는 서천을 치러 간다는 명분을 내세웠지만 실상은 형주를 뺏으려는 것입니다. 주공께서 성에서 나와 군사를 위로하시면 그 기회에 주공을 붙잡고 성으로 쳐들어오려는 수작입니다. 방비가 없는 곳을 치고, 생각지 못한 틈을 타서 움직이겠다는 것이지요."

현덕이 다시 물었다.

"그럼 어떻게 해야 하오?"

"주공께서는 마음을 놓으십시오. 그저 '활을 준비하여 사나운 범을 사로잡고, 향기로운 미끼를 마련하여 자라를 낚기'만 하시면 됩니다. 주유가 오면 완전히 죽지는 않더라도 거의 숨이 넘어갈 정도는 될 것입니다."

공명은 즉시 조운을 불러 계책을 일러 주었다.

"이리저리 하면 나머지는 내가 알아서 처리하겠소."

현덕은 매우 기뻐했다. 후세 사람이 시를 지어서 탄식했다.

주유가 계책을 꾸며 형주를 뺏으려 하자 /
제갈량이 먼저 알고 더 높은 수를 놓네. //
주유는 장강에 드리운 미끼만 가리키나 /
그 속에 낚싯바늘 감춘 줄 알지 못하네.
周瑜決策取荊州, 諸葛先知第一籌. 指望長江香餌穩, 不知暗裏釣魚鉤.

한편 시상으로 돌아간 노숙은 주유를 만나 현덕과 공명이 매우 좋아하며 성밖으로 나와 군사들을 위로할 준비까지 한다는 말을 전했

*가도멸괵지계 | 춘추시대 진쯥나라는 괵나라를 치러 간다며 우虞나라에 길을 빌리고는 괵나라를 친 다음 우나라까지 멸해 버렸다.

다. 듣고 난 주유는 껄껄 웃었다.

"그렇지, 이번에야말로 내 계책에 걸려들었구나!"

즉시 노숙을 오후에게 보내 아뢰게 하는 한편 정보를 파견하여 군사를 이끌고 후원토록 해 달라고 청했다. 이때 주유는 화살 맞은 상처가 거의 아물어 몸에는 별 탈이 없었다. 그는 감녕을 선봉으로 삼고 자신은 서성·정봉과 함께 제2대가 되었으며, 능통과 여몽은 후대로 삼아 수군과 육군을 합쳐 5만 대병을 거느리고 형주를 향해 나아갔다. 주유는 배 안에서 걸핏하면 웃음을 터뜨리며 공명이 이번만큼은 자신의 계책에 걸려든 것이라고 확신했다. 선두 부대가 하구夏口에 이르자 주유가 물었다.

"형주에서 영접하러 나온 사람이 있느냐?"

아랫사람이 보고했다.

"유황숙께서 미축을 보내 도독을 뵈러 왔습니다."

주유가 미축을 불러 군사를 위로하는 일은 어떻게 되었느냐고 물었다. 미축이 대답했다.

"주공께서는 모든 준비를 갖추고 계십니다."

주유가 다시 물었다.

"황숙께서는 어디 계시오?"

미축이 대답했다.

"형주성 밖에서 도독께 술을 올릴 때만 기다리고 계십니다."

주유가 거드름을 피웠다.

"지금 당신네 집안의 일 때문에 군사를 출동시켜 먼 곳으로 정벌을 나선 길이오. 군사를 위로하는 예를 소홀히 해서는 안 될 것이오."

미축은 그 말을 받들고 먼저 돌아갔다. 전투선들은 빽빽하게 강 위를 덮고 차례로 나아가 순식간에 공안公安에 이르렀다. 그러나 형주 측의 선박은 한 척도 구경할 수 없었다. 뿐만 아니라 마중 나온 사람 조차 한 명도 보이지 않았다. 주유는 배를 재촉해서 급히 나아갔다. 형주에서 10여 리 떨어진 곳에 이르자 수면 위는 고요하면서도 확 트 여 있을 뿐이었다. 정찰하러 나갔던 자들이 돌아와 보고했다.

"형주성 위에는 흰 깃발 두 폭만 꽂혀 있을 뿐 사람이라곤 그림자 조차 보이지 않습니다."

주유는 덜컥 의심이 들었다. 배를 강가에 대게 하고 친히 기슭에 올라 말을 탔다. 감녕, 서성, 정봉을 비롯한 한 무리의 장수들과 수 하의 정병 3천 명을 이끌고 곧장 형주를 향하여 갔다. 성 아래까지 당도했지만 아무런 동정도 보이지 않았다. 주유는 고삐를 당겨 말을 멈추고 군사들을 시켜 성문을 열라고 외치게 했다. 성 위에서 누구 냐고 물었다.

"동오의 주도독께서 몸소 이곳까지 오셨소!"

그 말이 미처 끝나기도 전이었다. 갑자기 날카로운 딱따기 소리가 한바탕 울리더니 성 위의 군사들이 일제히 창칼을 세우면서 벌떡 일 어섰다. 조운이 적루에 나타나더니 물었다.

"도독! 도대체 무엇을 하려고 이렇게 오신 거요?"

주유가 대답했다.

"나는 지금 그대의 주인을 대신하여 서천을 뺏으러 가는 길인데, 그대가 어찌 아직 모르고 있단 말인가?"

조운이 대꾸했다.

"공명군사께서 이미 도독의 '가도멸괵지계'를 알아채고 조운을 이곳에 남겨 두셨소. 우리 주공께서도 '나와 유장은 다 같이 한나라 황실의 종친인데 어찌 의를 저버리고 서천을 빼앗는단 말인가? 만약 너희 동오에서 정말로 촉蜀을 뺏는다면 나는 차라리 머리를 풀어헤치고 산으로 들어가 천하에 신의를 잃지 않겠다'고 하셨소."

이 말을 들은 주유는 말머리를 돌렸다. 그런데 문득 사람 하나가 '영슈' 자 깃발을 들고 말 앞으로 와서 보고했다.

"탐지해 보니 네 길로 군마가 일제히 쳐들어오고 있습니다. 관 아무개는 강릉으로부터 쳐들어오고, 장비는 자귀秭歸에서 쳐들어오며, 황충은 공안에서 쳐들어오고, 위연은 잔릉孱陵 길로 쳐들어오는데, 네 길의 군마가 모두 얼마나 되는지 숫자조차 가늠할 수가 없습니다. 고함 소리만 원근 1백여 리를 뒤흔드는데 모두 한 목소리로 주유를 잡으라고 외칩니다."

주유는 말 위에서 크게 외마디 비명을 질렀다. 그러고는 화살 맞은 상처가 다시 터지며 말 아래로 떨어졌다. 이야말로 다음 대구와 같다.

한수 더 높은 고수는 대적하기 어려워 /
몇 차례나 꾀를 썼지만 결국 허탕일세
一着棋高難對敵　幾番算定總成空

주유의 목숨은 어찌될 것인가, 다음 회를 보라.

57

복룡과 봉추

시상구에서 와룡은 주유를 문상하고
뇌양현에서 봉추는 공무를 처리하다
柴桑口臥龍弔喪　耒陽縣鳳雛理事

주유는 가슴에 노기가 치밀어 오르면서 그만 말 아래로 뚝 떨어지고 말았다. 곁에 있던 부하들이 급히 구하여 배로 돌아갔다. 군사들이 보고했다.

"현덕과 공명이 앞산 꼭대기에서 술을 마시며 즐기고 있습니다."

주유는 크게 노하여 이를 뿌드득 갈았다.

"너희들은 내가 서천을 차지하지 못할 줄 알지만, 내 맹세코 서천을 손에 넣고 말리라!"

분해서 어쩔 줄 모르고 있는데 보고가 들어왔다. 오후가 아우 손유孫瑜를 보내왔다는 것이었다. 주유가 그를 맞아들여 전후 사정을 자세히 이야기하니 손유가 말했다.

"나는 형님의 명을 받들고 도독을 도와드리러 왔소."

주유는 군사를 재촉해서 앞으로 나아갔다. 그러나 파구巴丘에 당도하니 유봉과 관평이 군사를 거느리고 상류에서 물길을 막았다는 보고가 들어왔다. 주유는 더욱 화가 치솟는데, 공명이 사람을 시켜 글을 보내왔다는 보고가 들어왔다. 주유가 받아서 뜯어보니 글의 내용은 이러했다.

한나라 군사 중랑장軍師中郞將 제갈량은 동오의 대도독 공근선생 휘하에 글을 올리오. 이 양은 시상에서 한번 작별한 뒤로 지금까지 그대를 그리워하며 잊지 못하고 있소. 그대가 서천을 손에 넣으려 한다는 소식을 들었는데, 내 생각으로는 안 될 일이오. 익주는 백성이 강하고 땅이 험하니 유장이 비록 아둔하고 나약하다고 하지만 넉넉히 제 힘으로 지켜 낼 것이오. 이제 군사들을 고생시키며 멀리 정벌을 나가면 만리 길을 돌아 식량과 말먹이 풀을 운반해야 하니 온전한 공을 거두려면 비록 오기吳起라도 계획을 정할 수 없고, 손무孫武라도 그 뒤를 마무리할 수 없을 것이오. 조조가 적벽에서 패했으니 어찌 잠시나마 원수 갚을 일을 잊고 있겠소? 이제 그대가 군사를 일으켜 멀리 정벌을 나갔다가 만일 조조가 빈틈을 타고 쳐들어온다면 강남은 가루가 되고 말 것이오. 이 양은 차마 앉아서 그 광경을 보고만 있을 수 없어 특별히 이렇게 알려 드리니 굽어 살피시면 다행이겠소.

글을 읽고 난 주유는 길게 한숨을 쉬더니 측근들을 불러 종이와 붓을 가져오게 하여 오후에게 올리는 편지를 썼다. 그러고는 장수들을 모아 놓고 말했다.

"내가 충성을 다해 나라에 보답하고 싶지 않은 것은 아니나 하늘이 정해 준 목숨이 끝났구려. 그대들은 오후를 잘 섬겨 다 함께 대업을 이루도록 하시오."

말을 마친 주유는 정신을 잃고 까무러쳤다. 서서히 다시 정신을 차린 주유는 하늘을 우러러 길게 탄식했다.

"이미 주유를 생겨나게 하시고선 어찌 또 제갈량을 내셨나이까?"

그리고는 연거푸 몇 차례 고함을 지르더니 죽었다. 이때 나이 36세였다. 후세 사람이 시를 지어 탄식했다.

적벽에 웅재와 매운 의지 남기니 / 젊은 나이에 빼어난 이름 날렸네. //
음악을 들으면 상대의 뜻 알았고 / 한 잔 술로 장간을 벗으로 대했네.

일찍이 군량미 삼천 석을 구했고 / 언제나 10만 군사 몰고 다녔네. //
파구 땅 마지막 숨을 거둔 자리 / 가신 님 조상하니 가슴 아프구려.
赤壁遺雄烈, 靑年有俊聲. 弦歌知雅意, 杯酒謝良朋.
曾謁三千斛, 常驅十萬兵. 巴丘終命處, 憑弔欲傷情.

주유가 파구에서 죽자 장수들은 손권에게 사람을 보내 그의 유서를 올렸다. 주유가 세상을 떠났다는 말을 들은 손권은 대성통곡했다. 그의 글을 뜯어보니 바로 자신을 대신하여 노숙을 천거한 내용이었다. 글은 대략 이러했다.

유가 평범한 재주로 각별한 대우를 받고 중한 소임을 위임받아 병마를 통솔했으니 어찌 주공의 팔다리가 되어 힘을 다해 은혜에 보답하고자 하지 않았겠나이까? 그러나 생사를 예측할 수 없고 목숨은 천명에 달렸으니 어찌하겠나이까? 어리석은 뜻을 펴 보지도 못한 채 보잘것없는 몸이 죽게 되었으니 남은 한이 어찌 끝이 있겠나이까? 지금 조조는 북방에 있어 그 땅을 평정하지 못했고, 유비는 형주에 몸을 붙이고 있으니 흡사 범을 기르는 형국이라 아직 천하의 일이 어찌될지 모르는 형편입니다. 그러니 지금은 조정의 벼슬아치들이 끼니를 잊고 바삐 일해야 할 시기요, 임금께서는 근심이 떠나지 않는 때입니다. 노숙은 충성스럽고 절개가 굳으며 일을 대하면 소홀함이 없으니 이 유의 소임을 대신할 수 있을 것입니다. '사람이 죽을 때가 되면 그 말이 착하다'고 했습니다. 제가 드리는 말씀을 들어주신다면 이 유는 죽어도 뜻은 썩지 않을 것입니다.

읽고 난 손권은 소리 내어 울었다.

"공근은 임금을 보좌할 재주를 지녔건만 명이 짧아 지금 죽으니 나는 누구를 의지한단 말인고? 이미 글을 남겨 자경을 천거했으니 내 어찌 그의 말을 따르지 않겠는가?"

손권은 그날로 즉시 노숙을 도독으로 임명하여 병마를 통솔하게 하는 한편 주유의 영구를 고향으로 모셔 가서 장례를 치르도록 했다.

한편 공명은 형주에서 밤하늘의 별자리를 살피다가 장성將星이 땅에 떨어지는 것을 보고 웃으며 말했다.

"주유가 죽었구나."

날이 밝자 현덕에게 알렸다. 현덕이 사람을 시켜 알아보게 했더니 과연 주유가 죽었다고 했다. 현덕이 공명에게 물었다.

진명대 그림

"주유가 죽었다면 이제 어떻게 해야 하오?"

공명이 대답했다.

"주유를 대신하여 군사를 거느릴 자는 필시 노숙일 것입니다. 양이 천문을 살펴보니 장성將星들이 동방에 모여 있습니다. 이제 제가 문상을 구실로 강동으로 건너가 주공을 보좌할 현명한 인재를 찾아보겠습니다."

현덕이 걱정했다.

"오의 장병들이 선생을 해치지나 않을까 두렵구려."

공명은 대수롭지 않게 대답했다.

"주유가 살아 있을 때도 저는 두려워하지 않았는데 주유가 죽은 마당에 더 이상 무엇을 근심하겠습니까?"

공명은 조운과 군사 5백 명을 거느리고 제물祭物을 갖추어 배를 타고 문상을 위해 파구로 떠났다. 길에서 알아보니 손권은 이미 노숙을 도독으로 삼았고, 주유의 영구는 시상으로 돌아갔다고 했다. 공명은 곧바로 시상으로 갔다. 노숙은 예로써 공명을 영접했지만 주유의 수하 장수들은 모두가 공명을 죽이려 했다. 그러나 조운이 검을 차고 공명을 따라다니는 통에 감히 손을 쓰지 못했다. 공명은 준비해 온 제물을 영전에 차리고선 친히 술을 따라 올린 다음 땅바닥에 꿇어앉아 제문을 읽었다.

오호라 공근이여, 불행히도 일찍 돌아가셨구려! 명이 길고 짧음은 하늘에 달렸다지만 사람이 어찌 슬프지 않으리까? 내 마음이 실로 아파 술을 한 잔 따르나니, 그대의 혼령이 계시거든 나의 제사를 받으소서! 그대의 어린 시절을 애도하노니, 백부伯符(손책의 자)와 사귀셨고 의리를 중히 알고 재물은 가볍게 여겨 집일랑 양보하여 백부 가족이 살게 했지요. 그대의 약관弱冠 시절을 애도하노니, 대붕大鵬(전설에 나오는 큰 새)처럼 날개 치며 패업을 이루어 강남을 할거했소. 그대의 장년 힘 넘치던 시절을 애도하노니, 멀리 나가 파구를 지키시자 경승景昇(유표의 자)에겐 걱정거리였지만 토역장군討逆將軍(손책)에겐 안심이었소. 그대 풍채 늠름함을 애도하노니, 아름다운 배필 소교를 아내로 얻으시고 한 왕조漢王朝 신하의 사위가 되셨으니 어느 누구에게도 부끄러울 게 없었소. 그대 장하신 기개 애도하노니, 조조에게 인질 보내자는 주장을 막았으니 처음에도 날개 죽지를 늘어뜨리지 않았고 마지막에는 두 날개를 활짝 펼쳤지요. 그대 파양에 계실 때를 애도하노니, 장간의 유혹을 자유자재로 다루며 넓은 도량과 높은 뜻을 밝히셨소. 그대의 크신 재주를 애도하노니, 문무 지략 고루 갖추고 화공으로 적을 깨뜨려 강한 자를 약하게 만드셨소. 그 당시 웅장하고도 빼어난 모습을 그리워하며 너무 일찍 세상 뜬 것을 통곡하며 땅에 엎드려 피눈물을 흘리나이다. 충성스럽고 의로운 마음, 영특하고도 신령스런 기개 갖추었으니, 목숨은 비록 삼기三紀(1기는 12년)에 마쳤지만 명성은 백세百世에 드리우리다. 그대를 애도하는 정 너무도 간절하여 수심에 잠긴 창자는 천 갈래로 꼬이고, 괴로운 간과 쓸개엔 슬픔이 끝이 없구려. 하늘이 어두워지고 삼군도 슬퍼하며, 주공도 슬퍼 우시고 벗들도 눈물 글썽이는구려.

내 본래 재주 없으니 어디에서 계책을 빌리고 꾀를 얻어 동오를 도와 조조를 막고 한나라 황실을 보좌하여 유씨를 편안케 하리오. 기각지세로 서로 도와 머리와 꼬리가 서로 호응할 수 있다면 흥하고 망함에 무엇을 걱정하고 무엇을 근심하겠소. 오호라 공근이여! 삶과 죽음으로 영원히 갈라지게 되었구려! 소박하게 자신의 지조를 지키더니 멀고 아득한 곳으로 사라져 가는구려. 넋이 영험하다면 이 심정을 굽어 살피시리니, 이제부터 천하에는 나를 알아줄 친구가 없게 되었구려! 오호 통재痛哉라! 엎드려 바라나니 보잘것없는 제물을 흠향하소서.

제사를 마친 공명은 땅에 엎드려 통곡하는데, 눈물이 샘솟듯 하며 애통함이 끝이 없었다. 장수들이 쑥덕거렸다.

"사람들은 모두 공근과 공명은 사이가 나쁘다고 했는데, 오늘 그가 제사지내는 정을 보니 사람들의 말도 다 헛소리였군."

노숙도 공명이 그처럼 애절하게 슬퍼하는 모습을 보고 자신도 슬픔에 젖어 속으로 생각했다.

'공명은 본래 저렇게 정이 많은 사람인데, 공근의 도량이 좁아 스스로 죽음을 불렀구나.'

후세 사람이 시를 지어 탄식했다.

와룡이 남양에서 아직 잠자고 있을 때 /
또 다른 큰 별 하나 서성으로 내려왔네. //
푸른 하늘이 기왕에 공근을 낸 바에야 /
이 세상에 어찌 다시 공명을 보냈던고!
臥龍南陽睡未醒, 又添列曜下舒城. 蒼天旣已生公瑾, 塵世何須出孔明!

노숙은 연회를 베풀어 공명을 정중하게 대접했다. 잔치가 끝나고 공명이 하직하고 배에 오르려 할 때였다. 문득 강변에서 도포 입고 대나무 관을 쓰고 검정 띠를 두르고 흰 신을 신은 사람 하나가 한 손으로 덥석 공명의 소매를 움켜잡았다.

"네 주랑의 화를 돋우어 죽여 놓고선 도리어 문상을 오다니, 동오에 사람이 없다고 업신여기는 게 아니냐?"

그러고는 너털웃음을 터뜨렸다. 공명이 그 사람을 보니 바로 봉추 선생 방통이었다. 공명 역시 크게 웃었다. 두 사람은 손을 잡고 배에 올라 흉금을 털어놓고 이야기를 나누었다. 공명은 편지 한 통을 남겨 방통에게 주며 당부했다.

"내 짐작에는 손중모仲謀(손권의 자)는 틀림없이 당신을 중용하지 못할 것이오. 일이 조금이라도 뜻대로 되지 않거든 형주로 와서 함께 현덕을 도웁시다. 이분은 마음이 너그럽고 덕이 높으니 공이 평생 배운 학문을 헛되게 하지는 않을 것이오."

방통이 응낙하고 헤어졌다. 공명은 그길로 형주로 돌아갔다.

한편 노숙이 주유의 영구를 호송하여 무호蕪湖에 이르자, 손권이 영구를 맞이하여 울면서 제사를 지내고 고향 땅에 후하게 장사지내 주라고 명했다. 주유에게는 아들 둘과 딸 하나가 있었는데 맏아들은 순循이요, 둘째 아들은 윤胤이다. 손권은 그들을 모두 두터운 정으로 보살폈다.

노숙이 손권에게 말했다.

"이 숙은 한낱 용렬한 위인으로서 그릇되게 공근의 정중한 천거를 받았으나 실은 맡은 바 직분에 어울리지 않습니다. 원컨대 한 사람을 추천하여 주공을 도울까 합니다. 이 사람은 위로는 천문에 통달하고 아래로는 지리에 밝으며 모략은 관중과 악의에 못지않고 용병은 손무나 오기와 어깨를 나란히 할 만합니다. 지난날 주공근도 그의 의견을 많이 들었고 공명 역시 그 지모에 깊이 탄복했습니다. 지금 강남에 있는데 어찌 중용하지 않겠습니까?"

손권이 그 말을 듣고 크게 기뻐하며 그 사람의 이름을 물었다. 노숙이 대답했다.

"그는 양양 사람으로 성은 방이고 이름은 통이며, 자는 사원 士元이고 도호道號는 봉추선생이라 부릅니다."

손권이 말했다.

"나도 그 이름을 들은 지 오래요. 즉시 불러 만나게 해주시오."

노숙은 방통을 초청하여 장군부로 들어가 손권을 알현하게 했다. 인사가 끝나고 손권이 방통을 살펴보니, 짙은 눈썹에다 들창코, 시커먼 얼굴에다 짧은 수염으로 생김새가 괴상했다. 손권이 속으로 탐탁지 않게 여기며 한마디 물었다.

"공이 평생 배운 학문은 무엇을 위주로 했소?"

방통이 대답했다.

"어느 한 가지에 얽매이지 않고 필요에 따라 임기응변하는 것입니다."

손권이 다시 물었다.

"공의 재주와 학문은 공근과 비교하면 어떠하오?"

방통이 웃음을 흘리며 대답했다.

"제가 배운 바는 공근이 배운 것과 크게 다릅니다."

평생토록 주유를 가장 좋아한 손권이었다. 방통이 주유를 대수롭지 않게 여기는 것을 본 그는 속으로 불쾌한 마음이 들어 이렇게 말했다.

"공은 우선 물러가 계시오. 앞으로 공을 쓸 일이 있으면 그때 다시 모시겠소."

방통은 길게 한숨을 내쉬더니 나갔다. 노숙이 물었다.

"주공께서는 어찌하여 방사원을 등용하지 않으십니까?"

손권이 대답했다.

"미친 선비요. 그런 사람을 써서 무슨 이익이 있겠소?"

노숙은 방통을 두둔했다.

"적벽의 격전이 벌어질 때 이 사람이 연환계를 바쳐 으뜸가는 공을 세웠습니다. 주공께서도 생각해 보시면 반드시 아실 것입니다."

그래도 손권은 방통이 싫었다.

"그때는 조조가 스스로 배들을 붙잡아 매려고 한 것이지, 반드시 그 사람의 공이라고 할 수는 없소. 내 맹세코 이 사람을 쓰지 않겠소."

밖으로 나온 노숙이 방통에게 말했다.

"이 숙이 족하를 천거하지 않은 게 아니라 오후께서 공을 등용하려 하지 않으시는구려. 공은 잠시 참고 기다려 주시오."

방통은 머리를 숙인 채 길게 한숨만 지을 뿐 말이 없었다. 노숙이 물었다.

"공은 혹시 오에 머무를 뜻이 없는 게 아니오?"

방통은 대답하지 않았다. 노숙이 다시 물었다.

"공에게는 나라를 바로잡고 세상을 건질 재주가 있으니 어디를 가신들 이롭지 아니하리까? 이 숙에게 솔직히 말씀해 주시구려. 대체 어디로 가려고 하시오?"

방통이 대답했다.

"나는 조조에게 갈까 하오."

노숙이 펄쩍 뛰었다.

"그것은 밝은 구슬을 어두운 곳에 버리는 격이오. 형주로 가서 유황숙께 의지하시면 반드시 중용할 것이오이다."

그제야 방통은 자기 생각을 털어놓았다.

"실은 이 통의 생각도 그러하오. 앞에 한 말씀은 농담이었소."

노숙이 말했다.

"그러면 내가 공을 천거하는 편지를 쓰리다. 공이 현덕을 보좌하게 되면 손씨와 유씨 두 집안이 서로 공격하지 말고 힘을 합쳐 조조를 깨뜨리도록 해야 하오."

"그것은 내 평생 품은 뜻입니다."

방통은 노숙이 써 준 글을 받아 그 길로 형주로 가서 현덕을 찾았다.

이때 공명은 마침 외지의 4개 군을 순시하러 나가서 아직 돌아오지 않고 있었다. 문을 지키는 관원이 들어가 아뢰었다.

"강남의 명사 방통이 특별히 의지하러 왔다 하옵니다."

현덕은 방통의 이름을 오랫동안 들어온 터라 즉시 청해 들이도록 해서 만나 보았다. 현덕을 만난 방통은 두 손을 맞잡고 길게 읍만 할 뿐 절을 올리지 않았다. 방통의 추한 몰골을 본 현덕 역시 마음이 즐겁지가 않았다. 그래서 건성으로 물었다.

"족하가 먼 길을 왔으니 쉽지 않았겠구려?"

방통은 노숙과 공명의 글은 내놓지 않고 그저 이렇게 대답했다.

"황숙께서 훌륭한 인재를 널리 받아들이신다는 소문을 듣고 특별히 몸을 의탁하러 왔습니다."

현덕이 말했다.

"형초荊楚 땅은 조금 안정이 되어 빈자리가 없으니 야단났구려. 여기서 동북쪽으로 1백 30리 되는 곳에 뇌양현未陽縣이라는 고을이 있는데, 다스리는 이가 없으니 공이 그곳을 맡아 주시오. 이 다음에 빈자리가 생기는 대로 중용하리다."

방통은 속으로 생각했다.

'현덕이 어찌 나를 이처럼 박대하는고?'

재주와 학식으로 현덕의 마음을 움직여 보고 싶은 충동도 느꼈지만 공명이 없는 것을 보고는 마지못해 인사하고 뇌양으로 갔다. 그러나 뇌양현에 이른 방통은 고을의 정사는 돌보지 않고 종일 술을 마시는 것으로 낙을 삼았다. 관부의 돈과 양식이나 송사 같은 일은 아예 관심도 두지 않았다. 누군가 현덕에게 방통이 뇌양현의 정사를 전혀 돌보지 않는다고 고해 바쳤다. 현덕은 노했다.

"돼먹지 못한 선비가 어찌 감히 내 법도를 어지럽힌단 말이냐!"

즉시 장비를 불러 종자들을 데리고 형남荊南(형주 남쪽의 네 고을)을 순시하라고 분부했다.

"공정하지 못하거나 법을 어기는 자가 있거든 반드시 신문하라. 일 처리에 밝지 못할까 걱정이 되니 손건과 함께 가라."

장비는 영을 받들고 손건과 함께 뇌양현으로 갔다. 군사와 백성, 관리들이 모두 성밖으로 나와 그들을 맞이했다. 그러나 유독 현령이 보이지 않았다. 장비가 물었다.

"현령은 어디에 있느냐?"

현의 관리들이 대답했다.

"방현령은 부임하신 날부터 오늘까지 1백여 일이 지났지만 현의 일은 아예 묻지도 않으셨습니다. 날마다 술만 마시며 아침부터 밤까지 취해 계십니다. 오늘도 어제 취한 술이 깨지 않아 아직 자리에서 일어나지 못하고 계십니다."

크게 노한 장비는 당장 방통을 묶으려 했다. 손건이 권했다.

"방사원은 고명한 선비이니 경솔하게 다루어서는 아니 될 것이오. 우선 현아로 들어가 자세히 물어봅시다. 과연 사리에 맞지 않은 일이 있으면 그때 가서 죄를 다스려도 늦지 않을 것입니다."

장비는 현의 아문으로 들어가서 대청 위에 앉아 현령을 불러오라고 했다. 방통은 의관도 제대로 갖추지 못하고 취한 채로 나왔다. 장비가 버럭 화를 냈다.

"우리 형님이 그래도 너를 사람으로 여기고 현령으로 삼았는데, 네가 어찌 감히 현의 정사를 전폐해 버렸단 말이냐?"

방통이 낄낄 웃으며 되물었다.

"장군! 대체 내가 현의 무슨 일을 폐했다고 그러시오?"

장비가 호통을 쳤다.

"네가 부임한 지 1백여 일 동안 날마다 술에 취해 있었다는데, 어찌 정사를 폐하지 않았단 말이냐?"

방통은 태연하게 대꾸했다.

"이까짓 사방 1백 리밖에 안 되는 조그만 현의 자잘한 공사公事쯤이야 처리하는 게 무어 그리 어렵겠소? 장군께선 내가 일을 처리할 동안 잠시만 앉아 계시구려."

즉시 관리들을 불러 1백여 일 동안 쌓인 공무를 모두 가져와 처분을 받으라고 분부했다. 아전들은 둘둘 말아 둔 문서 뭉치들을 한 아름씩 안고 제각기 대청으로 올라왔다. 송사에 관련된 피고인 등은 계단 아래에 빙 둘러 꿇어앉았다. 방통은 귀로는 진술을 듣고, 손으로는 공문에 결재를 하고, 입으로는 판결을 내리는데, 그 옳고 그름이 분명하여 털끝만치도 오류가 없었다. 백성들은 모두 머리를 조아리고 절을 올리면서 순순히 판결에 승복했다. 그렇게 하여 백여 일 동안 밀렸던 일을 반나절이 못 되어 말끔히 처리해 버렸다. 방통은 붓을 땅에 던지며 장비에게 말했다.

"내가 폐한 일이 어디 있단 말씀이오? 나는 조조와 손권 따위의 사정도 손금 보듯 하고 있는데 이까짓 조그마한 고을쯤이야 어찌 신경이나 쓰겠소?"

깜짝 놀란 장비가 자리에서 내려와 사죄했다.

"선생의 크신 재주를 모르고 이놈이 그만 실례했구려. 내 마땅히 형님께 극력 선생을 추천하겠소이다."

방통은 그제야 노숙의 추천서를 내놓았다. 장비가 물었다.

"선생께선 처음 우리 형님을 뵈었을 때 어째서 이 글을 내놓지 않으셨소?"

방통이 대답했다.

"바로 내놓으면 오로지 남이 천거하는 글에만 기대어 청하는 것 같아 그랬지요."

장비가 손건을 돌아보며 말했다.

"공이 아니었으면 대현大賢 한 분을 잃을 뻔했구려."

드디어 방통과 작별하고 형주로 돌아온 장비는 현덕을 만나 방통의 재주를 자세히 이야기했다. 현덕은 크게 놀랐다.

"대현을 푸대접한 것은 나의 잘못이로다!"

장비가 노숙의 추천서를 올리자 현덕이 뜯어보았다. 글은 대강 다음과 같았다.

방사원은 사방 백 리 되는 작은 현이나 다스릴 용렬한 인재가 아닙니다. 치중治中이나 별가別駕와 같은 소임을 맡기면 비로소 그 뛰어난 재주를 펼쳐 보일 것입니다. 겉모양만 보고 그를 홀대하시어 그 배운 바를 저버리고 마침내 다른 사람에게 쓰이게 하신다면 참으로 안타까운 일일 것입니다.

현덕이 글을 읽고 나서 탄식하고 있는데 공명이 돌아왔다는 보고가 들어왔다. 현덕이 맞아들여 인사를 마치고 나자, 공명이 먼저 물었다.

"방군사龐軍師는 요즈음 무탈합니까?"

현덕이 대답했다.

"근자에 뇌양현을 다스리는데 술을 좋아하여 공무는 전폐하고 있다 하오."

공명이 웃으며 말했다.

"사원은 백 리 안팎의 작은 현이나 다스리고 있을 인재가 아닙니다. 그의 흉중에 들어 있는 학문은 이 양보다 열 배는 뛰어납니다.

양이 일찍이 추천하는 글을 사원에게 주었는데, 주공께서는 보셨습니까?"

현덕이 대답했다.

"오늘에야 자경의 추천서를 보았소만 선생의 글은 아직 보지 못했소."

공명이 말했다.

"큰 인물에게 작은 임무를 맡기면 술이나 마시고 흐리멍덩하게 지내며 일하기 싫어하는 경우가 종종 있습니다."

오대성 그림

"만약 내 아우가 말해 주지 않았다면 자칫 대현 한 분을 잃을 뻔했구려."

현덕은 그길로 장비에게 뇌양현으로 가서 방통을 형주로 공손히 모셔 오게 했다. 방통이 이르자 현덕은 계단 아래까지 내려가서 벌을 청했다. 방통은 그제야 공명이 천거한 글을 내놓았다. 봉추가 이르면 마땅히 중책에 등용해야 한다는 내용이었다. 현덕은 기뻐하며 말했다.

"예전에 사마덕조司馬德操께서 '복룡과 봉추 두 사람 중 한 사람만 얻으면 천하를 안정시킬 수 있을 것'이라 했소. 이제 내가 두 사람을 다 얻었으니 한나라는 부흥하겠구려."

즉시 방통을 부군사副軍師 중랑장으로 삼고 공명과 함께 계책을 의논하고 군사를 훈련하면서 정벌 명령을 기다리게 했다.

어느새 누군가가 이 일을 알고, 유비가 제갈량과 방통을 모사로 모시고 군사를 모집하고 말을 사들이며 말먹이 풀을 쌓고 식량을 저장하고 있다고 허창에 보고했다. 그리고 동오와 손을 잡았으니 조만간 군사를 일으켜 북벌에 나설 것이라고도 했다. 조조는 모사들을 모아 남정할 대책을 의논했다. 순유가 나서서 말했다.

"주유가 죽은 지 오래되지 않았으니 먼저 손권을 치고 그 다음에 유비를 공격하는 것이 좋겠습니다."

조조가 말했다.

"내가 먼 곳으로 정벌을 나가면 마등이 허도를 습격하지 않을까 걱정이오. 전에 적벽에 있을 때도 서량 군사들이 쳐들어온다는 소문이 군중에 떠돌았으니, 지금 방비하지 않을 수가 없소."

순유가 계책을 냈다.

"저의 어리석은 소견으로는 마등의 벼슬을 정남장군征南將軍으로 높이고 그에게 손권을 토벌하라는 조서를 내리는 게 나을 것 같습니다. 그래서 경사로 유인하여 먼저 이 사람부터 없애면 남정을 하시는 데 근심은 사라질 것입니다."

조조는 크게 기뻐하며 그날로 사람을 시켜 천자의 조서를 받들고 서량으로 가서 마등을 불러오게 했다.

마등은 자가 수성壽成으로, 후한의 복파장군伏波將軍 마원馬援의 후손이다. 그의 부친 마숙馬肅은 자가 자석子碩인데, 환제(155~167년) 때에 천수군天水郡 난간현蘭幹縣의 현위縣尉로 있었다. 뒤에 벼슬을 잃고 떠돌다가 농서隴西 지방으로 들어가 강인羌人들과 섞여 살면서 강족 여자를 아내로 맞아 마등을 낳았다. 마등은 신장이 8척이요 체구가 웅장하며 용모가 남다른데다 타고난 성품이 따뜻하고 착하여 그를 존경하는 사람이 많았다. 영제 말년(180년)에 강인들이 반란을 일으키자 마등은 민병을 모집하여 그들을 격파했다. 초평初平(190~193년) 연간에는 도적을 토벌한 공로가 있다 하여 정서장군征西將軍을 제수 받았고, 진서장군鎭西將軍 한수韓遂와는 의형제를 맺었다. 이날 마등은 천자의 조서를 받고 맏아들 마초와 상의했다.

"나는 동승과 함께 황제께서 띠 속에 감추어 내리신 조서를 받은 이래 유현덕과 함께 역적을 토벌하기로 약속했다. 그런데 불행히도 동승은 이미 죽고 현덕 또한 여러 차례 조조에게 패했으나 나 역시 외진 서량 땅에 떨어져 있다 보니 현덕을 도와주지 못했다. 그런데 이제 들으니 현덕은 이미 형주를 얻었다고 하여 나도 옛날에 품었던 뜻을 펴 보려던 참인데, 조조가 도리어 나를 부르니 어떻게 했으면 좋겠느냐?"

마초가 대답했다.

"조조가 천자의 명을 받들어 아버님을 부르시는데 가시지 않는다면 그는 필시 칙명을 거역했다 하여 우리를 책망할 것입니다. 그러니 조조가 부르는 이 기회에 아예 경사로 올라가서 정황을 보아 일을 도모하신다면 옛날의 뜻을 펴실 수 있을 것입니다."

마등의 형의 아들인 마대馬岱가 나서며 반대했다.

"조조의 심보는 예측할 수 없습니다. 숙부께서 가셨다가 해를 입지나 않을까 두렵습니다."

마초가 다시 말했다.

"제가 서량의 군사들을 모조리 일으켜 아버님을 따라 허창으로 쳐들어가겠습니다. 천하를 위해 해악을 제거하는 것인데 아니 될 게 무엇이겠습니까?"

마등이 결론을 내렸다.

"너는 강병羌兵을 거느리고 서량을 지키도록 하여라. 내가 네 아우 마휴馬休, 마철馬鐵과 조카 마대를 데리고 가겠다. 네가 서량 땅에 남아 있고 한수가 또 돕는 것을 안다면 조조가 감히 나를 해치려 들지는 못할 것이다."

마초가 당부했다.

"아버님께서 가시더라도 절대 가벼이 경사로 들어가지 마십시오. 상황에 따라 대처하시면서 동정을 살피셔야 합니다."

마등이 대답했다.

"내가 알아서 할 터이니 너무 걱정하지 말아라."

이리하여 마등은 5천 명의 서량 군사를 이끌고 나섰다. 마휴와 마철을 선두 부대로 삼고 마대에게는 뒤에서 후원하게 하면서 구불구불 이어져 허창을 향하여 나아갔다. 허창에서 20리 떨어진 곳에 군마를 주둔시켰다.

조조는 마등이 도착했다는 소식을 듣고 문하시랑門下侍郎 황규黃奎를 불러 분부했다.

"이번에 마등이 남방을 정벌하게 되었소. 내가 그대를 행군참모行軍參謀로 임명할 것이니 먼저 마등의 영채로 가서 군사들을 위로하고 마등에게 내 말을 전해 주구려. 서량은 길이 멀어 식량을 나르기가 어려워서 많은 인마를 데리고 오지는 못했을 것이오. 그래서 내가 대군을 보내 함께 전진하도록 하겠다고 전하시오. 그 사람에게 내일 성에 들어와 천자를 알현하라고 하시오. 그러면 내가 즉시 식량과 말먹이 풀을 내주겠소."

황규는 명령을 받들고 마등을 찾아갔다. 마등은 술을 차려 그를 대접했다. 술이 거나해지자 황규가 말을 꺼냈다.

"나는 선친 황黃자 완琬자께서 이각, 곽사의 난리 통에 돌아가신 걸 항상 원통해 하고 있는데, 오늘날 다시 임금을 속이는 도적을 만날 줄이야 누가 생각이나 했겠소이까?"

마등이 물었다.

"누가 임금을 속이는 도적이란 말씀이오?"

황규가 목청을 높였다.

"임금을 속이는 자는 바로 조조놈이지요. 공은 몰라서 물으시오?"

마등은 조조가 자기를 떠보려고 황규를 보낸 것이나 아닌지 의심이 들었다. 그래서 급히 제지했다.

"보고 듣는 눈과 귀가 가까이 있소. 말을 조심하시오."

황규가 꾸짖었다.

"공은 띠 속에 숨겨진 비밀 조서의 일을 잊으셨단 말씀이오?"

마등은 그의 말이 진심에서 나온 것임을 알았다. 그제야 은밀히 자신의 속마음을 털어놓았다. 황규가 말했다.

"조조가 공에게 성에 들어와 천자를 알현하라는 것은 필시 좋은 뜻이 아닐 것이오. 공은 경솔히 들어가지 마시오. 내일 군사를 성 아래 머물려 두고 조조가 성에서 나와 군사를 점검하기를 기다려 그 자리에서 죽이시오. 그러면 대사가 이루어질 것이오."

두 사람 사이에는 이미 의논이 정해졌다. 황규는 집으로 돌아와서도 분한 마음이 삭지 않았다. 아내가 두 번 세 번 까닭을 물었으나 황규는 대답하지 않았다. 그런데 뜻밖에도 그의 첩 이춘향李春香이 손아래 처남인 묘택苗澤과 사통하고 있었다. 묘택은 이춘향을 얻어 같이 살고 싶었지만 마땅한 계책이 없어 애가 타던 중이었다. 이춘향은 황규가 분을 이기지 못하는 걸 보고 묘택에게 말했다.

"황시랑이 오늘 군사 일을 상의하고 돌아와서 웬일인지 몹시 분해하는데 대체 누구 때문에 그러는지 모르겠어요."

묘택이 방법을 일러 주었다.

"네가 '사람들이 모두 유황숙은 어질고 덕이 많은 분이요 조조는 간웅이라고 하는데, 그것은 무슨 까닭인가요?'라고 슬쩍 퉁겨 보아라. 그래서 그가 무어라고 하는지 들어 보아라."

이날 밤 황규는 과연 이춘향의 방으로 왔다. 이춘향이 묘택이 가르쳐 준대로 말을 걸었다. 황규는 술김에 대답했다.

"너는 한낱 아녀자인데도 오히려 옳고 그름을 구분할 줄 아는데, 하물며 나야 더 말할 나위가 있겠느냐? 내가 지금 한스러워하는 것은 조조를 죽이려고 그러는 것이니라.”

이춘향이 물었다.

“만약 조조를 죽인다면 어떻게 손을 쓰실 건데요?”

“내 이미 마장군과 약속을 정해 놓았지. 내일 성밖에서 군사를 점검할 때 조조를 죽이기로 했네.”

이춘향은 이 말을 묘택에게 알렸고, 묘택은 그길로 승상부로 가서 조조에게 고해 바쳤다. 조조는 은밀히 조홍과 허저를 불러 이러저러 하게 하라고 분부하고, 다시 하후연과 서황을 불러 이리이리 하라고 명령을 내렸다. 명을 받은 사람들이 나가자 조조는 먼저 황규의 식구들을 모두 잡아 가두었다.

이튿날이었다. 마등이 서량의 군마를 거느리고 성 아래로 다가가니 앞에서 붉은 깃발들이 떼 지어 나타나는데 그 중에 승상의 깃발이 걸려 있었다. 마등은 조조가 친히 군사를 점검하러 온 것이라고 생각하고 급히 말을 몰아 앞으로 나아갔다. 그런데 갑자기 ‘쾅!’ 하는 포 소리가 울림과 동시에 붉은 깃발들이 양쪽으로 갈라지며 활과 쇠뇌 살이 일제히 발사되었다. 한 장수가 선두에 서서 나오는데 바로 조홍이었다. 마등이 급히 말머리를 돌려 나오려 했다. 그때 양편에서 또 고함 소리가 일어나며 왼편에서는 허저가 쳐 나오고 오른편에서는 하후연이 달려 나왔다. 뒤쪽에서는 또 서황이 군사를 거느리고 쇄도하여 서량 군사가 물러갈 길을 차단했다. 그들은 마등 부자 세 사람을 가운데 몰아넣고 철통같이 에워쌌다.

마등은 일이 틀어진 것을 알고 힘을 떨쳐 닥치는 대로 적을 무찔렀다. 어느 틈에 마철은 어지러이 쏟아지는 화살에 맞아 죽고, 마휴가 마등을 따라 함께 좌충우돌했지만 도무지 포위망을 뚫고 나갈 수

가 없었다. 두 사람은 몸에 중상을 입은 데다 타고 있던 말마저 화
살에 맞아 쓰러지는 바람에 부자가 함께 사로잡히고 말았다. 조조
는 황규와 마등 부자를 함께 묶어 끌고 오라고 명했다. 황규가 큰소
리로 외쳤다.

"나는 죄가 없소!"

조조가 묘택을 데려다가 대질을 시켰다. 그것을 보고 마등이 크
게 욕을 퍼부었다.

"썩은 선비 놈이 내 대사를 그르쳤구나! 내가 나라를 위해 역적을
죽이지 못한 것은 바로 하늘의 뜻이로구나!"

조조가 끌어내라고 명령을 내렸다. 마등은 욕설을 그치지 않으면
서 아들 마휴, 그리고 황규와 함께 죽임을 당했다. 후세 사람이 마등
을 찬탄하여 시를 지었다.

부자가 나란히 매운 향기 뿜으니 /
충성과 절의가 한 가문을 빛내었네. //
목숨 버리며 국난을 구하려 했고 / 죽음을 맹세하며 군은에 보답했네.

피로써 맹세한 말 아직도 생생하며 /
간적을 죽이려던 연판장이 남았네. //
서량에서 떠받드는 무장의 후예여 /
복파장군 후손으로 부끄럽지 않구려!
父子齊芳烈, 忠貞著一門. 捐生圖國難, 誓死答君恩.
嚼血盟言在, 誅奸義狀存. 西凉推世胄, 不愧伏波孫.

묘택이 조조에게 부탁했다.

"저는 상을 바라지 않습니다. 다만 이춘향을 처로 삼게 해주십시오."

조조가 웃으면서 말했다.

"너는 한낱 여인 때문에 매형의 전 가족을 해쳤다. 네 따위 의롭지 못한 놈을 살려 두어 무엇에 쓰겠느냐?"

즉시 묘택과 이춘향을 잡아다가 황규의 가족들과 함께 저잣거리에서 목을 치게 했다. 구경하는 사람들 치고 탄식하지 않는 이가 없었다. 후세 사람이 시를 지어 탄식했다.

묘택이 사욕 때문에 충신을 해치다가 /
춘향도 얻지 못한 채 목숨만 잃었네. //
간웅 역시 그 자를 용서하지 않으니 /
쓸데없이 스스로 못된 놈만 되었구나.
苗澤因私害蓋臣, 春香未得反傷身. 奸雄亦不相容恕, 枉自圖謀作小人.

조조는 서량 군사들을 불러 좋게 타일렀다.

"마등 부자가 모반했을 뿐 다른 사람들은 관계가 없느니라."

한편 사람을 시켜 관문을 굳게 지키며 마대를 놓아 보내지 말라고 분부했다.

이때 마대는 군사 1천 명을 이끌고 뒤에 처져 있었다. 잠시 후에 허창성 밖에서 도망쳐 돌아온 군사가 마대에게 소식을 알렸다. 마대는 소스라치게 놀라 즉시 군사들을 버리고 떠돌이 장사꾼으로 분장하고는 밤을 도와 어디론가 달아나 숨어 버렸다. 조조는 마등과 관

런자들을 죽이고 곧 남방을 정벌할 뜻을 정했다. 그런데 갑자기 보고가 들어왔다.

"유비가 군마를 조련하고 군사 장비를 수습하여 곧 서천을 손에 넣으려고 합니다."

조조가 놀라서 물었다.

"유비가 서천을 차지한다면 날개가 돋아나는 격이다. 어떻게 손을 쓰면 좋겠는가?"

말이 채 끝나기도 전에 계단 아래서 한 사람이 나서며 말했다.

"저에게 한 가지 계책이 있습니다. 유비와 손권이 서로 돌보지 못하고, 강남과 서천도 모두 승상께 돌아오도록 할 수 있습니다."

이야말로 바로 다음 대구와 같다.

서량의 호걸이 방금 죽임을 당하자 /
남국의 영웅이 다시 재앙을 입누나.
西州豪杰方遭戮　南國英雄又受殃

계책을 올리는 사람은 누구인가, 다음 회를 보라.

58

수염 자르고 전포 벗고 달아나는 조조

마맹기는 원한 풀려고 군사를 일으키고
조아만은 수염 자르고 전포마저 버리다
馬孟起興兵雪恨 曹阿瞞割須棄袍

계책을 올린 사람은 치서시어사治書侍御史 진군陳群으로, 자는 장문長文이다. 조조가 물었다.

"진장문은 어떤 좋은 계책을 가지고 계시오?"

진군이 설명했다.

"지금 유비와 손권은 입술과 이같은 관계로 맺어져 있습니다. 유비가 서천을 차지하려 한다면 승상께서는 상장에게 군사를 일으켜 합비의 군사와 합세하여 곧장 강남을 치라고 명하십시오. 그러면 손권은 반드시 유비에게 구원을 청할 것입니다. 그러나 유비는 뜻이 서천에 있는지라 틀림없이 손권을 구할 마음이 없을 것입니다. 구원을 받지 못하면 손권은 힘이 빠지고 군사가 쇠약해져 강동 땅은 승상의 차지가 될 것입니다. 강동을 얻으면 형주는 북 한번 울려 평정하실 수 있을 것입니다. 일단 형주가 평정되고 난 뒤 서서히 서천을 도모하신다면 마침내 천하가 평정될 것입니다."

조조가 말했다.

"장문의 말씀이 바로 내 뜻에 부합되는구려."

조조는 즉시 30만 대군을 일으켜 강남으로 내려가기로 하고 합비의 장료에게 식량과 말먹이 풀을 준비해서 공급하도록 했다.

어느새 첩자가 이 사실을 탐지하여 손권에게 보고했다. 손권은 장수들을 모아 대책을 상의했다. 장소가 먼저 말했다.

"노자경에게 사람을 보내십시오. 자경더러 급히 형주로 글을 띄워 유현덕에게 우리와 힘을 합쳐 조조를 막도록 요청하게 하십시오. 자경은 현덕에게 은혜를 베풀었으니 현덕은 반드시 그의 말을 들을 것이며, 게다가 현덕은 이미 동오의 사위가 되었으니 의리로 보아서도 거절하지는 못할 것입니다. 현덕만 와서 도와준다면 강남에는 근심이 없어질 것입니다."

손권은 그 말에 따라 곧 노숙에게 사람을 보내 현덕에게 구원을 청하도록 했다. 노숙은 명을 받들고 즉시 글을 지어 현덕에게 사람을 보냈다. 편지의 내용을 살펴본 현덕은 사자를 역관에 머무르게 하고선 남군으로 사람을 보내 공명을 모셔 오게 했다. 공명이 형주에 당도하자 현덕이 노숙의 편지를 건네주었다. 공명은 편지를 읽고 나서 말했다.

"강남의 군사도 움직이지 않고, 형주의 군사도 움직일 필요 없이 조조가 감히 동남을 넘보지 못하게 하겠습니다."

그는 곧 노숙에게 답서를 썼다.

베개를 높이 베고 아무 염려 마시오. 북쪽 군사가 침범해 온다면 황숙
께서 친히 적병을 물리칠 계책이 있소이다.

사자가 떠난 뒤 유비가 물었다.
"지금 조조가 30만 대군을 일으키고 합비의 군사까지 합쳐 한꺼
번에 쳐들어오는데, 선생께선 어떤 묘계로 그를 물리칠 수 있다는
것이오?"
공명이 대답했다.
"조조가 평생 염려하는 것이 바로 서량의 병사입니다. 그런데 이
번에 조조가 마등을 죽였습니다. 마등의 아들 마초가 지금 서량 군
사를 통솔하고 있는데, 틀림없이 조조놈에게 이를 갈고 있을 것입니
다. 주공께서는 마초에게 글을 보내 그와 손을 잡으십시오. 마초가
군사를 일으켜 동관潼關으로 들어가면 조조가 어느 겨를에 강남으
로 내려오겠습니까?"
현덕은 크게 기뻐했다. 즉시 글을 써서 심복 부하에게 주어 곧장
서량주西涼州로 가서 마초에게 전하게 했다.

한편 서량주에 있던 마초는 어느 날 밤 꿈을 꾸었다. 눈 덮인 땅에
누워 있는데 호랑이 떼가 달려들어 자신을 무는 것이었다. 놀랍고 두
려워 깨어 보니 심중에 의혹이 가득했다. 수하 장수들을 모아 꿈 이

*동관 | 섬서, 산서, 하남 등 세 성省에 걸친 요충지. 지금의 섬서성 동관현 북쪽에 유적이 있다.

야기를 하니, 군막 안에서 한 사람이 나서며 말했다.

"그 꿈은 상서롭지 못한 징조입니다."

모두들 보니 군막 앞의 심복교위校尉 방덕龐德으로, 자를 영명令明이라 하는 사람이었다. 마초가 물었다.

"영명이 보는 바는 어떠한가?"

방덕이 대답했다.

"눈 덮인 땅에서 호랑이를 만났으니 꿈의 징조가 아주 나쁩니다. 혹시 허창에 가신 노老장군께 무슨 일이라도 생긴 것은 아닐까요?"

그 말이 미처 끝나기도 전이었다. 한 사람이 비틀거리며 들어오더니 땅바닥에 엎드려 울면서 절을 했다.

"숙부님과 아우들이 모두 다 죽었습니다!"

마초가 보니 바로 마대였다. 마초가 놀라서 어찌된 까닭인지 물으니, 마대가 대답했다.

"숙부님께선 시랑 황규와 함께 조조를 죽일 일을 꾀하셨는데, 불행히도 일이 누설되는 바람에 모두들 저잣거리에서 참형을 당하셨습니다. 두 아우 역시 해를 입었습니다. 저만 떠돌이 장사꾼으로 분장하여 밤을 도와 도망쳐 오는 길입니다."

마초는 대성통곡하다가 땅바닥에 쓰러지고 말았다. 장수들이 부축해 일으키자 마초는 이를 부득부득 갈며 역적 조조의 만행에 원통해 했다. 이때 형주의 유황숙이 보낸 사람이 편지를 지니고 왔다는 보고가 있었다. 마초가 받아서 뜯어보니 사연은 대략 다음과 같았다.

엎드려 생각건대 한나라 황실이 불행하여 역적 조조가 권세를 거머쥐고 임금을 업신여기니 백성들은 말라 시든 풀같이 되었소. 이 비는 지난날 돌아가신 장군의 부친과 함께 비밀 조서를 받들고 역적을 죽이자고 맹세한 적이 있었소. 이제 장군의 부친께서 조조의 손에 해를 입으셨으니, 이로써 조조는 장군과는 같은 하늘 아래 설 수 없고 해와 달을 함께 바라볼 수 없는 원수가 되었소. 장군께서 서량의 군사들을 거느리고 조조의 오른편(서쪽)을 치신다면 이 비는 마땅히 형양의 무리를 거느리고 조조의 앞을 막으리다. 이리하면 역적 조조를 사로잡을 수 있고, 간사한 무리를 멸할 수 있으며, 원수를 갚고 치욕을 씻을 수 있으며, 한나라를 다시 일으킬 수 있을 것이오. 글로는 뜻을 다 전하지 못하오. 선 채로 답장을 기다리겠소.

글을 읽은 마초는 눈물을 뿌리며 즉시 답장을 적었다. 글을 주어 먼저 사자를 돌려보내고 뒤이어 서량의 군마를 일으켰다. 막 길을 떠나려고 하는데, 서량 태수 한수가 사람을 보내 마초를 청했다. 한수의 부중에 이르니 한수가 조조에게서 온 편지를 꺼내 보여 주었다. 그 내용은 이러했다.

마초를 사로잡아 허도로 보내시면 그대를 서량후西涼侯로 봉하겠소.

마초는 그대로 땅바닥에 엎드리며 말했다.
"숙부께서는 저희 두 형제를 묶어 허창으로 압송하십시오. 그리하면 숙부께서 창칼을 놀리시는 수고를 덜게 될 것입니다."
한수는 마초를 부축해 일으켰다.
"나는 자네 부친과 의형제를 맺은 사인데, 어찌 차마 자네를 해친

오대성 그림

단 말인가? 자네가 군사를 일으킨다면 내가 도와주겠네."

마초는 절하여 감사를 표했다. 한수는 즉시 조조의 사자를 밖으로 끌어내 목을 자르게 했다. 그러고는 수하 8부部의 군마를 점검하여 마초와 함께 나아갔다. 8부란 후선侯選, 정은程銀, 이감李堪, 장횡張橫, 양흥梁興, 성의成宜, 마완馬玩, 양추楊秋였다. 여덟 장수는 한수를 따라 마초 수하의 방덕, 마대와 함께 도합 20만 대군을 일으켜 장안長安으로 치고 들어갔다. 장안 군수 종요鍾繇는 나는 듯이 조조에게 급보를 올리는 한편 적을 막아 싸우기 위해 군사를 거느리고 성을 떠나 들판에 진을 쳤다. 서량주의 전부 선봉 마대가 1만 5천 명의 군사를 이끌고 산과 들을 뒤덮으며 호호탕탕 몰려왔다.

종요가 말을 타고 나가 마대의 말에 대답했다. 마대는 한 자루 보도를 휘두르며 종요와 맞붙었다. 그러나 종요는 단 한 합을 싸우지도 못하고 크게 패해서 달아났다. 마대가 칼을 들고 쫓아갔다. 이때 마초와 한수도 대군을 거느리고 일제히 이르러 장안성을 에워싸 버렸다. 종요는 성으로 들어가 지켰다. 장안은 서한西漢의 도읍지였던 만큼 성곽이 견고하고 해자도 깊고 험해서 급히 깨뜨릴 수가 없었다. 연이어 열흘 동안이나 포위하고 있었지만 성을 깨뜨릴 수가 없었다. 방덕이 계책을 드렸다.

"장안성 안은 토질이 단단하고 물이 짜서 마시기가 어렵습니다. 더욱이 땔나무도 없습니다. 이제 열흘 동안이나 성을 에워쌌으니 군사와 백성이 모두 굶주렸을 것입니다. 그러니 잠시 군사를 거두어 이러이러하게만 하면 장안을 쉽사리 얻을 수 있을 것입니다."

마초가 감탄했다.

"그 계책이 참으로 묘하네그려!"

즉시 '영令' 자 기를 여러 부대로 돌려 모조리 퇴각토록 하고 마초 자신이 직접 뒤를 끊기로 했다. 각 부대의 군마는 서서히 물러갔다. 종요가 이튿날 성 위로 올라가 보니 적군이 모두 물러가고 없었다. 그러나 혹시 무슨 계책이나 있지 않을까 두려웠다. 정탐을 시켜 보고서야 과연 멀리 간 것을 알고 비로소 마음을 놓았다. 종요는 군사와 백성들을 풀어 성을 나가 땔나무도 하고 물도 긷게 하며 성문을 활짝 열어 사람들이 마음 놓고 드나들게 했다. 닷새째 되는 날이었다. 마초의 군사가 다시 몰려온다는 보고가 들어왔다. 군사와 백성들이 앞을 다투어 성으로 들어오자 종요는 다시 성문을 닫아걸고 굳게 지켰다.

이때 종요의 아우 종진鍾進이 서문을 지키고 있었는데, 3경이 가까웠을 무렵 성문 안에 불길이 일어났다. 종진이 급히 불을 끄러 가는데 성벽 곁에서 웬 사람이 돌아 나오더니 칼을 들고 말을 달리며 크게 호통을 쳤다.

"방덕이 여기 있노라!"

종진은 미처 손을 놀려 볼 겨를도 없이 방덕의 칼에 맞아 말 아래로 떨어졌다. 방덕은 장교와 병졸들을 쫓아 버린 다음 빗장을 자르고 자물쇠를 끊어 성문을 열고 마초와 한수의 군마를 성안으로 끌어들였다. 종요는 성을 버리고 동문으로 달아났다. 마초와 한수는 장안성을 얻고 삼군에 상을 내려 수고를 위로했다.

종요는 물러나 동관을 지키면서 조조에게 급보를 올렸다. 장안을 잃은 사실을 안 조조는 감히 다시는 남방으로 정벌할 일을 의논하지 못하고 조홍과 서황을 불러 분부했다.

"먼저 1만 명의 군사를 거느리고 가서 종요 대신 동관을 굳게 지키도록 하라. 열흘 안에 관을 잃으면 모두 목을 자를 것이요, 열흘을 넘기면 너희 둘의 책임과는 상관이 없다. 내가 대군을 거느리고 뒤이어 곧 이르겠다."

두 사람은 장령을 받들고 그 밤으로 즉시 떠났다. 조인이 조조에게 충고했다.

"조홍은 성미가 급해서 일을 그르치지 않을까 정말 걱정됩니다."

조조가 말했다.

"자네는 나와 함께 식량과 말먹이 풀을 호송하면서 즉시 뒤따라 후원하세."

한편 조홍과 서황은 함께 동관에 이르러 종요를 대신해 관을 굳게 지키면서 나가 싸우지 않았다. 마초가 군사를 거느리고 관 아래까지 와서 조조의 조상 3대까지 싸잡아 심한 욕설을 퍼부었다. 발끈 노한 조홍이 군사를 이끌고 관에서 내려가 싸우려 했다. 서황이 말렸다.

"이것은 마초가 장군을 격동시켜 싸우려는 수작이오. 절대로 저들과 싸워서는 아니 되오. 승상께서 대군을 거느리고 오시면 반드시 무슨 계획이 있으실 것이오."

마초의 군사가 밤낮으로 번갈아 와서 욕을 퍼부었다. 조홍은 나가서 싸우고 싶어 안달이고 서황은 한사코 말리느라 애를 썼다. 아흐레째 되는 날이었다. 조홍이 관 위에서 내려다보니 서량 군사들은 모두 말을 버리고 관문 앞 풀밭에 퍼져 앉았는데, 태반은 고단하고 지쳤는지 그대로 땅바닥에 드러누워 있었다. 조홍은 즉시 말을 준비하라 이르고 3천 명의 군사를 점검하여 관에서 달려 나갔다. 서량 군사들은 말을 버리고 창을 내던진 채 달아났다. 조홍은 그들을 놓칠세라 구불구불 길을 따라 뒤를 쫓았다.

이때 서황은 마침 관 위에서 식량 수레를 점검하고 있다가 조홍이 적과 싸우려고 관을 내려갔다는 말을 듣자 깜짝 놀랐다. 급히 군사를 이끌고 뒤따라 나온 그는 조홍을 쫓아가며 말머리를 돌리라고 크게 외쳤다. 바로 이때 갑자기 등 뒤에서 함성이 크게 진동하며 마대가 군사를 거느리고 들이닥쳤다. 조홍과 서황이 급히 말머리를 돌려 달아나는데, 북소리가 한바탕 크게 울리더니 산 뒤로부터 두 부대의 군사가 쏟아져 나오며 길을 막았다. 왼편은 마초요, 오른편은 방덕이었다. 양편 군사들은 한바탕 혼전을 벌였다. 끝내 당해 내지 못한 조홍은 군사를 태반이나 잃고 겹겹으로 둘러싼 에움을 뚫고 나와 관 위로 달려 올라갔다. 그러나 서량 군사들이 뒤따라 쫓아오는 바람에 관을 버리고 달아났다. 방덕은 동관을 지나 줄곧 뒤를 추격하다가 조인의 군마와 마주쳤다. 조인은 조홍을 비롯한 수하의 군사들을 구출했다. 마초 또한 방덕을 뒷받침하여 관으로 올라갔다. 동관을 잃은 조홍은 말을 달려가 조조를 뵈었다. 조조가 물었다.

"너에게 열흘이란 기한을 주었는데 어째서 아흐레 만에 동관을 잃었느냐?"

조홍이 대답했다.

"서량 군사들이 입에 담을 수 없는 욕설을 퍼부었습니다. 또 저쪽 군사들이 맥을 놓고 있는 꼴을 보고 기회를 타고 쫓아갔는데, 뜻밖에도 적의 간계에 빠지고 말았습니다."

조조가 서황을 돌아보고 물었다.

"조홍은 나이 어려 조급하고 난폭하다지만, 서황 자네는 사리를 알아야 하지 않았는가?"

서황이 변명했다.

"여러 번 충고를 드렸으나 듣지 않았습니다. 그날 제가 관 위에서 식량 수레를 점검하다가 소식을 들었을 때는 젊은 장군께서 이미 관을 내려간 뒤였습니다. 그래서 혹 실수가 있을까 걱정되어 허겁지겁 뒤를 쫓아갔으나 그때는 이미 적의 간계에 빠진 뒤였습니다."

크게 노한 조조는 조홍의 목을 치라고 호통 쳤다. 여러 관원들이 용서해 달라고 빌었다. 조홍은 죄를 인정하고 물러갔다.

조조는 군사를 곧바로 진격시켜 동관을 들이치려 했다. 조인이 말했다.

"우선 영채부터 세운 다음에 관을 쳐도 늦지 않을 것입니다."

그 말에 따라 조조는 나무를 찍어다가 울타리를 세우고 영채 셋을 만들게 했다. 왼편 영채에는 조인이 들고, 바른편 영채에는 하후연이 주둔하며, 가운데 영채에는 조조 자신이 들었다. 이튿날 조조는 세 영채의 대소 장교와 사병들을 이끌고 관 앞으로 달려 나가다가 때마침 서량 군사와 정면으로 마주쳤다. 양편에서 각기 진세를 벌였다. 조조가 말을 타고 문기 아래로 나가 살펴보니 서량 군사들은 하나같이 용맹하고 건장하여 모두가 영웅호걸이었다. 다시 마초를 바라보니 얼굴은 분을 바른 듯 새하얗고 입술은 연지를 칠한 듯 붉은데, 허리는 가늘고 어깨는 떡 벌어졌다. 게다가 목소리는 우렁차고 힘이 장사인데 새하얀 전포에다 은빛 갑옷을 걸치고 손에 긴 창을 든 채 진 앞에 말을 세우고 있었다. 오른쪽에는 방덕이 있고, 왼쪽에는 마대가 있었다. 조조는 속으로 은근히 감탄하며 스스로 말을 몰아 앞으로 나가면서 마초에게 말을 건넸다.

"그대는 한나라 명장의 자손인데 무슨 까닭으로 배반을 하는가?"

마초는 이를 갈아 부치면서 크게 욕설을 퍼부었다.

"조조, 이 역적놈! 임금을 속이고 능멸하는 죄만 해도 죽어 마땅한데, 나의 부친과 아우들까지 해쳤으니 불구대천의 원수가 아니냐? 내 마땅히 너를 산 채로 잡아 살을 씹고야 말겠다!"

말을 마친 마초는 창을 꼬나들고 곧장 조조를 향해 달려왔다. 조조의 등 뒤에서 우금이 내달아 마초를 맞이했다. 두 말이 어우러져 싸운 지 8,9합이 되자 우금이 패해서 달아났다. 뒤이어 장합이 나와 싸웠으나 20합 만에 역시 패해서 달아났다. 이번에는 이통李通이 나와서 그를 맞았다. 마초는 위엄을 떨쳐 그와 싸우다가 몇 합이 지나지 않아 단창에 이통을 찔러 말 아래로 거꾸러뜨렸다. 마초가 창을 뒤로 향했다가 번쩍 들어 올리며 부하들을 부르자 서량 군사들이 일제히 돌격해 왔다. 조조의 군사는 크게 패했다. 서량 군사의 형세가 어찌나 사나운지 조조의 좌우를 맡은 장수들이 아무도 막아 내지 못했다. 마초는 방덕, 마대와 함께 1백여 기를 이끌고 곧바로 중군으로 뛰어들며 조조를 사로잡으려 했다. 혼란스러운 군중에 있던 조조의 귀에 문득 서량 군사들이 크게 외치는 소리가 들렸다.

"붉은 전포를 입은 놈이 조조다!"

조조는 말 위에서 급히 홍포紅袍를 벗어 버렸다. 그러자 다시 큰 고함 소리가 들렸다.

"수염 긴 놈이 조조다!"

놀라고 당황한 조조는 차고 있던 패도를 뽑아 수염을 잘라 버렸다.

군사들 가운데 조조가 수염 자른 일을 마초에게 알린 자가 있었다. 마초는 즉시 사람들을 시켜 외치게 했다.

"수염 짧은 놈이 조조다!"

그 소리를 들은 조조는 즉시 깃발 귀퉁이를 찢어 목을 감싼 채 달아났다. 후세 사람이 지은 시가 있다.

동관전투 대패하고 얼굴만 봐도 달아날 때 /
조맹덕은 허둥지둥 비단 전포 벗어 던지네. //
칼 뽑아 수염 자를 땐 간담이 떨어졌을 터 /
마초의 이름값이 하늘 덮을 만큼 높아졌네.
潼關戰敗望風逃, 孟德倉皇脫錦袍. 劍割髭髯應喪膽, 馬超聲價蓋天高.

조조가 한창 달아나고 있는데 등 뒤에서 누군가 말을 타고 쫓아왔다. 머리를 돌려 보니 바로 마초였다. 조조는 소스라치게 놀랐다. 좌우에서 따르던 장교들은 마초가 쫓아오는 것을 보자 제각기 목숨을 구해 달아나느라 조조는 혼자 방치되고 말았다. 마초가 사나운 음성으로 크게 소리쳤다.

"조조는 달아나지 말라!"

조조는 너무나 놀란 나머지 채찍을 떨어뜨리고 말았다. 어느새 따라잡은 마초가 뒤에서 냅다 창을 찔렀다. 그 순간 조조가 나무를 감아 돌며 달아나는 바람에 마초가 내지른 창은 그만 나무에 콱 박히고 말았다. 마초가 급히 나무에 박힌 창을 뽑았을 땐 조조는 이미 멀리 달아난 뒤였다. 마초가 말을 달려 그 뒤를 쫓는데, 산비탈 곁에서 장수 하나가 돌아 나오며 크게 소리를 질렀다.

"우리 주공을 해치지 말라! 조홍이 여기 있다!"

조홍은 칼을 휘두르며 말을 달려 마초를 가로막았다. 이 덕분에 조조는 목숨을 구해 달아날 수 있었다. 조홍이 마초와 더불어 싸우는데, 4,50합이 되자 차츰 칼 쓰는 법이 흐트러지고 힘이 달렸다. 이때 하후연이 기병 수십 기를 이끌고 쫓아왔다. 마초는 혼자서는 당해 내지 못할 것을 염려하여 그대로 말머리를 돌려 돌아갔다. 하후연도 뒤를 쫓지 않았다.

조조가 영채로 돌아와 보니 그 사이 조인이 죽기로써 영채를 지킨

오대성 그림

덕분에 의외로 군사를 많이 잃지는 않았다. 조조는 군막 안으로 들어오더니 탄식을 했다.

"조홍을 죽였더라면 오늘 나는 영락없이 마초의 손에 죽고 말았을 것이야!"

그리고는 조홍을 불러 후한 상을 내리고 패군을 수습하여 영채를 굳게 지켰다. 도랑을 깊이 파고 보루를 높이 쌓은 다음 군사들이 나가서 싸우는 것을 허락하지 않았다. 마초는 날마다 군사를 이끌고 영채 앞으로 와서 욕설을 퍼부으며 싸움을 걸었다. 그러나 조조는 군사들에게 굳게 지키게 하고 함부로 움직이는 자가 있으면 목을 치겠다는 명령을 내렸다. 장수들이 말했다.

"서량의 군사들은 모두 긴 창을 쓰니 우리는 활과 쇠뇌 쏘는 군사를 뽑아서 맞서야 합니다."

조조가 대꾸했다.

"싸우느냐 싸우지 않느냐 하는 것은 모두 나에게 달렸지 적에게 달린 것이 아니오. 적이 비록 장창을 가졌다지만 어찌 바로 우리를 찌를 수 있겠소? 여러분은 그저 성벽만 견고히 지키면서 살피기만 하시오. 그러면 적은 저절로 물러갈 것이오."

장수들은 자기네끼리 의논했다.

"승상께서는 본래 정벌 전쟁에서는 항상 직접 앞장서셨는데, 이번에 마초에게 패하시고는 어찌 이처럼 약해지셨단 말인가?"

며칠이 지나자 첩자가 와서 보고했다.

"마초가 다시 신병 2만 명을 늘려서 싸움을 돕게 했는데, 강인羌人 부락에서 온 자들이라 합니다."

이 소식을 들은 조조는 아주 기뻐했다. 장수들이 물었다.

"마초의 군사가 불었다는데 승상께서 도리어 기뻐하시니, 무슨 까닭입니까?"

조조는 즉답을 피했다.

"이긴 다음에 말해 주겠네."

사흘이 지나자 관 위의 군사가 다시 불어났다는 보고가 들어왔다. 조조는 대단히 기뻐하며 막사 안에 잔치를 베풀어 축하했다. 장수들은 모두 속으로 웃었다. 조조가 그들의 마음을 알고 물었다.

"여러분은 나에게 마초를 깨뜨릴 계책이 없다고 웃는 모양인데, 그럼 공들에게는 어떤 좋은 계책이 있소?"

서황이 나서서 말했다.

"지금 승상께서는 대군을 거느리고 이곳에 계시고 적도 또한 전군을 관 위에 주둔시키고 있으니, 이곳에서 하서河西(황하 서쪽 지역)로 가는 길에는 방비가 없을 것입니다. 만약 한 부대의 군사를 보내 가만히 포판진蒲阪津(황하의 나루터. 포진蒲津)을 건너 먼저 적이 돌아갈 길을 끊은 다음 승상께서 곧장 하북河北(황하의 북쪽)으로 나아가 치시면 적은 양쪽이 서로 호응하지 못하게 되어 형세가 위급해질 것입니다."

"공명公明(서황의 자)의 말이 바로 내 뜻에 합치되오."

조조는 즉시 서황에게 정병 4천 명을 이끌고 주령朱靈과 함께 황하 서쪽을 습격하여 산골짜기에 매복하도록 했다.

"내가 하북으로 건너가기를 기다려 동시에 적을 치시오."

서황과 주령은 명령을 받들어 먼저 4천 명의 군사를 이끌고 몰래 떠났다. 그 다음 조조는 조홍에게 포판진에 가서 선박과 뗏목을 준비하게 했다. 그리고 조인을 남겨 영채를 지키게 하고, 자신은 몸소 군사를 거느리고 위하渭河(황하의 지류인 위수渭水)를 건너기로 했다.

어느새 첩자가 이 사실을 알아다 마초에게 보고했다. 마초가 한수에게 말했다.

"지금 조조가 동관을 치지 않고 배와 뗏목을 준비하여 하북으로 건너가려고 하는 것은 틀림없이 우리의 뒤를 막자는 수작입니다. 내가 한 부대의 군사를 이끌고 황하를 따라 북쪽 기슭을 막고 있겠습니다. 조조의 군사가 강을 건너지 못하면 20일이 못 되어 하동河東에 있는 식량은 바닥날 것이고 조조의 군사들도 혼란에 빠질 것입니다. 그때 황하 남쪽을 따라 들이치면 조조를 사로잡을 수 있을 것입니다."

한수의 견해는 달랐다.

"그럴 필요가 없네. 병법에서 '군사가 반쯤 건넜을 때 치라'고 한 말도 듣지 못했는가? 조조의 군사가 강을 반쯤 건너기를 기다려 자네가 남쪽 기슭에서 몰아치면 조조의 군사는 모두 강물에 빠져 죽을 걸세."

마초가 동의했다.

"숙부님의 말씀이 대단히 훌륭합니다."

즉시 사람을 시켜 조조가 언제쯤 황하를 건너는지 알아 오게 했다.

한편 조조는 군마를 정돈하고 군사를 세 대로 나누어 위하를 건너려고 앞으로 나아갔다. 인마가 강어귀에 당도했을 때 아침 해가 떠올랐다. 조조는 먼저 정예 군사를 보내 북쪽 기슭으로 건너가 영채를 세우게 했다. 그리고 자신은 직접 수하의 호위 장병 1백여 명을 거느리고 허리에 찬 검에 손을 얹은 채 남쪽 언덕에 앉아 군사들이 강을 건너는 광경을 바라보고 있었다. 그때 사람이 달려와 보고했다.

"뒤쪽에 새하얀 전포를 입은 장군이 당도했습니다!"

사람들은 모두가 마초임을 알고 한꺼번에 배 있는 데로 몰려들었다. 강변의 병사들이 서로 먼저 배에 오르려고 다투는 바람에 떠들썩한 소리가 그치지 않았다. 그러나 조조는 여전히 꼼짝 않고 그 자리에 앉아 칼자루에 손을 얹은 채 법석을 떨지 못하도록 했다. 문득 사람의 고함 소리와 말 우는 소리가 들리면서 적병이 벌 떼처럼 몰려왔다. 배 위에서 한 장수가 몸을 솟구쳐 기슭으로 뛰어오르더니 조조를 불렀다.

"적병이 도착했습니다! 승상께서는 어서 배에 오르소서!"

조조가 보니 바로 허저였다. 조조는 그래도 입 속으로 중얼거렸다.

"적이 온들 무슨 상관이냐?"

머리를 돌려 보니 마초는 이미 1백여 보밖에 안 되는 곳까지 다가와 있었다. 허저가 즉시 조조를 잡아끌고 배에 오르려 할 때였다. 배는 이미 한 길 남짓 기슭을 떠나 있었다. 허저는 얼른 조조를 들쳐 업고 배 위로 훌쩍 뛰어올랐다. 수하의 호위 장병들도 모조리 물로 내려와서 뱃전을 부여잡고 저마다 먼저 배에 올라 목숨을 건지려고 다투었다. 배는 작아서 금방이라도 뒤집힐 것만 같았다. 허저가 칼을 뽑아 닥치는 대로 찍었다. 뱃전을 잡은 손들이 잘려 나가고 장병들은 물속으로 처박혔다. 허저는 급히 배를 저어 하류로 내려갔다. 허저는 고물에 서서 분주히 삿대질을 하고, 조조는 허저의 발치에 납죽 엎드리고 있었다.

마초가 강가까지 쫓아와 보니 배는 어느 틈에 강 가운데에 가 있었다. 그는 즉시 시위에 살을 메기면서 날쌘 장수들에게 강변을 따라 내려가면서 활을 쏘게 했다. 화살은 소나기처럼 쏟아졌다. 허저는 조조가 다치지나 않을까 걱정되어 왼손으로 말안장을 들어 조조를 가렸다. 마초가 쏘는 화살은 빗나가는 법이 없어서 시위 소리가 울리기만 하면 노를 젓던 사람들이 하나씩 물속으로 처박히곤했다. 배 안에 있던 수십 명이 모두 화살에 맞아 쓰러지고 말았다. 노 저을 사람이 없어지자 배는 평형을 유지하지 못하고 급류에 휘말려 소용돌이쳤다. 허저는 홀로 혼신의 힘을 다 해 두 다리 사이에 방향타를 끼고 이리저리 흔들어 배의 방향을 잡으면서 한 손으로는 삿대질을 하고 다른 한 손으로는 말안장을 들고 조조를 가려보호했다.

이때 마침 위남渭南 현령 정비丁斐가 남산 위에 있다가 마초가 조조를 매우 급하게 쫓는 광경을 보았다. 조조가 다치지나 않을까 걱정이 된 정비는 즉시 영채 안에 있던 소와 말들을 모조리 밖으로 몰아냈다. 산과 들에 소와 말들이 뒤덮였다. 이것을 본 서량 군사들은 모두 돌아서서 다투어 마소들을 붙잡느라 조조를 쫓아갈 마음이 사라졌다. 이로 인해 위기를 벗어난 조조는 비로소 북쪽 기슭에 이를 수 있었다. 그는 즉시 배와 뗏목에 구멍을 내어 물속에 가라앉혔다. 장수들이 조조가 강 가운데서 어려움을 당하고 있다는 말을 듣고 급히 구하러 갔을 때는 이미 조조는 기슭에 오른 뒤였다. 허저는 무겁고 두꺼운 갑옷을 입은 덕분에 화살이 모두 갑옷에 꽂혀 있었다. 조조를 호위하여 야전 막사에 이른 장수들은 모두들 땅에 엎드려 절을 하며 문안을 올렸다. 조조는 껄껄 웃었다.

"내 오늘 하마터면 조그만 도적에게 붙잡힐 뻔했구려!"

허저가 말했다.

"만약 누군가 마소를 풀어놓아 적을 유인하지 않았더라면 적은 필시 힘을 다해 강을 건넜을 것입니다.”

조조가 물었다.

“적을 유인한 사람은 누구인가?”

아는 자가 있어 대답했다.

“위남 현령 정비입니다.”

조금 지나자 정비가 들어와 알현했다. 조조가 감사 인사를 했다.

“만약 공의 훌륭한 계책이 아니었다면 나는 아마 도적들에게 사로 잡히고 말았을 것이오.”

그러고는 즉시 정비를 전군교위典軍校尉로 임명했다. 정비가 말했다.

“적은 비록 물러갔지만 내일 반드시 다시 올 것입니다. 좋은 계책을 써서 막으셔야 합니다.”

조조가 대답했다.

“내 이미 준비해 두었소.”

즉시 장수들을 불러 여러 패로 나뉘어 황하를 따라 임시 방어벽인 용도甬道를 만들게 했다. 적이 올 때는 용도 밖에 군사들을 늘여 세우고 용도 안에 빈 깃발을 꽂아 의병疑兵으로 삼는다는 계획이었다. 다시 황하를 따라 참호를 파고 부드러운 흙으로 덮개를 만들어 씌운 다음 강물에 군사들을 배치하여 적을 유인하도록 했다.

“적은 급히 달려오다가 반드시 참호에 빠질 것이니, 적군이 빠지면 즉시 치도록 하라.”

한편 마초는 돌아가서 한수를 만나 말했다.

“조조를 거의 사로잡을 뻔했습니다. 그런데 웬 장수 하나가 용맹을 떨쳐 조조를 업고 배로 올라갔는데, 그게 누군지 모르겠습니다.”

한수가 말했다.

"내 들자니 조조는 극히 건장한 자들을 뽑아 군막 앞 시위侍衛로 삼고 '호위군虎衛軍'이라고 부른다더군. 그리고 날래고 용맹한 전위와 허저에게 그들을 거느리게 했다고 하네. 전위는 이미 죽었으니 이번에 조조를 구한 자는 틀림없이 허저일 걸세. 이 사람은 용맹과 힘이 남달리 뛰어나 사람들이 모두 '호치虎痴'라고 부른다네. 그와 맞닥뜨리면 얕보아서는 아니 되네."

오대성 그림

마초가 대꾸했다.

"저 역시 그 이름을 들은 지 오랩니다."

한수가 또 말했다.

"이제 조조가 황하를 건넜으니 우리의 배후를 엄습할 것이네. 속히 공격하여 그들이 영채를 세우지 못하게 해야 하네. 만약 영채를 세우게 되면 급히 제거하기가 어렵게 되네."

마초가 말했다.

"이 조카의 어리석은 생각으로는 역시 북쪽 기슭을 막아 그가 황하를 건너지 못하도록 하는 것이 상책일 것입니다."

한수가 제의했다.

"조카님은 영채를 지키고 내가 군사를 이끌고 강을 따라 조조와 싸운다면 어떻겠는가?"

마초가 찬성했다.

"방덕을 선봉으로 삼아 숙부님을 따라가게 하겠습니다."

이에 한수는 방덕과 함께 군사 5만 명을 거느리고 곧바로 위남渭南에 이르렀다. 조조는 장수들에게 용도 양편에서 적을 유인하게 했다. 방덕이 먼저 철갑기병 1천여 기를 이끌고 돌격해 왔다. 그러나 함성이 일어나는 곳에 사람과 말이 한꺼번에 구덩이에 빠지고 말았다. 방덕은 몸을 훌쩍 솟구치며 구덩이 속에서 뛰쳐나오더니 평지에 섰다. 그러고는 선 채로 몇 명을 죽이고 도보로 걸으면서 겹겹의 포위망을 뚫고 나왔다. 이때 한수는 한가운데 들어가 포위를 당하고 있었다. 방덕이 도보로 그를 구하러 가다가 때마침 조인의 수하 장수 조영曹永과 마주쳤다. 방덕은 단칼에 그를 찍어 말 아래 거꾸러뜨린 다음 그의 말을 뺏어 타고 한 가닥 혈로를 뚫고 한수를 구해 동남쪽으로 달아났다. 등 뒤에서 조조의 군사들이 추격했다. 마초가 군사를 이끌고 와서 후원한 덕분에 조조의 군사를 물리치고 다시 태반의 군사들을 구출하게 되었다. 그들은 날이 저물녘까지 싸우고서야 비로소 돌아왔다. 인마를 점검해 보니 장수 정은程銀과 장횡張橫을 잃었고, 구덩이에 빠져 죽은 자가 2백 명이 넘었다. 마초는 한수와 대책을 상의했다.

"시일을 오래 끌다가 조조 편에서 황하 북쪽에 영채를 세우면 물리치기가 어려울 것입니다. 오늘밤 날랜 기병들을 이끌고 가서 적의 야전 막사를 치는 것이 좋을 것 같습니다."

한수도 동의했다.

"반드시 앞뒤에서 서로 구할 수 있도록 군사를 나누어야 하네."

이리하여 마초는 스스로 선두 부대가 되고, 방덕과 마대에게 뒤를 받치게 하고선 그 날 밤에 바로 출동하기로 했다.

한편 조조는 군사를 수습해서 위하 북쪽에 주둔하며 장수들을 불러 분부했다.

"적은 우리가 아직 영채와 목책을 세우지 못한 것을 깔보고 반드시 야전 막사를 치러 올 것이오. 군사를 사방으로 흩어 매복시켜 놓고 중군은 비우시오. 신호포 소리가 울릴 때 매복한 군사들이 모조리 일어나면 북 한번 쳐서 적들을 사로잡을 수 있을 것이오."

장수들은 명령대로 군사들의 매복을 마쳤다. 그날 밤 마초는 먼저 성의成宜에게 기병 30기를 이끌고 한 걸음 앞서 나아가 적정을 탐지하게 했다. 영채를 지키는 인마가 없는 것을 본 성의는 곧장 중군으로 뛰어들었다. 서량병이 이른 것을 본 조조의 군사는 즉시 신호포를 터뜨렸다. 사방으로 매복한 군사들이 일제히 쏟아져 나왔으나 그들이 에워싼 것은 단지 기병 30기뿐이었다. 성의는 하후연의 손에 피살되고 말았다. 그때 등 뒤로부터 마초가 방덕, 마대와 함께 세 길로 군사를 나누어 벌 떼처럼 몰려들었다. 이야말로 다음 대구와 같다.

설령 매복 군사가 적을 기다린다지만 /
앞 다투는 건장들 어떻게 당해 내랴?
縱有伏兵能候敵　怎當健將共爭先

승부는 어떻게 될 것인가, 다음 회를 보라.

59

마초와 허저의 난투극

허저는 벌거벗은 채로 마초와 싸우고
조조는 글을 지어 한수를 이간시키다
許褚裸衣鬪馬超　曹操抹書間韓遂

이날 밤 양쪽 군사들은 서로 뒤범벅이 되어 싸우다가 날이 훤히 밝을 무렵에야 각기 군사를 거두었다. 마초는 위구渭口(위수渭水가 황하로 흘러드는 곳)에 군사를 주둔시켜 놓고 밤낮으로 군사를 나누어 앞뒤로 조조를 공격했다. 조조는 위하渭河에 배와 뗏목을 쇠사슬로 연결한 부교를 세 개나 만들어 남쪽 기슭에 닿게 했다. 조인은 군사를 이끌어 위하를 끼고 영채를 세운 다음 식량과 말먹이 풀을 실은 수레들을 줄줄이 이어 울타리로 삼았다. 이 소식을 들은 마초는 풀단과 불씨를 지닌 군사를 이끌고

한수와 힘을 합쳐 조조의 영채 앞으로 쳐들어가 풀을 쌓아 놓고 불을 질렀다. 조조의 군사들이 당해 내지 못하여 영채를 버리고 달아났다. 수레와 부교는 깡그리 불에 타고 말았다. 서량 군사는 대승을 거두고 위하의 통행을 차단시켰다. 영채를 세우지 못한 조조는 속으로 두렵고 걱정이 되었다. 순유가 말했다.

"위하의 모래흙을 파다가 토성을 쌓으면 굳게 지킬 수 있을 것입니다."

조조는 3만 명의 군사를 동원하여 흙을 져 날라다 성을 쌓게 했다. 그러자 마초가 또 방덕과 마대를 시켜 각각 기병 5백 명을 이끌고 이리저리 오가면서 들이쳤다. 그런데다 모래흙이 푸슬푸슬하여 담은 쌓는 즉시 허물어졌다. 조조는 어떻게 해볼 방도가 없었다. 때는 9월 말이 가까워 날씨는 매섭게 춥고 먹장구름이 하늘을 뒤덮어 며칠이 지나도록 개지 않았다. 조조가 영채 안에서 답답한 심사를 이기지 못하고 있는데, 갑자기 사람이 들어와서 보고했다.

"웬 노인이 찾아와 승상을 뵙고 계책을 말씀드리고 싶다고 합니다."

조조가 만나 보니 학 같은 모습에 소나무 같은 자태인데 생김생김이 고아하고 예스러웠다. 그는 종남산終南山에 숨어 사는 경조京兆 사람으로 성은 누婁요 이름은 자백子伯이며 도호는 몽매거사夢梅居士라고 했다. 조조는 예를 갖추어 공손히 대했다. 누자백이 물었다.

"승상께서는 위하를 가로타고 영채를 세우려 하신 지가 오래인데, 지금 어찌하여 이 좋은 기회를 이용하여 보루를 쌓지 않으십니까?"

조조가 대답했다.

"모래흙이라 보루를 쌓으면 바로 허물어집니다. 은사隱士께서는 나에게 가르쳐 줄 무슨 좋은 계책이라도 있소?"

누자백이 말했다.

"승상께서는 군사는 귀신같이 부리면서 어찌 천시天時를 모르십니까? 연일 먹장구름이 하늘을 덮고 있으니 삭풍朔風(북풍)이 일기만 하면 반드시 꽁꽁 얼어붙을 것입니다. 바람이 일어난 다음 군사들을 몰아 흙을 운반하여 물을 뿌리게 하십시오. 날이 밝을 무렵이면 토성은 이루어질 것입니다."

조조는 크게 깨닫고 후한 상을 내렸다. 그러나 누자백은 상을 받지 않고 가 버렸다.

이날 밤 북풍이 세차게 불었다. 조조는 군사란 군사는 모조리 동원하여 흙을 나르고 물을 끼얹게 했다. 물을 담을 그릇이 없어 올이 촘촘한 비단으로 주머니를 만들어 물을 담아다 모래흙에 끼얹게 하니, 쌓는 족족 얼어붙었다. 날이 밝을 무렵에는 모래와 물이 단단히 얼어붙어 토성이 이미 완성되었다. 첩자가 마초에게 보고했다. 군사를 거느리고 와서 살펴본 마초는 깜짝 놀라며 신령이 도운 것이나 아닌지 의심스러운 지경이었다. 이튿날 마초는 대군을 모아 북을 울리며 전진했다. 조조가 직접 말을 타고 영채에서 나왔다. 따르는 사람이라곤 허저 한 명뿐이었다. 조조가 채찍을 번쩍 들고 큰소리로 외쳤다.

"맹덕이 단기로 여기까지 왔다! 마초는 나와서 대답하라!"

마초가 말에 올라 창을 꼬나들고 나왔다. 조조가 뽐을 내며 말했다.

"너는 내가 영채를 세우지 못한다고 깔보았지만, 이제 하룻밤 사이에 하늘이 보루를 쌓게 해주었다. 너는 어찌하여 일찌감치 항복하지 않느냐?"

몹시 화가 난 마초는 앞으로 돌진하여 조조를 사로잡으려고 했다. 그때 조조의 등 뒤에 한 사람이 버티고 있는 것이 보였다. 괴상하게 생긴 눈을 부릅뜨고 강철 칼을 든 그는 고삐를 잡아당겨 말을 멈추고 있었다. 마초는 아마도 허저일 것이라 생각하고 채찍을 번쩍 쳐들며 물었다.

"너희 군중에 호후虎侯가 있다던데 어디에 있느냐?"

허저가 칼을 든 채 크게 소리쳤다.

"내가 바로 초군譙郡의 허저다!"

눈에서는 빛이 번쩍번쩍 쏟아지고 몸에서는 위풍이 넘쳐흘렀다. 마초는 감히 움직일 수가 없어 말머리를 돌려 되돌아갔다. 조조 역시 허저를 데리고 영채로 돌아갔다. 그 광경을 목격한 양쪽 군사들은 놀라지 않는 자가 없었다. 조조가 장수들에게 말했다.

"도적들도 중강仲康(허저의 자)이 바로 호후인 줄 아는구먼!"

이때부터 군중에서는 모두들 허저를 호후라고 불렀다. 허저가 말했다.

"제가 내일 반드시 마초를 사로잡겠습니다."

조조가 말렸다.

"마초는 빼어나게 용맹하니 가볍게 대적해서는 아니 되네."

허저는 굽히지 않았다.

"저는 맹세코 그와 죽기로써 싸우겠습니다!"

즉시 호후가 단신으로 마초에게 도전하니 내일 결전을 벌이자는 내용의 전서戰書를 보냈다. 전서를 받은 마초는 크게 노했다.

"어찌 감히 이다지도 나를 업신여긴단 말이냐?"

즉시 답서를 보내며 내일 기필코 '호치虎痴(멍청한 호랑이)'를 죽이리라 맹세했다.

이튿날이 되자 양쪽 군사들이 영채에서 나와 진을 쳤다. 마초는 방덕을 왼쪽 날개로 삼고 마대를 오른쪽 날개로 삼았다. 그리고 한수에겐 중군을 맡게 했다. 마초는 창을 꼬나들고 말을 달려 진 앞으로 나서며 크게 소리쳤다.

"호치는 어서 나오라!"

문기 아래 있던 조조가 장수들을 돌아보며 말했다.

"마초의 용맹은 여포에 못지않군!"

그 말이 채 끝나기도 전에 허저가 말을 다그쳐 몰고 칼을 휘두르며 나타났다. 마초가 창을 꼬나들고 맞붙었다. 둘은 1백여 합을 싸웠으나 승부가 나지 않았다. 말들이 지치는 바람에 두 사람은 각기 군중으로 돌아가 말을 갈아타고 다시 진 앞으로 나왔다. 또다시 1백여 합을 싸웠지만 여전히 승부가 나지 않았다. 몸이 달아오른 허저가 나는 듯이 진으로 돌아가더니 투구와 갑옷을 벗어 버렸다. 온몸에 근육이 울퉁불퉁 튀어나왔다. 시뻘건 알몸으로 칼을 들고 몸을 날려 말에 오른 허저는 다시 마초와 결전을 벌이러 달려 나왔다. 양쪽 군사들은 깜짝 놀랐다.

두 사람이 다시 30여 합을 싸웠을 때였다. 허저가 위풍을 떨치며 칼을 번쩍 처들더니 그대로 마초를 내리찍었다. 번개처럼 몸을 피한 마초는 허저의 명치를 겨누고 냅다 창을 내질렀다. 허저는 얼른 칼을 내던지고 날아오는 창을 덥석 겨드랑이에 끼었다. 두 사람은 말 위에서 서로 창을 빼앗으려고 실랑이를 벌였다. 힘이 센 허저가 기운을 쓰자 '뚝!' 소리와 동시에 창대가 부러지고 말았다. 두 사람은 제각기 반으로 토막 난 창대를 잡고 말 위에서 난타전을 벌였다. 조조는 내심 허저가 실수라도 하지 않을까 걱정이 되어 하후연과 조홍 두 장수에게 한꺼번에 달려 나가 마초를 협공하라고 명했다.

조조의 장수들이 한꺼번에 달려 나오자 방덕과 마대가 양쪽 날개의 철갑 기병을 휘몰고 나와 가로 세로 닥치는 대로 들이쳤다. 조조의 군사들은 크게 혼란에 빠졌다. 허저가 팔에 두 군데나 화살을 맞자, 장수들은 허겁지겁 퇴각하여 영채로 들어가 버렸다. 마초가 줄곧 무찌르며 해자 앞까지 쳐들어가자 조조의 군사들은 태반이 죽거나 다쳤다. 조조는 군사들에게 문을 굳게 닫아걸고 나가지 못하게 했다. 마초는 위구로 돌아가 한수에게 말했다.

"제가 흉악하게 싸우는 놈들은 많이 보았으나 허저 같은 놈은 처음입니다. 참으로 '호치'더군요!"

한편 조조는 계책을 써서 마초를 깨뜨려야겠다고 계산하고, 서황과 주령에게 은밀히 하서로 건너가서 영채를 세우고 앞뒤에서 협공하게 했다. 하루는 조조가 성 위에서 바라보니 마초가 기병 수백 기를 이끌고 영채 앞까지 바싹 다가와 나는 듯이 왕래하는 게 아닌가? 한동안 그 광경을 살펴보고 있던 조조는 투구를 벗어 땅바닥에 내동댕이치며 소리쳤다.

"마가 자식이 죽지 않는 이상 나는 죽어도 장사지낼 땅이 없겠구나!"

이 말을 들은 하후연은 가슴에 분노가 치밀어 올랐다. 그는 사나운 음성으로 소리쳤다.

"제가 차라리 이곳에서 죽을지언정 맹세코 마가 도적을 없애겠

오대성 그림

습니다!"

그러고는 수하의 1천여 명을 이끌고 영채 문을 활짝 열어젖히고 그대로 밖으로 달려 나갔다. 조조가 급히 제지하려 했지만 그럴 겨를이 없었다. 하후연이 혹시라도 실수하지 않을까 걱정한 조조는 황급히 말에 올라 직접 후원하러 나갔다. 조조의 군사가 달려 나오는 것을 본 마초는 곧바로 전군을 후대로 삼고 후대를 선봉으로 삼아서 한 일一자로 벌려 세웠다. 하후연이 도착하자 마초가 맞이하여 싸웠다. 혼란스러운 군중에서 조조의 모습을 발견한 마초는 하후연은 버린 채 곧바로 조조에게 달려들었다. 깜짝 놀란 조조가 말머리를 돌려 달아나자 조조의 군사는 크게 어지러워졌다.

마초가 한창 조조의 뒤를 쫓고 있을 때였다. 조조군의 한 부대가 이미 하서에다 영채를 세웠다는 보고가 들어왔다. 크게 놀란 마초는 더 이상 추격할 마음이 사라졌다. 그는 급히 군사를 거두어 영채로 돌아가서 한수와 대책을 상의했다.

"조조의 군사가 우리의 빈틈을 이용하여 이미 하서로 건너갔습니다. 앞뒤로 적의 공격을 받게 되었으니 어떻게 하면 좋겠습니까?"

한수의 부하 장수 이감李堪이 말했다.

"땅을 떼어 주는 조건으로 화친을 청하여 양편 모두 잠시 군사를 물리는 것이 좋겠습니다. 겨울을 지나고 봄이 되어 날씨가 따뜻해지면 다시 대책을 의논하시지요."

한수가 찬성했다.

"이감의 말이 아주 좋으니 그 말을 따르기로 하세."

마초는 주저하며 결정을 내리지 못하는데, 양추楊秋와 후선侯選도 모두 화친을 권했다. 이리하여 한수는 양추를 조조의 영채로 보내 편지를 전하게 했다. 편지에는 땅을 떼어 주는 조건으로 화친을 청한다는 말이 적혀 있었다. 조조가 말했다.

"그대는 우선 영채로 돌아가라. 내일 사람을 보내 답을 주겠다."

양추가 인사하고 나가자 가후가 들어와 조조에게 물었다.

"승상의 생각은 어떠하십니까?"

조조가 되물었다.

"공이 보는 바는 어떠하오?"

가후가 대답했다.

"전쟁에는 속임수도 마다하지 않는 법이니 허락하는 척하시지요. 그런 다음 반간계를 써서 한수와 마초가 서로 의심하도록 만든다면 한번 북을 울려서 깨뜨릴 수 있을 것입니다."

조조는 손뼉을 치며 크게 기뻐했다.

"천하의 고견은 합치하기 마련인가 보오. 문화文和(가후의 자)의 계책이 바로 내가 생각하는 대로요."

조조는 사람을 시켜 답서를 전하게 했다.

내가 서서히 군사를 퇴각시킨 다음 그대에게 하서의 땅을 돌려주겠다.

그러는 한편 부교를 만들어 철군할 것처럼 꾸몄다. 글을 보고 마초가 한수에게 말했다.

"조조가 비록 화친을 허락했지만 간웅의 마음은 짐작하기가 어렵습니다. 대비하지 않으면 제압당할 것입니다. 저와 숙부님이 교대로 군사를 움직여서, 오늘 숙부님이 조조 쪽으로 가시면 저는 서황 쪽으로 가고, 내일은 제가 조조 쪽으로 가고 숙부님은 서황 쪽으로 가시지요. 이렇게 역할을 나누어 그의 속임수를 방비하는 겁니다."

한수는 그 계책에 따라 움직였다.

그러나 어느 틈에 이 계책을 탐지하여 조조에게 알린 사람이 있었다. 조조가 가후를 돌아보고 말했다.

"나의 일이 성사되는구려!"

그러고는 그 소식을 전한 사람에게 물었다.

"내일은 누가 내 쪽으로 올 차례냐?"

그 사람이 대답했다.

"한수입니다."

이튿날 조조는 장수들을 이끌고 영채를 나섰다. 사람들이 좌우로 조조를 에워싸자 가운데서 말을 탄 조조의 모습이 유독 두드러져 보였다. 한수의 수하 병졸들 가운데는 조조를 모르는 자들이 많았기 때문에 진 앞으로 나와 구경을 했다. 조조가 목청을 높여 소리쳤다.

"너희 군사들은 조공을 보려는 게냐? 나 역시 사람이니라. 눈이 넷에 입이 둘 달린 건 아니다. 단지 남보다 지모가 많을 뿐이니라."

군사들은 모두가 두려워하는 기색을 나타냈다. 조조가 상대의 진지로 사람을 보내 한수에게 말을 전하게 했다.

"승상께서 한장군과 말씀을 나누자고 하십니다."

한수가 즉시 진 앞으로 나와 보니 조조는 갑옷도 입지 않고 무기도 들고 있지 않았다. 이에 그 역시 갑옷을 벗고 가벼운 옷차림으로 혼자 말을 타고 나갔다. 두 사람은 말머리가 교차하자 각기 말고삐를 당겨 세운 채 대화를 나누었다. 조조가 먼저 입을 열었다.

"나는 장군의 부친과 같은 해에 효렴으로 천거되었는데, 일찍이 그분을 아저씨로 섬겼지요. 나는 또 공과도 함께 벼슬길에 올랐는데 그것도 어느새 몇 해가 지났구려. 장군은 금년에 연세가 몇이시오?"

한수가 대답했다.

"마흔입니다."

조조가 다시 말했다.

"지난날 경사에 있을 때는 모두 새파란 젊은이였는데 어느새 중년이 되었구려! 어찌하면 천하가 태평해져 함께 즐겨 본단 말이오?"

조조는 자질구레한 지난 일들만 늘어놓고 군사 상황에 대해서는 한마디도 하지 않으면서 말끝마다 껄껄 웃음을 터뜨리곤 했다. 그렇게 두 시간이나 이야기를 하고서야 말머리를 돌려 작별하고 각기 영채로 돌아갔다. 어느 틈에 이 일을 마초에게 알린 사람이 있었다. 마초가 황급히 달려와 한수에게 물었다.

"오늘 조조가 진 앞에서 무슨 말을 하더이까?"

한수가 대답했다.

"그저 경사에서 지내던 옛일을 이야기했을 뿐이네."

마초가 다시 물었다.

"어찌 군사 일에 관해서는 말씀하지 않으셨습니까?"

한수는 사실대로 대답했다.

"조조가 아무 말 않는데 내가 어찌 혼자서 말을 꺼내겠나?"

마초는 속으로 부쩍 의심이 들었으나 말없이 물러갔다.

한편 조조는 영채로 돌아오자 가후에게 물었다.

"공은 내가 진 앞에서 대화한 의도를 알겠소?"

가후가 말했다.

"그 뜻이 묘하기는 합니다만 그것만으론 두 사람 사이를 이간시키기엔 아직 부족합니다. 저에게 한 가지 계책이 있는데 한수와 마초를 원수로 만들어 서로 죽이게 할 수 있습니다."

조조가 그 계책을 묻자 가후가 대답했다.

"마초는 일개 용맹한 사내에 지나지 않으므로 계교라곤 모릅니다. 승상께서는 친히 편지 한 통을 써서 한수에게 보내십시오. 중간에 군데군데 글씨를 흐리게 쓰시고 아주 중요한 부분들은 지우거나 고치십시오. 그 편지를 한수에게 보내고 마초가 알도록 슬그머니 정보를 흘리십시오. 마초는 틀림없이 편지를 보여 달라고 할 것입니다. 중요한 대목마다 고치거나 지워져 있는 걸 보겠지요. 그러면 마초는 한수가 무슨 기밀을 감추려고 직접 지운 것이나 아닌지 의심할 것입니다. 이는 승상께서 한수와 단독으로 만났던 일과도 딱 들어맞는 것이라 더욱 의심스럽겠지요. 그렇게 의심을 품다 보면 필연코 분란이 생길 것입니다. 그때 우리가 다시 한수 수하의 장수들과 몰래 손잡고 그들 사이를 이간시키면 마초를 처치할 수 있을 것입니다."

조조는 감탄했다.

"그 계책이 참으로 절묘하구려!"

조조는 즉시 편지 한 통을 쓰면서 중요한 곳은 모조리 지우거나 고쳤다. 그것을 단단히 봉하고 일부러 많은 사람을 보내 한수의 영채에 편지를 전하게 했다. 과연 이 일을 마초에게 보고한 사람이 있었다. 더욱 의심이 든 마초는 곧장 한수가 있는 곳으로 와서 편지를 보자고 했다. 한수는 편지를 내어 주었다. 마초가 보니 편지 가운데 고

치고 지운 글자들이 있어 한수에게 물었다.

"글이 어째서 모두 고치고 지워져 모호합니까?"

한수는 그저 사실대로 대답했다.

"원래 글이 그러한데 무슨 까닭인지 모르겠네."

마초는 그 말을 믿을 수가 없었다.

"이런 초고를 보내는 사람이 어디 있겠습니까? 필시 제가 자세한 내용을 아는 걸 꺼려서 숙부께서 직접 고치고 지웠겠지요."

한수가 말했다.

"조조가 초고를 잘못 보낸 게 틀림없네."

이미 의심을 품은 마초에게는 말도 안 되는 소리였다.

"그 말은 더욱 믿지 못하겠습니다. 조조는 꼼꼼하고 섬세한 사람인데 어찌 그런 실수를 하겠습니까? 저는 숙부님과 힘을 합쳐 역적을 죽이려고 하는데 어찌하여 갑자기 딴마음을 가지시는 것입니까?"

한수가 말했다.

"자네가 내 마음을 못 믿겠다면 내일 내가 조조를 꾀어내어 진 앞에서 이야기를 나누겠네. 그때 자네가 진에서 뛰쳐나와 단창에 찔러 죽이게."

그제야 마초는 좀 수그러졌다.

"그렇게만 해주신다면 숙부님의 진심을 알 수 있겠지요."

두 사람 사이에는 이렇게 약속이 정해졌다.

이튿날 한수는 후선·이감·양흥·마완·양추 등 다섯 장수를 이끌고 진 앞으로 나아가고, 마초는 진문의 어두운 곳에 숨어 있었다. 한수가 사람을 시켜 조조의 영채 앞으로 가서 크게 소리치게 했다.

"한장군께서 승상과 말씀을 나누자고 하십니다."

조조는 즉시 조홍에게 명하여 수십 기를 이끌고 진 앞으로 나가 한수를 만나게 했다. 말들이 다가와 겨우 몇 걸음 간격으로 거리가 좁혀지자 조홍은 말 위에서 몸을 약간 굽히며 예를 올렸다. 그러고는 소리쳤다.

"어젯밤 승상께서 장군께 전한 말씀을 절대 그르치지 말라고 하셨습니다!"

말을 마친 조홍은 바로 말머리를 돌렸다. 이 말을 들은 마초는 크게 노하여 창을 꼬나들고 급히 말을 달려 나오더니 한수를 찌르려고 했다. 다섯 장수가 마초를 가로막아 달래고 권해서 함께 영채로 돌아왔다. 한수가 말했다.

"조카님은 의심하지 말게. 나에겐 나쁜 마음이 없네."

마초가 어찌 그 말을 믿으려 하겠는가? 그는 원망을 품고 자기 영채로 돌아갔다. 한수는 다섯 장수와 의논했다.

"이 일을 어떻게 풀어야 하겠나?"

양추가 입을 열었다.

"마초는 자신의 무예와 용맹만 믿고 마음으로 늘 주공을 업신여겼습니다. 설사 조조를 이긴다 할지라도 어찌 주공께 양보하려 하겠습니까? 저의 어리석은 소견으로는 차라리 몰래 조공에게 투항하여 훗날 후작의 자리나 잃지 않도록 하는 것이 좋을 것 같습니다."

한수는 결정을 내릴 수가 없었다.

"나는 마등과 형제의 의를 맺었는데 어찌 차마 그를 배반한단 말인가?"

양추가 다그쳤다.

"일이 이미 이 지경에 이르렀으니 그 수밖에 없습니다."

"누가 소식을 통할 수 있겠느냐?"

양추가 대답했다.

"제가 가겠습니다."

한수는 즉시 밀서를 적어 양추를 조조의 영채로 보내 투항할 일을 의논하게 했다. 조조는 크게 기뻐하고 한수를 서량후, 양추를 서량 태수로 봉할 것이며, 나머지 사람들에게도 각기 벼슬과 작위를 내리 겠다고 약속했다. 그리고 불을 지르는 것을 신호로 함께 마초를 도모하기로 했다. 양추는 절하여 사례하고 영채로 돌아왔다. 그는 돌아와 한수에게 그 일을 자세히 이야기했다.

"오늘 밤에 불을 질러 안팎에서 합세하기로 약속했습니다."

한수는 크게 기뻐했다. 즉시 군사들에게 중군 막사 뒤에 마른 나무를 쌓아 두라고 명하고 다섯 장수에게는 각기 칼과 검을 지니고 명을 기다리라고 했다. 한수는 주연을 베풀고 마초를 유인하여 술자리에서 손을 쓰기로 의논을 정했다. 그러나 머뭇거리며 결단을 내리지 못하고 있었다.

그런데 뜻밖에도 마초가 어느 틈에 자세한 내막을 알아내고 말았다. 마초는 심복 몇 사람을 데리고서 검을 들고 앞서가며 방덕과 마대에게 뒤따라 지원하게 했다. 마초가 발소리를 죽여 가며 한수의 막사 안으로 들어갔다. 다섯 장수가 한수와 밀담을 나누고 있었다. 양추가 하는 말이 들렸다.

"일을 지체해서는 안 됩니다. 속히 실행하십시오!"

크게 노한 마초는 검을 휘두르며 뛰어 들어가며 버럭 호통을 쳤다.

"도적놈들! 어찌 감히 나를 해치려 한단 말이냐?"

모두들 깜짝 놀랐다. 마초가 검을 번쩍 들어 한수의 얼굴을 겨누고 내리찍었다. 한수는 엉겁결에 손을 들어 막았다. 그 바람에 왼손이 댕강 잘려 땅에 떨어지고 말았다. 다섯 장수가 칼을 휘두르며 일제히 나섰다. 마초는 재빨리 군막 밖으로 달려 나왔다. 다섯 장수가 사방으로 에워싸고 어지러이 후려쳤다. 마초는 홀로 보검을 휘두르며 다섯 장수를 상대로 힘껏 싸웠다. 검광이 번쩍이는 곳에 선혈이 튀어 날았다. 마완을 찍어 넘기고 양홍을 거꾸러뜨리자, 나머지 세 장수는 각기 목숨을 건지려고 달아났다. 마초가 한수를 죽이려고 다시 막사 안으로 뛰어들었다. 그때 한수는 이미 측근들의 구원을 받아 사라진 뒤였다.

바로 그때였다. 막사 뒤에서 불길이 확 일어나며 각 영채의 군사들이 일제히 출동했다. 마초는 급히 말에 올랐다. 방덕과 마대 또한 당도하여 양편 군사들은 혼전을 벌였다. 마초가 군사를 거느리고 치고 나올 때였다. 조조의 군사들이 사방에서 몰려들었다. 앞에는 허저, 뒤에는 서황, 왼편에는 하후연, 오른편에는 조홍이었다. 서량 군사들은 저희들끼리 치고받으며 죽이는 판이었다. 마초는 방덕과 마대가 보이지 않자 기병 1백여 기를 거느리고 위하의 다리 위에서 길을 막았다.

날이 어슴푸레 밝아 오는데 이감이 한 부대의 군사를 거느리고 다리 아래로 지나갔다. 마초가 창을 꼬나들고 말을 몰아 쫓아가자 이감은 창을 질질 끌며 달아났다. 마침 우금이 마초의 뒤를 추격하다가 활을 당겨 마초를 겨누고 살을 날렸다. 등 뒤에서 울리는 시위 소리를 들은 마초는 급히 몸을 피했다. 날아간 화살은 앞에 있던 이감을 적중시켰다. 이감은 말에서 떨어져 죽고 말았다. 마초가 말머리를 돌려 우금에게 덤벼들자, 우금은 말을 다그쳐 달아나 버렸다. 마초는 다리 위로 돌아와 군사들을 멈추어 세웠다. 조조의 군사가 앞뒤로 크게 몰려들었다. 호위군虎衛軍이 앞장을 섰다.

그들은 마초를 겨누고 어지러이 화살을 쏘아붙였다. 마초가 창을 휘둘러 화살을 쳐내자 화살은 모두 분분히 땅바닥으로 떨어졌다. 마초는 수하의 기병들에게 이리저리 오가며 적군을 들이치라고 했다. 그러나 조조의 군사들이 어찌나 두텁고 단단하게 에워쌌는지 뚫고 나갈 수가 없었다. 마초는 다리 위에서 큰소리로 한번 호통을 치더니 하북으로 쳐들어갔다. 수하의 기병들은 모두 길이 막혔다. 마초는 홀로 적진 속을 좌충우돌하는데 몰래 쏜 쇠뇌 살에 말이 그만 쓰러지고 말았다. 마초가 땅바닥에 떨어지자 조조의 군사들이 우우 몰려들었다.

바로 이 위급한 순간에 서북쪽 모퉁이로부터 한 떼의 군마가 돌격해 왔다. 바로 방덕과 마대였다. 두 사람은 마초를 구하고 군중의 전마를 얻어 주어 마초를 타게 했다. 그러고는 몸을 돌려 혈로를 뚫고 서북쪽을 향하여 달아났다. 마초가 포위망을 벗어나 달아났다는 말을 들은 조조는 장수들에게 명령을 전했다.

"밤낮을 가리지 말고 힘껏 마가 녀석을 쫓아가 잡아야 한다. 목을 베어 오는 자는 천금의 상을 내리고 만호후萬戸侯로 봉할 것이요, 사로잡는 자는 대장군으로 봉하리라."

장수들은 명을 받고 제각기 공을 다투느라 길게 줄을 지어 구불구불 뒤를 쫓았다. 마초는 사람과 말이 지친 것을 돌아볼 겨를도 없이 부랴부랴 달아나는 수밖에 없었다. 따르는 기병들도 차츰 모두 흩어지고, 병졸과 말들 중 걷지 못하는 자들이 많이들 사로잡혀 갔다. 겨우 남은 30여 기만을 이끌고 방덕, 마대와 함께 농서隴西의 임조臨洮를 향하여 갔다.

조조는 몸소 뒤를 쫓아 안정安定까지 갔으나 마초가 이미 멀리 달아난 것을 알고 비로소 군사를 거두어 장안으로 돌아왔다. 모든 장수들이 한곳에 모였다. 한수는 왼손을 잃고 불구가 되어 있었다. 조조는 그를 장안에서 쉬게 하고 서량후의 직책을 수여했다. 양추와 후선도 모두 열후에 봉해서 위구渭口를 지키게 했다. 그런 다음 회군령을 내려 허도로 돌아가려고 하는데 량주涼州의 참군參軍인 양부楊阜

가 장안으로 와서 조조를 알현했다. 양부는 자가 의산義山이다. 조조가 찾아온 까닭을 물으니 양부가 대답했다.

"마초는 여포의 용맹을 지닌 데다 강인羌人들의 마음을 깊이 얻고 있습니다. 지금 승상께서 승리한 기세를 타고 멸망시키지 않고 뒷날 그가 힘을 기르도록 놓아두신다면 농서의 여러 군은 다시는 나라의 소유가 되지 못할 것입니다. 바라건대 승상께서는 잠시 회군을 멈추십시오."

조조가 말했다.

"나도 본래는 군사를 머물러 그를 치고 싶었으나 중원에 일이 많고 남방도 아직 평정되지 않아 여기 오래 머무를 수가 없네. 그대가 나를 위해 잘 지켜 주게."

분부를 받든 양부는 다시 량주 자사涼州刺史로 위강韋康을 추천했다. 두 사람은 함께 군사를 거느리고 기성冀城에 주둔하면서 마초를 방어하게 되었다. 양부는 떠날 무렵 다시 조조에게 청했다.

"장안에 많은 군사를 남겨 두어 뒤에서 지원토록 해주십시오."

"내 이미 정해 놓았으니 그대는 안심하라."

양부는 작별 인사를 하고 떠났다. 장수들이 모두 조조에게 물었다.

"처음에 적이 동관을 점거하여 위하 북쪽으로 가는 길은 적의 방어권에서 빠져 있었는데, 그때 승상께서는 하동河東으로 해서 풍익馮翊을 치지 않고 동관을 지키며 시일만 끄셨습니다. 그런 뒤에 북쪽으로 강을 건너 영채를 세우고 굳게 지키셨는데, 무슨 까닭입니까?"

조조가 설명했다.

"처음 적이 동관을 지키고 있을 때, 내가 도착하자마자 하동을 차지했다면 적은 반드시 각 영채에서 여러 나루터를 분담하여 지켰을 것이오. 그리되면 하서로 건너갈 수가 없게 되었을 것이오. 이 때문에 나는 일부러 대군을 모두 동관 앞에 모아 놓음으로써 적들이 모조리 남쪽만 지키느라 하서를 방비할 수 없도록 만든 것이오. 그래서 서황과 주령이 강을 건널 수가 있었던 것이오. 그런 다음 군사를 이끌고 북쪽으로 건너가 수레를 연결하고 울타리를 세워 용도를 만들고 얼음 성을 쌓은 것은 도적들에게 우리가 약하다는 것을 보여 주어 그 마음이 교만해지도록 만들어 방비를 못하게 하자는 것이었소. 그래 놓고 나는 교묘하게 그들 사이의 틈을 벌어지게 하는 반간계를 쓰면서 병졸들의 힘을 길러 하루아침에 적을 격파한 것이오. 바로 이것이 '갑자기 천둥소리가 나면 미처 귀를 막을 겨를이 없다'는 격이오. 군사의 변화란 본디 한 가지 도리에만 매인 게 아니지요."

장수들이 다시 물었다.

"승상께서는 적이 군사를 늘려 숫자가 불어났다는 말을 들으실 때마다 기쁜 표정을 지으셨는데, 그것은 무슨 까닭입니까?"

조조가 또 설명했다.

"관중關中은 멀리 떨어진 변경 지대라 도적들이 제각기 흩어져 각기 험한 곳에 의지하고 항거한다면 그들을 정벌하더라도 한두 해로는 평정하지 못할 것이오. 그러나 그들이 한 곳에 모였으니 숫자는 많아도 마음이 하나로 합치되지 않아 쉽게 이간시키고 일거에 없애 버릴 수가 있었던 것이오. 나는 이 때문에 기뻐한 것이오."

장수들은 듣고 나서 조조에게 절을 올렸다.

"승상의 귀신같은 계략은 저희들로서는 미칠 수가 없습니다!"

조조는 겸양의 말을 했다.

"이 역시 그대들 문관과 무장들의 덕분이오."

그리고 군사들에게는 중한 상을 내렸다. 하후연을 남겨 장안에 군사를 주둔하게 하고, 항복한 군사들은 각 부대에 나누어 배치했다. 하후연이 풍익 고릉高陵 사람 장기張旣를 천거했는데, 장기의 자는 덕용德容이다. 조조는 장기를 경조윤京兆尹으로 삼고 하후연과 함께 장안을 지키게 했다. 조조가 회군하여 허도로 돌아오니 헌제가 수레를 타고 몸소 성밖까지 나와 영접했다. 그리고 조칙을 내려 임금을 알현할 때 이름을 부르지 않고贊拜不名, 조정에 들어갈 때 종종걸음을 치지 않으며入朝不趨, 검을 차고 신을 신은 채 황제 가까이 갈 수 있는劍履上殿 세 가지 특권을 부여했다. 이는 서한西漢의 재상 소하蕭何가 받았던 특별 예우와 같은 것이었다. 이로부터 조조의 위엄은 중원과 지방에 진동했다.

이 소식이 한중漢中으로 전해지자 한녕漢寧* 태수 장로張魯는 깜짝 놀랐다. 장로는 패국沛國의 풍豐 사람이었다. 그의 조부 장릉張陵은 서천의 곡명산鵠鳴山(일명 학명산鶴鳴山)에서 도가의 서적을 지어 인심을 현혹하니, 사람들이 모두 그를 존경했다. 장릉이 죽고 그의 아들 장형張衡이 뒤를 이어 도를 퍼뜨렸다. 그런데 그는 도를 배우러 오는 사람들에게 쌀 닷 말을 내게 했으므로 세상 사람들은 그를 쌀도둑米賊이라고 불렀다. 장형이 죽자 장로가 다시 뒤를 이었다. 장로는 한중에 자리 잡고 스스로 '사군師君'이라 일컬으며 도를 배우러 오는 사람들은 '귀졸鬼卒'이라고 불렀다. 귀졸 중에서 우두머리가 된 자를 '좨

---

*한녕 | 원래 한중군漢中郡이었는데 장로가 점령한 후 한녕군으로 고쳤다.

주祭酒’라 하고, 좨주 가운데서도 무리를 많이 거느린 자를 ‘치두대좨주治頭大祭酒’라 불렀다. 이 도는 성실과 신용을 위주로 하며 남을 속이는 짓을 금했다. 환자가 생기면 즉시 단壇을 설치하고 병자는 조용한 방에서 스스로 잘못을 뉘우치고 우두머리 앞에서 죄를 털어놓게했다. 그런 다음 우두머리가 그를 위해 기도를 올리는데, 기도를 맡은 자를 ‘간령좨주奸令祭酒’라 불렀다. 기도하는 방법은 병자의 성과 이름을 적고 죄를 인정하는 글 세 통을 짓는데, 그것을 ‘삼관수서三官手書’라 했다. 한 통은 산꼭대기에 놓아 하늘에 아뢰고, 한 통은 땅에다 묻어 땅에 아뢰고, 또 한 통은 물에 넣어 수관水官에게 고했다. 이렇게 하여 병이 나으면 쌀 닷 말을 바쳐 감사를 드렸다. 이 밖에 또 의사義舍라는 집을 지었는데, 그 안에 밥과 쌀, 땔나무, 고기와 반찬 등을 두루 갖추어 놓고 지나가는 길손들에게 양껏 가져다 먹게 했다. 그러나 먹고 남을 만큼 많이 가져가는 자는 하늘의 벌을 받아 죽는다고 했다. 그리고 경내에 법을 어기는 자가 있으면 반드시 세 번까지는 용서하고, 그래도 고치지 않을 경우에는 형벌을 내렸다. 그 경내에는 벼슬아치가 없고 모든 것을 좨주가 관리했다.

장로는 이런 식으로 한중에 웅거한 지가 30년이 되었다. 그러나 나라에서는 워낙 멀리 떨어진 벽지라 정벌할 수가 없어 아예 장로를 진남중랑장鎭南中郞將으로 임명하고 한녕 태수를 겸하면서 공물이나 바치게 할 따름이었다. 그해에 조조가 서량의 무리를 깨뜨려 그 위엄이 천하를 진동시킨다는 소식을 들은 장로는 무리를 모아 놓고 상의했다.

“서량의 마등은 살해되고 최근에 마초가 패했으니 조조는 필시 우리 한중을 침범할 것이오. 나는 스스로 한녕왕漢寧王이 되어 군사를 거느리고 조조를 막을까 하는데 여러분은 어떻게 생각하시오?"

염포閻圃가 말했다.

"한천漢川(한중)은 백성이 10만호가 넘고 재물과 양식도 풍족한 데다 지역 또한 사면이 험하고 견고합니다. 또 이번에 마초가 패하는 바람에 자오곡子午谷[*]을 통해 한중으로 도망 온 서량 백성이 수만 명이나 됩니다. 제 생각으로는 익주의 유장이 우매하고 약하니 우선 서천의 41주를 빼앗아 근본으로 삼고 그런 다음에 왕이라 일컬어도 늦지 않을 듯합니다."

장로는 크게 기뻐하고 아우 장위張衛와 함께 군사 일으킬 일을 상의했다. 어느 틈에 첩자가 이 사실을 서천으로 가서 보고했다.

익주의 유장은 자가 계옥季玉으로, 유언劉焉의 아들이며 전한 노공왕魯恭王의 후예이다. 장제章帝 원화元和(84~87년) 연간에 노공왕 후손의 봉지가 경릉竟陵으로 옮겨지는 바람에 지파支派 한 갈래가 그곳에 살게 된 것이다. 뒤에 유언은 벼슬이 익주 목益州牧에 이르렀으나 홍평興平 원년(194년)에 종기가 나서 죽었다. 그러자 익주의 큰 벼슬아치인 조위趙韙 등이 힘을 합쳐 유장을 익주 목으로 받들었다. 유장은 일찍이 장로의 어미와 아우를 죽였기 때문에 장로와는 원수가 되었다. 유장은 방희龐羲를 파서巴西 태수로 삼아 장로를 막게 했다. 이때 방희는 장로가 군사를 일으켜서 서천을 빼앗으려 한다는 사실을 탐지하고 급히 유장에게 보고했다.

나약한 유장은 이 소식을 듣자 몹시 걱정이 되어 급히 관원들을

* 자오곡 | 일명 자오도子午道. 관중關中에서 한중漢中으로 가는 통로.

모아 대책을 상의했다. 별안간 한 사람이 고개를 쳐들고 가슴을 내밀며 나섰다.

"주공께선 마음을 놓으십시오. 제가 비록 재주는 없지만 생생한 이 세 치 혀끝을 놀려 장로가 감히 눈을 똑바로 뜨고 서천을 쳐다보지 못하게 하겠습니다."

이야말로 다음 대구와 같다.

오직 촉지의 모사가 나선 일로 인하여 /
형주의 호걸들을 끌어들이게 되는구나.
只因蜀地謀臣進　致引荊州豪傑來

이 사람이 누구인가, 다음 회를 보라.

60

서천도西川圖

장영년은 도리어 양수를 골탕 먹이고
방사원은 서촉을 빼앗으려 의논하다
張永年反難楊修 龐士元議取西蜀

유장에게 계책을 드리겠다고 나선 사람은 익주 별가別駕 장송張松
으로, 자는 영년永年이다. 이 사람은 생김새가 특이하여 이마
는 툭 튀어나오고 정수리는 뾰족하고 납작코에 뻐드렁니
였다. 키는 다섯 자도 되지 않건만 음성이 우렁차
말을 하면 마치 구리종을 울리는 것 같았다. 유장
이 물었다.

"별가에게 어떤 고견이 있어 장로가 몰고 올
위기를 풀 수 있겠소?"

장송이 대답했다.

"듣자오니 허도의 조조는 중원을 소탕
하여 여포와 원술, 원소가 모두 그의 손에
멸망했고, 근자에는 또 마초까지 격파하
여 천하무적이 되었다고 합니다. 주공께서
는 진상할 예물을 갖추어 주십시오. 제가

허도로 올라가 조조를 설득하여 군사를 일으켜 한중을 공격하고 장로를 처치하도록 하겠습니다. 그리되면 장로는 적을 막기에 겨를이 없을 터이니 어찌 다시 감히 우리 촉중蜀中을 엿보겠습니까?"

유장이 크게 기뻐하며 황금과 구슬, 비단 따위 진상할 물건들을 마련하고, 장송을 사자로 파견했다. 장송은 몰래 서천 지도를 챙겨서 종자 몇 기騎를 데리고 허도를 향해서 길에 올랐다. 누군가가 알아다 형주에 보고했다. 공명은 즉시 허도로 사람을 보내 소식을 알아 오게 했다.

허도에 당도한 장송은 역관에 여장을 풀고 날마다 승상부 앞에 가서 조조를 알현하게 해 달라고 청했다. 그러나 조조는 마초를 깨뜨리고 돌아온 뒤로부터는 뜻을 이루었다고 여기고 자만하고 있었다. 날마다 술잔치를 벌이며 별다른 일이 없으면 밖으로 나가지 않고 나라의 정사는 모두 승상부에서 의논해 처결했다. 장송은 사흘이나 기다려서야 겨우 명함을 들여보낼 수 있었다. 그것도 조조의 측근들에게 먼저 뇌물을 먹인 다음에야 겨우 인도를 받고 들어갔다. 대청 위에 앉은 조조는 장송의 절을 받고 물었다.

"자네 주인 유장은 여러 해 동안 공물을 바치지 않았는데, 무슨 까닭인가?"

장송이 대답했다.

"길이 험한 데다 도적들이 일어나 공물을 바치러 올 수가 없었습니다."

조조가 꾸짖었다.

"내가 중원을 깨끗이 소탕했거늘 무슨 도적이 있단 말이냐?"

장송이 되받았다.

"남쪽에는 손권이 있고, 북쪽에는 장로가 있으며, 서쪽에는 유비가 있습니다. 그들 중 가장 무리가 적은 자라도 군사가 10만은 되는데 어찌 태평하다고 하겠습니까?"

조조는 우선 장송이 생김새가 천하고 볼품없는 걸 보고 썩 달갑지 않게 여겼는데, 말까지 함부로 탕탕 해대자 그만 소매를 떨치고 일어나 후당으로 들어가 버렸다.

좌우에 있던 사람들이 장송을 나무랐다.

"당신은 사신으로 와서 어찌 그리 예절을 모르고 한결같이 비위를 거스르는 소리만 하시오? 다행히 승상께서 먼 길을 온 체면을 생각해서 죄를 묻지는 않으신 것이니, 속히 돌아가시오."

장송은 웃으며 대꾸했다.

"우리 서천에는 아첨하는 사람이 없소."

별안간 계단 아래서 웬 사람이 크게 호통을 쳤다.

"당신들 서천 사람들이 아첨할 줄 모른다니, 그럼 우리 중원엔들 어찌 아첨하는 사람이 있단 말이오?"

장송이 그 사람을 보니 눈썹은 숱이 적고 실눈을 하고 있었지만 새하얀 얼굴에는 맑은 정기가 돌았다. 이름을 물으니 바로 태위 양표楊彪의 아들 양수楊修로 자는 덕조德祖였다. 양수는 현재 승상 문하에서 창고를 관리하는 장고주부掌庫主簿로 있었다. 이 사람은 박학다식하고 언변이 능한 데다 지혜가 뛰어났다. 장송은 그가 변설가임을 알아보고 그를 골탕 먹이고 싶은 마음이 생겼다. 양수 역시 자신의 재주를 믿고 천하 선비들을 우습게보는 터였다. 이때 장송이 비꼬는 말을 듣고는 그를 바깥 서원書院(정원이 딸린 서재)으로 데리고 갔다. 손님과 주인이 자리를 나누어 앉자 양수가 장송에게 말했다.

"촉도蜀道가 험난한데 먼 길을 오시느라 수고하셨소."

장송이 대답했다.

"주인의 분부를 받들었으니 비록 끓는 물에 뛰어들고 타오르는 불길을 밟는 일이라도 감히 사양할 수 없지요."

양수가 물었다.

"촉의 풍토는 어떠하오?"

장송이 자랑을 늘어놓았다.

"촉은 서쪽에 있는 군인데 예전에는 익주益州라고 불렀소. 길은 험한 금강錦江˚으로 통해 있고, 땅은 웅장한 검각劍閣(검문관劍門關을 가리킴)에 이어졌소. 땅은 둘레가 2백 8역정驛程이요, 가로 세로 3만 리가 넘지요. 닭소리 개소리가 잇달아 들릴 만큼 저자와 마을이 이어져 있소. 밭은 기름지고 땅에는 수목이 무성하여 가뭄과 홍수의 근심이 없고, 나라는 부유하고 백성들은 풍족하여 때때로 관악기를 불고 현악기를 뜯는 즐거움이 있지요. 생산되는 물건이 산처럼 쌓이니 하늘 아래 이런 곳은 없을 것이오."

양수가 또 물었다.

"촉의 인물은 어떠하오?"

장송은 다시 자랑을 늘어놓았다.

"문文으로는 상여相如˚의 부賦가 있고, 무武로는 복파伏波의 재주가 있으며, 의술로는 중경仲景˚의 능력이 있고, 점으로는 군평君平˚의 비

˚금강│민강岷江의 지류. 이 물에 비단을 씻으면 색깔이 선명하고 곱다는 전설이 있다.
˚상여│사마상여司馬相如. 자는 장경長卿. 한나라 때 부賦를 잘 짓기로 이름난 사람이다.
˚중경│동한東漢의 유명한 의사 장기張機. 중경은 자.
˚군평│저명한 은사隱士 엄준嚴遵. 군평은 그의 자. 서한 시대 촉군蜀郡(지금의 사천성 성도成都) 사람.

결이 있소. 삼교구류三教九流에 '무리에서 뛰어나고 한동아리 중에서 빼어난' 자가 부지기수이니 어찌 일일이 꼽을 수 있겠소?"

양수가 다시 물었다.

"지금 유계옥의 수하에 공과 같은 분은 몇이나 되오?"

장송이 다시 떠벌렸다.

"문무를 겸전하고 지용을 겸비한 충성스럽고 의로우며 기개 있는 이가 어림잡아도 1백은 될 것이오. 나 같이 재주 없는 무리야 수레로 싣고 말로 될 만큼이나 많으니 이루 말로 다 할 수가 없소이다."

양수가 질문을 바꾸었다.

"공은 근래 어떤 벼슬에 계시오?"

"외람되게도 별가의 소임을 맡고 있으나 직임을 감당할 그릇이 못 되지요. 감히 묻건대 공은 지금 조정에서 어떤 벼슬을 하고 계시오?"

장송이 되물으니 양수가 대답했다.

"나는 지금 승상부의 주부로 있소이다."

장송이 비꼬았다.

"공은 대대로 벼슬을 지낸 귀인의 가문에서 났다는 말을 오래 전부터 들었소이다. 그런데 어찌하여 조정에서 천자를 보좌하지 않고 구차스럽게 승상 문하에서 아전 노릇이나 하신단 말씀이오?"

이 말을 듣고 양수는 만면에 부끄러운 빛을 띠면서 억지로 대답했다.

"저는 비록 낮은 벼슬에 있지만 승상께서 군정軍政의 돈과 식량을 다루는 중책을 맡기셨소. 아침저녁으로 승상의 가르침을 받아 깨우치는 바가 지극하므로 이 직책을 맡은 것이지요."

장송이 웃으면서 빈정댔다.

"내가 듣건대 조승상은 글에서는 공자와 맹자의 도道에 밝지 못하고, 무武에서는 손무와 오기의 전술에 통달하지 못했으면서 오로지 힘만 믿는 패도覇道로써 높은 자리를 차지했다고 하더이다. 그런데 어찌 남을 가르칠 것이 있어 명공을 깨우쳐 줄 수 있단 말이오?"

"변방 한구석에 사시는 공이 어찌 우리 승상의 큰 재주를 아시겠소? 내 공에게 보여 드릴 것이 있소."

양수는 즉시 측근을 불러 궤짝 속에서 책 한 권을 꺼내 오게 하여 장송에게 보였다. 장송이 받아서 제목을 보니 『맹덕신서孟德新書』라 적혀 있었다. 처음부터 끝까지 죽 훑어보았다. 전체 13편으로 모두가 군사를 부리는 중요한 방법이 적혀 있었다. 장송이 읽고 나서 물었다.

"공은 이것이 무슨 책이라 여기시오?"

양수가 대답했다.

"이것은 승상께서 옛 일을 참작하고 지금의 실제 상황에 비추어 『손자십삼편孫子十三篇』(『손자병법』을 말함)을 본받아 지으신 책이오. 공은 승상께서 재주가 없다고 깔보았는데, 이 책이 후세에 전할 만하지 않소?"

장송은 껄껄 웃어 제쳤다.

"이 책은 우리 촉 땅에서는 삼척동자라도 암송할 수 있는데, 어찌 '신서新書'라 하시오? 이는 전국시대의 이름 없는 사람이 지은 책인데, 조승상이 훔쳐다가 자기의 능력인 양 자랑하니 그대 같은 사람이

• 맹덕신서 | 일명 『손자주孫子注』. 손자孫子의 병법에 조조가 주를 단 책. 『조조집曹操集』에 실려 전한다.

나 속일 수 있을 따름이오!"

양수가 반박했다.

"이것은 승상께서 비장秘藏하고 계신 글이라, 이미 책으로 완성되었지만 아직 세상에는 전해지지 않았소. 촉 땅의 어린아이들이

물 흐르듯이 줄줄 외우고 있다니, 공은 어찌 이토록 나를 속인단 말이오?"

장송이 장담했다.

"공이 믿지 못하시겠다면 내가 한번 외워 보리다."

장송이 『맹덕신서』를 낭랑하게 외우는데, 처음부터 끝까지 글자 한 자 틀리지 않았다. 양수는 깜짝 놀랐다.

"공은 한번 훑어보기만 하면 잊지 않으니 참으로 천하에 보기 드문 인재구려!"

후세 사람이 시를 지어 찬탄했다.

울퉁불퉁 생겼으나 용모가 기이하고 /
고결한 마음이지만 체구는 변변찮네. //
입을 열면 삼협의 물처럼 도도하고 /
글을 읽으면 열 줄을 한 눈에 보네.

꿈쩍 않는 담보는 서촉에서 으뜸이요 /
빼어난 그 문장은 하늘을 꿰뚫는구나. //
제자와 백가를 아울러 모두 통달하니 /
한번 훑으면 더 이상 볼 것이 없네.

古怪形容異, 淸高體貌疏. 語傾三峽水, 目視十行書.
膽量魁西蜀, 文章貫太虛. 百家幷諸子, 一覽更無餘.

장송이 작별하고 서천으로 돌아가려 하자 양수가 만류했다.

"잠시 역관에 묵고 계시면 제가 승상께 다시 아뢰어 임금을 뵐 수 있도록 주선해 보리다."

양수는 그 길로 들어가서 조조를 뵙고 물었다.

"아까 승상께서는 어찌하여 장송을 그토록 쌀쌀하게 대하셨습니까?"

조조가 대답했다.

"말투가 불손하여 내가 일부러 냉정하게 대했네."

양수가 다시 물었다.

"승상께서는 예형 같은 사람도 용납하셨는데, 어찌하여 장송은 받아들이지 않으십니까?"

"예형의 문장은 당대에 널리 알려져 있어서 그 때문에 차마 죽이지 못했던 것이야. 장송이야 무슨 재능이 있단 말인가?"

양수는 장송의 재능을 소개했다.

"그 입이 거침없고 말재주가 유창한 것은 더 이상 말씀드릴 나위도 없습니다만, 방금 승상께서 지으신 『맹덕신서』를 보여 주었더니 한번 훑어보고는 즉시 암송했습니다. 이처럼 들은 것이 많고 기억력이 좋은 사람은 세상에 흔치 않습니다. 장송은 이 책을 전국시대 무명씨가 지은 것으로 촉 땅에서는 어린 아이들조차도 익숙히 외울 수 있다고 했습니다."

조조도 의아했다.

"설마 옛사람의 생각이 나와 우연히 일치한 것은 아니겠지?"

그러고는 즉시 그 책을 찢어 불살라 버리라고 명했다. 양수가 다시 말했다.

"이 사람을 임금께 알현시켜서 천조天朝(천자가 있는 조정)의 기상을 보여 줄 만합니다."

三國演義第陸拾回張永年反難楊修
辛巳年時值二○一一年四月 補
上揷圖恣祀戴敦邦于滬上潘月倒畫

대돈방 그림

1464

조조가 분부했다.

"내가 내일 서쪽 교련장에서 군사를 점검할 테니 자네는 우선 그 자를 데리고 오게. 우리 군용軍容의 성대한 모습을 보여 주어 돌아가서 전하게 하겠네. 내가 머지않아 강남으로 내려가 곧 서천을 거둬들이겠다고 말일세."

양수는 명을 받고 물러갔다.

이튿날이 되어 양수는 장송과 함께 서쪽 교련장으로 갔다. 조조가 호위군虎衛軍 웅병 5만 명을 교련장에 늘여 세우고 점검하고 있었다. 과연 갑옷과 투구는 선명하고 옷과 전포는 찬란했다. 징소리, 북소리는 천지를 진동시키고 과戈와 창이 햇빛에 번쩍이는데 사면팔방으로 각각 대오를 나누니 깃발은 바람에 나부끼고 사람과 말은 금방이라도 허공에 뛰어오를 듯한 기세였다. 그러나 장송은 곁눈질로 흘끔 보고 말 뿐이었다. 한참이 지나서 조조가 장송을 부르더니 군사를 가리키며 물었다.

"자네는 서천에서도 이런 빼어나고 웅장한 인물들을 보았는가?"

장송이 별 것 아니라는 듯 대답했다.

"우리 촉중에서는 이런 군사력 따위는 본 적이 없습니다. 단지 인의로 백성을 다스릴 뿐이지요."

조조는 낯빛이 바뀌어 그를 노려보았다. 그러나 장송은 전혀 두려워하는 기색이 없었다. 양수가 연거푸 장송에게 눈짓을 보냈다. 조조가 장송에게 으름장을 놓았다.

"나는 천하의 쥐새끼 같은 무리들을 초개草芥로 여길 뿐이야. 나의 대군이 이르는 곳이면 싸워서 이기지 못한 적이 없고 쳐서 손에 넣지 못한 곳이 없으니, 나를 따른 자는 살았고 나를 거역한 자는 죽었다.

자네는 그 사실을 알고 있는가?"

장송이 대꾸했다.

"승상께서 군사를 휘몰아 가시는 곳마다 싸우면 반드시 이기고 치면 반드시 차지하신 것을 이 송도 평소에 잘 알고 있지요. 지난날 복양에서 여포를 공격하실 때, 완성에서 장수張繡와 싸우시던 날, 적벽에서는 주랑을 만나시고, 화용도에서 관우를 만나셨으며, 동관에서는 수염을 베고 비단 전포를 내버리셨는가 하면, 위수에서는 배를 뺏어 타고 화살을 피하셨지요. 이 모두가 천하무적이라 하겠습니다!"

조조는 크게 노했다.

"돼먹지 못한 선비 놈이 어찌 감히 내 아픈 곳을 까발리느냐?"

조조는 부하들에게 장송을 끌어내다 목을 치라고 호령했다. 양수가 나서서 말렸다.

"장송이 비록 목이 잘릴 죄를 지었습니다만 촉도를 거쳐 공물을 바치러 온 사자입니다. 그를 죽이신다면 먼 곳에 있는 사람들의 마음을 잃지나 않을까 두렵습니다."

그래도 조조는 노기는 풀리지 않았다. 순욱까지 나서서 간했다. 조조는 그제야 그 목숨만큼은 살려 주었지만 마구 몽둥이찜질을 하여 쫓아내게 했다.

역관으로 돌아온 장송은 서천으로 돌아가려고 그날 밤으로 짐을 수습하여 성을 나섰다. 장송은 혼자 생각해 보았다.

'내 본래 서천의 주와 군을 조조에게 바치려고 했는데, 이토록 사람을 푸대접할 줄이야 누가 알았단 말인가? 내가 떠나올 때 유장의 면전에서 큰소리를 쳐놓고 오늘날 이 모양이 되어 빈손으로 돌아가면 촉 땅의 사람들이 반드시 비웃을 것이다. 들건대 형주의 유현덕은 어질고 의롭다는 소문이 널리 퍼진 지 오래이니 차라리 그 길로 돌아가야겠다. 이 사람이 어떻게 하는가를 보아 가며 내 주견을 정하리라.'

이에 말을 타고 시종들을 거느리고 형주 경계를 향하여 나아갔다. 영주郢州 경계에 다다랐을 때 5백여 기 정도의 군마가 나타났다. 우두머리 되는 대장이 갑옷을 걸치지 않은 가벼운 차림으로 말을 몰아나오며 물었다.

"오시는 분은 혹시 장별가가 아니신가요?"

"그렇소."

그 장수는 황망히 말에서 내리더니 인사했다.

"조운이 기다린 지 오랩니다."

장송도 말에서 내려 답례했다.

"혹시 상산의 조자룡이 아니시오?"

조운이 대답했다.

"그렇습니다. 저는 주공 유현덕의 명을 받들었습니다. 말을 달려 먼 길을 가시는 대부를 위하여 특별히 이 조운에게 변변찮은 술과 음식을 받들어 올리도록 명하셨습니다."

말이 끝나자 군사들이 땅에 무릎을 꿇고 술과 음식을 받들어 올렸다. 조운이 공손하게 술과 음식을 권했다. 장송은 혼자 생각하며 중얼거렸다.

'사람들이 유현덕은 너그럽고 어질며 손님을 좋아한다더니 지금 과연 그러하구나.'

술 몇 잔을 마시고 말에 올라 조운과 함께 갔다. 형주 경계에 이르자 날이 저물었다. 역관 앞에 도착하니 문밖에 1백여 명이 시립해 있다가 북을 치며 영접했다. 한 장수가 장송의 앞으로 오더니 예를 갖추어 인사했다.

"형님의 장령을 받들었습니다. 바람과 먼지를 무릅쓰고 먼 길을 오시는 대부를 위하여 이 관 아무개에게 역관 뜰에 물을 뿌려 깨끗이 청소하고 편히 쉬시게 하라고 명하셨습니다."

말에서 내린 장송은 운장, 조운과 함께 역관으로 들어가 인사를 나누고 자리에 앉았다. 잠시 후 주연이 베풀어지고 운장과 조운이 정성껏 술을 권했다. 밤이 이슥할 때까지 마시고 나서야 술자리가 끝났다. 장송은 거기서 하룻밤을 잤다.

이튿날 아침 식사를 마쳤다. 말에 올라 3,4리도 못 갔는데, 문득 한 떼의 인마가 도착했다. 현덕이 복룡과 봉추를 데리고 친히 마중을 나온 것이었다. 먼발치에서 장송을 본 현덕은 얼른 말에서 내려 기다리는 것이 아닌가? 장송도 황망히 말에서 내렸다. 두 사람이 서로 만나자 현덕이 말을 건넸다.

"오랫동안 대부의 높은 이름을 마치 우레가 귀를 울리듯 들어 왔소이다. 그러나 한스럽게도 구름과 산이 가로막고 멀리 떨어져 있어 가르침을 듣지 못했소이다. 이제 도읍으로 돌아가신다는 말씀을 듣고 영접하기 위해 나왔소이다. 이 사람의 바람을 저버리지 말고 황량하나마 우리 고을에 들어 잠시 쉬어 가시기를 바라오. 그래서 목마른 자가 물을 그리듯 우러러보던 그리움을 풀게 해주신다면 실로 천만다행이겠소."

장송은 크게 기뻐하며 말에 올라 현덕과 고삐를 나란히 하고 함께 성안으로 들어갔다. 부중의 당상에 이르러 각기 예를 갖추어 인사를 나누고 손님과 주인이 순서에 따라 앉았다. 이윽고 주연을 베풀고 함께 술을 마시는 동안 현덕은 일상적인 잡담만 할 뿐 서천의 일에 대해서는 단 한마디도 꺼내지 않았다. 장송이 먼저 말을 퉁겨 보았다.

"지금 황숙께서는 형주를 지키고 계시는데, 몇 개 군이나 됩니까?"

공명이 얼른 대답했다.

"형주는 동오에서 잠시 빌린 땅인데 동오에서 늘 사람을 보내 돌려 달라고 하고 있소. 지금은 우리 주공께서 동오의 사위가 되신 까닭에 임시로 몸을 붙이고 계시는 형편이지요."

장송이 물었다.

"동오는 6개 군 81개 주를 차지하여 백성은 강성하고 나라는 부유한데도 만족을 모른단 말이오?"

이번에는 방통이 말을 받았다.

"우리 주공께서는 한나라 황실의 황숙이시건만 오히려 주와 군을 차지하지 못하시고, 다른 무리들은 모두 한나라를 갉아먹는 도적들이건만 도리어 강한 세력을 믿고 함부로 땅을 침범하여 점령하고 있지요. 그래서 생각 있는 사람들은 모두 편치 않게 생각하고 있지요."

현덕이 말참견을 했다.

"두 분께선 그런 말씀을 마시오. 내가 무슨 덕이 있다고 감히 많은 것을 바라겠소?"

장송이 말했다.

"그렇지 않습니다. 명공께서는 황실의 종친이시고 인의가 사해에 가득 퍼졌습니다. 주와 군을 차지하시는 것은 말할 나위도 없고, 바로 정통을 이어 황제가 되신다 해도 분수에 넘치는 일은 아니오이다.”

현덕은 두 손을 모아 쥐고 감사하며 말했다.

“공이 너무 과찬을 하시는구려. 이 비가 어찌 감당하리까?”

이로부터 연사흘 동안이나 장송을 붙잡아 두고 연회를 베풀어 술을 마셨지만 서천에 관한 일은 일언반구도 꺼내지 않았다. 장송이 작별하고 떠나려 하자 현덕은 성밖 십리장정十里長亭까지 나가 송별연을 베풀고 전송했다. 현덕은 술잔을 들고 술을 따르며 말했다.

“대부께서 이 비를 남으로 보지 않고 이곳에 사흘이나 머물러 주시니 대단히 고맙소이다. 오늘 이렇게 헤어지면 언제 다시 가르침을 받게 될지 모르겠구려.”

말을 마친 현덕의 눈에서는 눈물이 줄줄 흘러내렸다. 장송은 속으로 생각했다.

‘현덕이 이처럼 너그럽고 어질며 선비를 사랑하는데 어찌 이 사람을 저버린단 말인가? 차라리 이 사람을 설득해서 서천을 차지하도록 하는 것이 좋겠구나.’

장송은 드디어 입을 열었다.

“이 송 역시 조석으로 명공을 따르며 모시고 싶지만 기회가 없는 것이 한스럽습니다. 제가 형주를 살펴보면 동쪽에는 손권이 범처럼 웅크리고 앉아 호시탐탐 삼키려 하고, 북쪽에는 조조가 고래처럼 입을 벌리고 있습니다. 그러니 이곳도 언제까지 미련을 가질 땅이 아닙니다.”

현덕도 맞장구를 쳤다.

“본래부터 그런 이치는 알고 있지만 편안하게 몸 붙일 곳이 없구려.”

장송은 드디어 하고 싶었던 말을 꺼냈다.

"익주는 지형이 험해 지키기는 쉽고 공격하기는 어려운 데다 기름진 땅이 천리를 뻗어 있으며 백성은 많고 나라는 부유합니다. 더욱이 지혜롭고 능력 있는 인사들이 황숙의 덕을 사모해 온 지 오랩니다. 만약 형양의 군사를 일으켜 서쪽을 향해 휘몰아 나오시면 패업도 이루시고 한나라도 부흥시킬 수 있을 것입니다."

현덕은 사양했다.

"이 비가 어찌 그런 일을 감당하겠소? 유익주 역시 황실의 종친이고 그 은택이 촉 땅에 퍼진 지가 오래요. 그런데 다른 사람이 어찌 그를 흔들어 촉을 얻을 수 있단 말씀이오?"

장송이 말했다.

"저는 주인을 팔아 영화를 구하려는 것이 아닙니다. 이제 명공을 만나 뵈었기에 가슴속 깊이 숨겨 둔 뜻을 펼쳐 놓지 않을 수 없을 따름입니다. 유계옥이 비록 익주 땅을 가지고 있다고는 하나 천성이 우매하고 나약해서 현명하고 재능 있는 인재를 등용하지 못하고 있습니다. 더욱이 장로가 북쪽에서 수시로 침략할 궁리만 하고 있습니다. 이 때문에 인심이 흩어져 모두들 영명한 주인을 그리워하고 있는 형편입니다. 송은 이번 걸음에 조조에게 귀순하려 했습니다만 역적놈이 방자하게 간웅의 본색을 드러내어 현명한 인재를 푸대접할 줄이야 누가 알았겠습니까? 이 때문에 특별히 명공을 찾아 뵌 것입니다. 명공께서는 먼저 서천을 취하여 발판을 마련하시고, 그 다음에 북으로 한중漢中을 도모하고 다시 중원을 거두어 천조天朝를 바로잡으신다면 이름이 청사靑史에 드리우는 큰 공을 세우시게 될 것입니다. 명공께서 과연 서천을 취하실 뜻이 있으시다면 이 송이 견마의 수고를 다하여 안에서 호응할까 합니다. 명공의 생각은 어떠하신지요?"

현덕은 서두르지 않았다.

"공의 후의에는 깊이 감사합니다. 그러나 유계옥은 나와 같은 종친인데 그를 공격한다면 천하 사람들이 침을 뱉고 욕할 것이 두렵소이다."

장송이 다그쳤다.

"대장부가 세상을 살면서 공을 세우고 사업을 일으키려면 남보다 먼저 손을 써야 합니다. 지금 차지하지 않으셨다가 다른 사람에게 빼앗기고 나면 그때 가서는 후회해도 돌이킬 수 없을 것입니다."

현덕의 말이 조금 바뀌었다.

"듣자니 촉으로 들어가는 길은 험난하여 천을 헤아리는 산에다 만을 헤아리는 물이 있다고 하더이다. 수레는 두 대가 나란히 가지 못하고 말들은 고삐를 나란히 할 수 없을 지경이라 하는데, 비록 빼앗고 싶더라도 무슨 좋은 계책을 쓸 수 있겠소?"

장송은 소매 속에서 지도 한 장을 꺼내 현덕에게 건네주었다.

"송은 명공의 성덕에 감격하여 감히 이 지도를 바칩니다. 이 지도만 보시면 촉중의 도로를 훤히 아시게 될 것입니다."

현덕이 조금 펼쳐 보니 지도에는 촉의 지리와 여정旅程이 자세히 적혀 있었다. 거리와 각 도로의 폭, 산천의 요충지와 각 창고에 저장된 돈과 식량 등이 빠짐없이 기록되어 있었다. 장송이 말을 이었다.

"명공께서는 속히 일을 도모하십시오. 저에게 서로의 뱃속까지 환히 아는 친구 둘이 있는데, 이름을 법정法正과 맹달孟達이라 합니다. 이 두 사람은 틀림없이 명공을 도울 것입니다. 이 두 사람이 형주로 오면 마음을 털어놓고 함께 의논해도 될 것입니다."

현덕은 두 손을 맞잡고 감사했다.

"청산은 늙지 않고 녹수는 길이 흐르는 법이오. 훗날 일이 성사되면 반드시 후하게 보답하리다."

장송이 응수했다.

"이 송이 밝은 주인을 만났기에 진정을 다하여 말씀드리지 않을 수 없었을 따름입니다. 어찌 감히 보답을 바라겠습니까?"

장송이 작별하자 공명은 운장을 비롯한 사람들에게 수십 리 밖까지 호송하게 했다.

익주로 돌아온 장송은 우선 친구 법정부터 만났다. 법정은 자가 효직孝直으로, 우부풍右扶風 미郿 사람인데, 현사賢士 법진法眞의 아들이다. 장송은 법정에게 자신이 겪은 일을 상세히 이야기했다.

"조조는 훌륭한 이를 경시하고 재주 있는 선비에게 오만하니 근심을 같이 할 수는 있을지언정 즐거움을 같이 할 수 없는 인물이오. 내 이미 익주를 유황숙께 바치기로 약속했소. 그래서 오직 형과 상의하려는 것이오."

법정도 찬성했다.

"나도 유장이 무능하여 유황숙을 만나고 싶어 한 지가 오래요. 우리 마음이 서로 같은데, 더 이상 무엇을 의심하겠소?"

잠시 후 맹달이 왔다. 맹달은 자가 자경子慶으로, 법정과는 한 고향 사람이었다. 맹달이 들어오다가 법정이 장송과 밀담을 나누는 광경을 보았다.

"내 두 분의 뜻을 알았소. 익주를 바치려는 게 아니오?"

장송이 말했다.

"바로 그렇게 하려 하오. 형이 한번 맞춰 보시오. 누구에게 바치는 게 합당하겠소?"

맹달은 대뜸 맞추었다.

"유현덕이 아니면 아니 되오."

세 사람은 함께 손뼉을 치며 크게 웃었다. 법정이 장송에게 물었다.

"형은 내일 유장을 만나면 어떻게 하실 작정이오?"

장송이 대답했다.

"내가 두 분을 형주에 보낼 사자로 추천하겠소."

두 사람은 선선히 응낙했다.

이튿날 장송이 유장을 알현하니 유장이 물었다.

"갔던 일은 어떻게 되었소?"

장송이 대답했다.

"조조는 한나라의 역적으로 천하를 찬탈하려 하니 말을 할 수도 없었습니다. 그자는 이미 서천을 빼앗을 마음을 먹고 있었습니다."

유장이 물었다.

"그렇다면 어떻게 해야 하겠소?"

장송이 얼른 대답했다.

"저에게 계책이 하나 있습니다. 틀림없이 장로와 조조가 감히 함부로 서천을 침범하지 못하게 될 것입니다."

"어떤 계책이오?"

장송은 기다렸다는 듯 설명했다.

"형주의 유황숙은 주공의 종친인데다 천성이 인자하고 너그러우며 후덕하여 장자長者의 기풍이 있습니다. 적벽의 격전을 겪고 난 후로 조조가 그의 이름만 들어도 쓸개가 찢어지는 판인데 하물며 장로 따위겠습니까? 주공께서는 사자를 유황숙에게 보내어 좋은 관계를 맺으십시오. 그가 원군援軍이 되어 준다면 조조와 장로를 막아낼 수 있을 것입니다."

유장이 말했다.

"나 역시 그런 마음을 먹은 지가 오래요. 그런데 누구를 사자로 보내면 좋겠소?"

장송이 단호한 어조로 대답했다.

"법정과 맹달이 아니고는 안 됩니다."

유장은 즉시 두 사람을 불렀다. 그러고는 법정에게 편지 한 통을 써 주며 형주로 가서 우선 우호를 다지게 하고, 이어 맹달에게 정병 5천을 거느리고 서천으로 들어오는 현덕을 돕게 했다. 한창 이렇게 의논을 하고 있는데 한 사람이 안으로 뛰어 들었다. 그는 온 얼굴에 땀을 철철 흘리며 큰소리로 외쳤다.

"주공께서 장송의 말을 들으시면 41개 주군은 남의 손으로 넘어갈 것입니다!"

장송이 소스라쳐 놀라 그 사람을 보니, 서낭중西閬中 파巴 사람 황권黃權이었다. 황권은 자가 공형公衡인데 이때 유장의 부중에서 주부로 있었다. 유장이 물었다.

"현덕은 나와 종친이므로 내가 그와 손잡고 도움을 받으려 하는데, 그대는 어찌하여 그러한 말을 하오?"

황권이 대답했다.

"저는 평소 유비가 사람에게 너그럽고 부드러움으로 강함을 이겨 대적할 수 없는 영웅이라고 알고 있습니다. 그리하여 멀리 있는 사람의 마음을 얻고 가까이 백성들의 신망을 얻고 있습니다. 게다가 제갈량과 방통 같은 모사가 있고, 관우·장비·조운·황충·위연 같은 무장을 날개로 삼았습니다. 그를 우리 촉으로 불러들일 경우 부하로 대한다고 유비가 순순히 엎드려 아랫사람 노릇을 하겠으며, 그렇다고 손님의 예로 대하면 한 나라에 두 임금이 있게 되는데 어찌 그런 일이 있을 수 있겠습니까? 지금 신의 말을 들으시면 서촉은 태산처럼 안전하겠지만, 신의 말을 듣지 않으시면 주공께서는 쌓아 놓은 계란처럼 언제 무너질지 모르는 위기를 맞이할 것입니다. 장송은 지난번 형주를 지나면서 틀림없이 유비와 공모했을 것입니다. 먼저 장송의 목을 베시고 그 다음 유비와 손을 끊으신다면 서천은 천만 다행이겠습니다."

유장이 다시 물었다.

"그럼 조조와 장로가 오면 어떻게 막는단 말이오?"

황권이 대답했다.

"국경의 요새를 봉쇄하고 해자를 깊이 파며 보루를 높이 쌓은 다음 시절이 태평해지기를 기다리는 것이 좋겠습니다."

"적병이 국경을 침범하여 눈썹에 불이 붙은 듯 위급한 상황인데 시절이 태평해지기를 기다린다는 것은 늦은 계책이오."

유장은 황권의 말을 듣지 않고 법정을 떠나보내려 했다. 이때 또 한 사람이 막고 나섰다.

"아니 됩니다! 아니 됩니다!"

유장이 보니 장전종사관帳前從事官 왕루王累였다. 왕루는 머리를 조아리며 아뢰었다.

"주공께서 지금 장송의 말을 들으시면 스스로 화를 불러들이게 될 것입니다."

유장이 대꾸했다.

"그렇지 않소. 내가 유현덕과 좋은 관계를 맺으려는 것은 실로 장로를 막기 위함이오."

왕루가 안타까운 심정으로 말했다.

"장로가 국경을 침범하는 것은 옴 같은 피부병에 지나지 않지만 유비가 서천으로 들어오는 것은 가슴과 뱃속에 큰 병을 만드는 것이 됩니다. 하물며 유비는 당세의 효웅梟雄입니다. 앞서는 조조를 섬기다가 그를 해치려 했고 뒤에는 손권을 따르다가 형주를 탈취했습니다. 그의 심보가 이런데 어떻게 함께 지내겠습니다. 지금 그를 불러들이면 서천은 끝장날 것입니다!"

유장이 호되게 꾸짖었다.

"더 이상 허튼소리를 하지 말라! 현덕은 나의 종친인데 그가 어찌 내 기업을 뺏으려 들겠는가?"

유장은 즉시 황권과 왕루를 밖으로 끌어내게 하고 법정을 떠나보냈다.

법정은 익주를 떠나 곧장 형주로 가서 현덕을 만났다. 절을 마치고 유장의 서신을 올렸다. 현덕이 겉봉을 뜯어보니 편지 내용은 다음과 같았다.

일족一族 아우인 유장은 두 번 절하면서 종친 형님이신 현덕 장군 휘하에 글을 바칩니다. 위명威名을 들은 지 오래건만 촉도蜀道가 험난하여 미처 예물을 보내지 못해 너무나 황송하고 부끄럽습니다. 장이 듣자오니 '길한 일이든 흉한 일이든 서로 구원하고, 환난을 당하면 서로 돕는다'고 했습니다. 친구 사이도 오히려 이러하거늘 하물며 종족 간에야 말해 무엇 하겠습니까? 지금 장로가 북쪽에서 아침저녁으로 군사를 일으켜 지경을 침범하려 하니 장은 불안하기 그지없습니다. 이에 삼가 글월을 올리면서 청을 들어주시기를 바랍니다. 종친의 정을 생각하여 형제 같은 의리를 온전하게 하시려면 즉시 군사를 일으켜 미친 도적을 소멸시켜 주시기 바랍니다. 그리하여 길이 이와 입술 같이 서로 돕는 관계가 된다면 자연히 무거운 보답이 있을 것입니다. 글로는 뜻을 다 전할 수 없사오니, 오직 직접 뵈올 날을 기다릴 뿐이오이다.

글을 읽고 현덕은 크게 기뻐하며 잔치를 베풀어 법정을 대접했다. 술이 몇 순 지나가자 현덕은 좌우의 사람들을 물리치고 법정에게 은밀히 말했다.

"효직孝直(법정의 자)의 빼어난 이름을 우러른 지 오래이오. 장별가 또한 공의 덕을 몹시 칭찬하더군요. 이제 이처럼 가르침을 받게 되니 평생의 위로가 되는구려."

법정은 감사하며 말했다.

"촉중의 하찮은 벼슬아치가 어찌 그 말씀을 감당하오리까? 듣자오니 말은 백락伯樂을 만나면 울부짖고, 사람은 자기를 알아주는 사람을 만나야 목숨을 바친다고 하더이다. 장별가가 지난번 올린 말씀을 장군께서는 다시 생각해 보셨는지요?"

현덕이 대답했다.

"나는 이 한 몸을 남의 땅에 붙이고 지내며 울적하여 탄식하지 않은 날이 없었소. 뱁새도 깃들일 가지가 있고 토끼도 몸을 숨길 세 굴이 있다는데 하물며 사람이야 말해 무엇 하겠소. 촉중의 풍요로운 땅을 차지하고 싶은 욕심이야 없지 않으나 유계옥은 나와 종친이니 어쩌겠소? 차마 그를 도모할 수가 없구려."

법정이 권했다.

"익주는 하늘이 내린 곳간 같은 땅으로 난세를 다스릴 수 있는 임금이 아니고는 차지할 수 없는 곳입니다. 지금 유계옥은 훌륭한 인재를 등용할 줄 모르니 그 기업은 머지않아 반드시 다른 사람에게 돌아갈 것입니다. 오늘 그가 스스로 장군께 드리려고 하는 것이니 이 기회를 놓쳐서는 안 됩니다. '쫓기는 토끼도 먼저 차지하는 사람이 임자'라는 말도 듣지 못하셨습니까? 장군께서 촉을 취하시겠다면 제가 목숨을 걸고 도와드리겠습니다."

현덕은 두 손을 맞잡고 감사했다.

"아직 좀 더 두고 보면서 상의토록 하십시다."

이날 주연이 끝난 뒤 역관으로 돌아가는 법정을 공명이 친히 바래다주었다. 현덕은 홀로 앉아 깊은 생각에 잠겨 있었다. 방통이 들어와 말했다.

"일을 결단해야 할 때 결단하지 못하는 건 어리석은 사람입니다. 주공께서는 생각이 높고 밝으신 분인데 어찌 그리 의심이 많으십니까?"

현덕이 물었다.

"공의 생각에는 어찌하면 좋을 것 같소?"

방통이 대답했다.

"형주는 동쪽에 손권이 있고 북쪽에 조조가 있어 뜻을 펴기 어려운 곳입니다. 익주는 호구가 백만에 땅은 넓고 재물은 넉넉해서 대업의 바탕이 되는 곳입니다. 이제 다행히 장송과 법정이 안에서 돕겠다고 하니 이는 하늘이 익주를 주공께 내리는 것입니다. 어째서 꼭 의심만 하십니까?"

현덕이 말했다.

"지금 나와 물과 불처럼 대적하는 자는 조조요. 조조가 급하게 서두르면 나는 느긋하게 움직이고, 조조가 사납게 굴면 나는 어질게 행동하며, 조조가 속임수를 쓰면 나는 충정을 보여야 하오. 이렇게 매사에 조조와 반대로 해야 일을 이룰 수 있는 것이오. 그런데 조그마한 이익 때문에 천하에 신의를 잃을 수도 있으니 나는 차마 그리하지는 못하겠소."

방통이 빙긋 웃으며 말했다.

"주공의 말씀이 하늘의 이치에 합당합니다. 그러나 혼란한 시기에 무력으로 세력을 다투는 데는 한 가지 길만 있는 것은 아닙니다. 평상적인 도리만 고집하다 보면 한 걸음도 내디디지 못할 것이니 임기응변도 할 줄 알아야 합니다. 더구나 '약자를 아우르고 무지한 자를 공격하며' '도리를 거스르며 취했으나 도리에 따라 지키는 것'은 탕왕과 무왕의 도리입니다. 대사가 결정된 뒤 의로써 보답하여 큰 나라에 봉해 준다면 신의를 저버릴 일이 무엇이겠습니까? 지금 취하지 않으시면 끝내 다른 사람이 차지하고 말 것입니다. 주공께서는 부디 깊이 생각하십시오."

현덕은 그제야 확연히 깨달았다.

"금석 같은 말씀을 폐부에 새기리다."

그리하여 공명을 불러 군사를 일으켜 서천으로 진군할 일을 의논했다. 공명이 말했다.

"형주는 중요한 곳이니 반드시 군사를 나누어 지켜야 합니다."

현덕이 분부했다.

"내가 방사원·황충·위연과 함께 서천으로 갈 테니, 군사께서는 관운장·장익덕·조자룡과 함께 형주를 지키도록 하시오."

공명이 응낙하고 형주를 총괄하여 지키게 되었다. 관운장은 양양의 요로를 막으면서 청니靑泥의 요충을 담당하고, 장비는 영릉·계양·무릉·장사 등 네 군을 맡아 장강을 순찰하고, 조운은 강릉에 주둔하며 공안公安까지 수비하기로 했다. 현덕은 황충을 선두 부대로 삼고, 위연에게 후군을 맡기고, 자신은 방통을 군사로 삼아 유봉·관평과 함께 중군이 되었다. 기병과 보병을 합해 모두 5만 명의 군사가 길을 떠나 서천으로 출동했다.

막 길을 떠나려 할 때였다. 요화廖化가 군사를 거느리고 항복해 왔다. 현덕은 요화에게 운장을 보좌하여 조조를 막게 했다.

이해 동짓달 현덕은 군사를 거느리고 서천을 향해 출발했다. 몇 역정을 가지 않는데 맹달이 나와 현덕을 영접했다. 맹달은 현덕에게 절하고, 유익주가 군사 5천 명을 거느리고 멀리 나가 현덕을 영접하도록 명했다고 전했다. 현덕은 한 발 앞서 익주로 사람을 보내 유장에게 보고하도록 했다. 유장은 연도의 주군에 글을 띄워 현덕의 군사에게 돈과 양식을 공급하라고 알렸다. 유장은 부성涪城으로 나가서 친히 현덕을 영접하고 싶었다. 그래서 수레와 휘장, 깃발과 갑옷들을 모두 산뜻하면서도 번쩍이는 것으로 준비하라고 명했다. 주부 황권이 들어와 간했다.

"주공! 이번에 가시면 반드시 유비에게 해를 당하실 것입니다. 저는 오랫동안 주공의 녹을 먹은 몸으로 주공께서 남의 간계에 빠지는 것을 차마 보고만 있을 수 없습니다. 바라건대 다시 생각하십시오."

장송이 말했다.

"황권의 이 말은 종친 간의 의리를 이간하고 도적들의 위세를 조장시키는 것입니다. 실로 주공께는 아무런 이익이 없을 것입니다."

유장은 황권을 꾸짖었다.

"내 뜻은 이미 결정되었다. 네 어찌 내 뜻을 거스른단 말이냐?"

황권은 머리를 찧어 피를 흘리면서 앞으로 다가가 입으로 유장의 옷자락을 물고 가지 말라고 말렸다. 유장이 크게 노해서 옷자락을 와락 잡아채며 일어섰다. 황권은 옷자락을 문 채 놓지 않다가 앞니 두 개가 빠졌다. 유장이 측근들을 호령해서 황권을 밖으로 밀어내니 황권은 통곡하며 집으로 돌아갔다.

유장이 막 떠나려는데 또 한 사람이 고함을 쳤다.

"주공! 황공형公衡(황권의 자)의 충언을 받아들이지 않으시고 끝내 스스로 죽음의 땅으로 가시려 합니까?"

그 사람은 계단 아래 엎드려 간했다. 유장이 보니, 건녕建寧 유원愈 元 사람 이회李恢였다. 이회는 머리를 땅에 조아리며 간했다.

"'임금에게는 바른 말로 충고하는 신하가 있어야 하고, 어버이에게는 옳은 말로 권하는 자식이 있어야 한다'고 했습니다. 주공께서는 황공형의 충언을 따르셔야 합니다. 유비를 서천으로 불러들이는 건 호랑이를 문안으로 맞아들이는 격입니다."

유장이 대꾸했다.

"현덕은 나에게 종친 형님뻘인데 어찌 나를 해친단 말인가? 그런 말을 다시 하는 자는 목을 치겠다!"

그러고는 좌우의 부하들을 꾸짖어 이회를 떠밀어 쫓아내게 했다. 장송이 말했다.

왕굉희 그림

"지금 촉중의 문관들은 제각기 자신의 처자만 돌아보느라 더 이상 주공을 위해 힘을 다하려 하지 않고, 장수들은 공로만 믿고 교만해져 각기 다른 마음을 품고 있습니다. 유황숙을 얻지 못한다면 적은 밖에서 치고 백성은 안에서 공격할 것이니 패망할 수밖에 없습니다."

유장은 그 말이 마음에 들었다.

"공이 꾀한 바가 나에게 매우 이로울 것 같구려."

이튿날이었다. 유장은 말에 올라 유교문榆橋門으로 나섰다. 이때 사람이 와서 보고했다.

"종사 왕루王累가 스스로 밧줄로 제 몸을 묶고 성문 위에 거꾸로 매달렸습니다. 한 손에는 간하는 글을 들고 다른 한 손에는 검을 들었는데, 주공께서 자기의 간언을 들어주지 않으신다면 스스로 밧줄을 끊고 땅에 떨어져 죽겠다고 합니다."

유장이 왕루가 들고 있는 글을 가져오게 해서 읽어 보았다. 대략 다음과 같은 내용이었다.

익주 종사 신 왕루는 피눈물을 흘리면서 간절히 아뢰나이다. 신이 듣자오니 좋은 약은 입에 쓰나 병에는 이롭고, 충언은 귀에 거슬리지만 행실에는 이롭다고 했습니다. 옛적에 초나라 회왕懷王은 굴원屈原의 말을 듣지 않고 무관武關에서 열린 회맹會盟에 참석했다가 진秦나라에 억류되는 곤욕을 치렀습니다. 이제 주공께서 경솔하게 큰 군을 떠나 유비를 부성에서 맞으려 하시는데, 가시는 길은 있어도 돌아오실 길은 없을까 두렵습니다. 장송을 저자에 끌어내어 목을 베고 유비와의 언약을 끊어 버리신다면 촉중의 노약자에게는 참으로 다행이겠고, 주공의 기업 또한 천만 다행일 것입니다!

유장은 크게 노했다.

"내가 어진 사람을 만나는 것은 향기로운 난초를 가까이 하는 격이거늘, 네 어찌 번번이 나를 모욕한단 말이냐?"

왕루는 크게 외마디 소리를 부르짖더니 스스로 밧줄을 잘라 땅에 떨어져 죽었다. 후세 사람이 시를 지어 탄식했다.

성문에 거꾸로 매달려 간언문을 받들고 /
서슴없이 목숨 버려 유장에게 보답하네. //
이 부러진 황권도 끝내 유비에 항복하니 /
바르고 곧은 절개 어찌 왕루에 견주리?
倒挂城門捧諫章, 拚將一死報劉璋. 黃權折齒終降備, 矢節何如王累剛.

유장은 3만 명의 인마를 거느리고 부성으로 떠났다. 뒤를 따르는 군사들은 군비와 식량, 돈과 비단을 가득 실은 수레 1천여 대를 몰고 유비를 영접하러 갔다.

한편 현덕의 선두 부대는 이미 점강墊江에 도착했다. 이르는 곳마다 서천에서 공급해 주는 물자가 있고, 현덕이 백성의 물건은 한 가지라도 함부로 취하는 자가 있으면 목을 벤다고 엄명을 내리니, 어디에 가든 백성들의 물건을 털끝만큼도 범하는 자가 없었다. 이리하여 백성들은 늙은이를 부축하고 어린아이의 손을 끌면서 길에 나와 쳐다보며 향을 사르고 절을 올렸다. 현덕은 일일이 좋은 말로 위로했다.

이때 법정이 방통에게 은밀히 말했다.

"근자에 장송의 밀서가 당도했는데, 부성에서 유장과 만나는 즉시 손을 쓰는 것이 좋겠다고 했소. 기회를 놓쳐서는 아니 되오."

방통이 대답했다.

"그 뜻은 잠시 발설하지 마시오. 두 유씨가 만난 다음 기회를 보아 손을 쓰겠소. 만약 미리 말이 새 나가면 중간에 변이 생길 것이오."

법정은 이에 비밀에 붙이고 말을 내지 않았다. 부성은 성도成都에서 3백 60리 떨어진 곳이다. 이미 당도한 유장은 사람을 시켜 현덕을 영접하게 했다. 양편 군사들은 모두 부강涪江 가에 주둔했다. 현덕이 성으로 들어가 유장과 대면하고 두 사람은 형제 같은 정을 나누었다. 예를 마치자 두 사람은 눈물을 뿌리며 속마음을 털어놓았다. 연회가 끝나자 두 사람은 각기 자기 영채로 돌아가 편안히 쉬었다.

유장이 관원들에게 말했다.

"황권이나 왕루의 무리가 우습구려. 우리 종실 형님의 마음도 모르고 함부로 어림짐작을 하고 의심을 하다니. 내 오늘 우리 형님을 만나 보니 참으로 어질고 의로운 분이오. 내가 그분을 후원자로 얻었으니 더 이상 조조와 장로를 근심할 게 무엇이겠소? 장송이 아니었다면 그분을 잃을 뻔했구려."

그리고는 입고 있던 녹색 전포를 벗어 황금 5백 냥과 함께 사람을 시켜 성도에 있는 장송에게 갖다 주게 했다. 이때 부장 유괴劉瑰, 영포泠苞, 장임張任, 등현鄧賢을 비롯한 문무 관원들이 충고했다.

"주공께선 아직 기뻐하지 마십시오. 유비는 부드러움 속에 강함을 감춘 자라 그 마음을 예측할 수가 없습니다. 아직은 방비를 해야 합니다."

유장은 웃으면서 말했다.

"그대들은 모두가 근심이 많구려. 우리 형님이 어찌 두 마음을 품겠소?"

관원들은 모두가 탄식하며 물러갔다.

한편 현덕이 영채로 돌아오니 방통이 들어와 말했다.

"주공께서는 오늘 연회에서 유계옥의 움직임을 보셨습니까?"

유비가 말했다.

"계옥은 참으로 성실한 사람이오."

방통이 제의했다.

"계옥은 착하지만 그의 신하 유괴와 장임 같은 자들은 모두 불평하는 기색이 있었습니다. 앞으로의 길흉을 보장할 수 없습니다. 내일 잔치를 열고 계옥을 초청하십시오. 휘장 속에 미리 도부수 백 명을 매복시켰다가 주공께서 술잔을 던져 신호를 보내면 그 자리에서 죽이겠습니다. 제 생각에는 이게 상책일 듯합니다. 그런 다음에 한꺼번에 성도로 밀고 들어가면 칼을 뽑고 화살을 시위에 메길 필요도 없이 앉아서 촉을 평정할 수 있을 것입니다."

현덕은 거절했다.

"계옥은 나의 종친이며 성심성의로 나를 대하고 있소. 더욱이 내가 촉중에 처음 들어와 아직 은혜와 신의를 세우지도 못한 터에 그런 짓부터 하면 위로는 하늘이 용납하지 않을 것이고 아래로는 백성들도 원망할 것이오. 공의 계책은 무력이나 권세로 천하를 다스리는 패자라도 쓰지 않을 방안이오."

방통도 물러서지 않았다.

"이는 통의 계책이 아닙니다. 법효직이 장송의 밀서를 받았는데, 일이 늦어져서는 안 되니 속히 손을 써야 한다고 했답니다."

말이 채 끝나기도 전에 법정이 들어와 말했다.

"이는 저희가 스스로 꾀한 일이 아니라 하늘의 명을 따르는 것입니다."

현덕은 그래도 승낙하지 않았다.

"유계옥은 나의 종친이니 차마 빼앗을 수가 없구려."

법정이 반박했다.

"명공께서 틀리셨습니다. 장로는 촉이 제 어미를 죽여 원한을 품고 있으니, 명공께서 그리하지 않으실 경우 장로가 반드시 촉을 쳐서 빼앗을 것입니다. 명공께서는 산 넘고 물 건너 먼 길을 지나며 군사와 말을 몰아 이곳까지 오셨으니 전진하면 공이 있으려니와 물러나면 이로울 게 없습니다. 계속 망설이며 시일을 끄신다면 계책을 크게 그르치고 말 것입니다. 더구나 계책이 한번 새 나가는 날에는 도리어 다른 사람에게 해를 당할 것입니다. 그러니 차라리 하늘이 내려 주고 인심이 돌아온 이 시기를 놓치지 말고 상대가 예상치 못할 행동으로 일찌감치 기업을 세우십시오. 그리하는 것이 실로 상책일 것입니다."

방통 역시 두 번 세 번 권했다. 이야말로 다음 대구와 같다.

주인은 몇 차례나 후덕한 도리 힘쓰지만 /
모신들은 한 뜻으로 권모술수 진언하네.
人主幾番存厚道　才臣一意進權謀

현덕의 속셈은 어떠할까, 다음 회를 보라.